真象之美

叶渭渠自选集

叶渭渠 · 著

山西出版传媒集团

北岳文艺出版社

图书在版编目（CIP）数据

真象之美：叶渭渠自选集 / 叶渭渠著. — 太原：北岳
文艺出版社，2016.7
ISBN 978-7-5378-4794-0

Ⅰ.①真… Ⅱ.①叶… Ⅲ.①日本文学—文学研究—
文集 Ⅳ.①I313.06-53

中国版本图书馆CIP数据核字（2016）第125757号

书　　名　真象之美：叶渭渠自选集
著　　者　叶渭渠
责任编辑　关志英
书籍设计　张永文

出版发行　山西出版传媒集团·北岳文艺出版社
地　　址　山西省太原市并州南路57号
邮　　编　030012
电　　话　0351-5628696（发行部）
　　　　　0351-5628688（总编办）
传　　真　0351-5628680
网　　址　http：//www.bywy.com
E－mail　bywycbs@163.com
经 销 商　新华书店
印刷装订　山西人民印刷有限责任公司

开　　本　880×1230　1/16
字　　数　220千字
印　　张　19.25
版　　次　2016年7月第1版
印　　次　2016年7月山西第1次印刷
书　　号　ISBN 978-7-5378-4794-0
定　　价　49.80元

学问泱泱，风骨铮铮（代序）

董炳月

　　叶渭渠先生编定这部自选集是在 2005 年冬天。不知何故，自选集编定之后一直没有出版。五年过去，依然是在冬天，2010 年 12 月 11 日那个周六的晚上，先生驾鹤西归。现在，对于先生来说，这部自选集是作为遗著出版的。从先生仙逝到现在，又是五年多过去了。时间无情。

　　在叶先生的著作中，本书是唯一的一部综合性自选集。我所谓的"综合性"，是指不同类型的文章被编在一起。读本书"后记"可知，先生有明确的编选构思。其一，就学术性与大众性的关系而言，基本编选方针是雅俗共赏、提高与普及兼顾。先生说："自选文章在保持学术品格的同时，多一些普及的东西、大众的东西，把两者结合起来思考，作为自选的基准，以走近大众读者"。其二，就所选论文的内容而言，先生"期盼这些文章所记录的看似小事、琐细之事，也可以从侧面了解一些在日本文学史上占有重要地位的作家和作品的美学内涵和文化底蕴"。其三，收录有关先生本人"个人求学史、个人翻译史"的散文、随笔。

　　书中文章的选择与栏目编排，确实是按照上述构思进行的。全书所收三十六篇文章分为三个栏目，依次是"文苑拾零""作家逸话""遨游文学"。"文苑拾零"栏目的十篇文章，阐述的是日本文学的"美学内涵和文化底蕴"。仅就这个栏目而言，文章的选择、编排也是用心良苦。第一篇《日本的风土、民族性与文学观》与第二篇《原初文艺与性崇拜》是整体论述日本文学的起源和本质问题，为接下来的八篇文章对源氏、一休、良宽、井原西鹤、谷崎润一郎、川端康成、三岛由纪夫等七位日本作家的论述提供了大背景，最后一篇《20世纪日本文学回顾与思考》则具有总括的性质。而且，七位作家的选择兼顾了古代、近代与现代，具体论述则始终聚焦于"美"的问题，诸如井原西鹤的"好色"、川端康成的东方美、三岛由纪夫的怪异美，等等。耐人寻味的是，这个栏目尽管具有内在完整性、论述的是大问题，但栏目名称却谦逊、低调，曰"文苑拾零"。何以如此？我想，这固然与先生一贯的谦逊、低调作风有关，但主要原因应当在于，先生编这个栏目的时候，想到了他那些研究日本文学、日本文化的鸿篇巨制。确实，与先生的《日本文化通史》《日本文学思潮史》《日本小说史》等巨著相比，这个栏目中的文章只能算是"拾零"。"作家逸话"栏目中的诸篇文章同样是在揭示日本文学的"美学内涵和文化底蕴"，但是是用讲故事的方式揭示，更有可读性，这体现了先生"走近大众读者"、将普及与提高相结合的努力。努力的背后，则是先生自觉的社会责任感。

与前两个栏目不同，第三个栏目"遨游文学"所收十六篇文章具有自叙传的性质。如果说前两个栏目的主体是外在的研究对象，那么第三个栏目的主体则是叶先生本人。在这个栏目里，先生作为"遨游者"走进日本文化史，走进色彩斑斓的文学风景，走进著名作家、学者的心灵，也走进了半个多世纪间风云激荡的中国历史，走进了战后中国的文化界与学术界。先生的"个人求学史、个人翻译史"得到了展示。这样看来，先生编这部自选集，一方面是要阐述日本文学的"美学内涵和文化底蕴"，一方面是要讲述他本人的学术观念与学术道路。在此意义上，本书中包含着多重对话关系——有先生与研究对象（日本文学）的对话，有先生的自我认知，还有先生对本书读者发出的"声音"。这多重对话关系，对于认识20世纪后半叶以来中国的日本文学研究史、中日文化交流史具有重要意义。在叶先生的著作中，这部自选集具有特殊性甚至符号性，这个"符号"值得认真解读。

对于我来说，叶先生的著作本来厚重，这部自选集因为是"遗著"，厚重之外又多了几分沉重。现在，面对书稿，我甚至想起鲁迅先生《白莽作〈孩儿塔〉序》中的那段话："一个人如果还有友情，那么，收存亡友的遗文真如捏着一团火，常要觉得寝食不安，给它企图流布的。"面对"亡友的遗文"尚且如此，面对自己敬重的学术前辈的"遗著"自然会感到沉重。有感于"遨游文学"栏目中《我的求学之路》《译介三岛由纪夫文学的风风雨雨》诸篇讲述的故事，我重读《融化的雪国——叶渭渠先生纪念文集》，对先生的理解也更全面、更深入了一些。

叶先生著译等身，作为日本文学、日本文化研究大家得到了国内、国际学术界的高度评价。不过，光环有可能遮蔽先生的真实处境。应当知道，先生直到1972年43岁的时候才"弃政从文，弃仕从学"，调入人民文学出版社，一边当编辑一边从事翻译、研究工作，直到1984年55岁的时候才调入中国社会科学院日本研究所做专职研究者。先生的生存条件一直不好，2008年年初搬到百子湾A派公寓的时候已经79岁，此前他多年居住在团结湖的一座老旧居民楼里。先生将那处房子命名为"寒士斋"。房子在六层楼的顶层，先生年事已高，上下楼颇为困难。小小的三居室，三代同堂，以至于先生与夫人唐月梅女士只能夜间在狭小的门厅里写作。为了互不干扰、提高工作效率，门厅也要分时段使用——先生上半夜写作，夫人下半夜写作。古稀老人的那种工作状态，只能用"悲壮"一词来形容。就社会环境而言，先生既要抵抗商业时代的压迫，又要排除"左"倾思潮与狭隘民族主义的干扰。先生是在艰难的处境中完成了自己的学术伟业。那么，先生的信念、定力究竟自何而来？面对这个问题，我想到了"风骨"一词。先生是真正有"风骨"的人。先生外貌文静、儒雅，但文静、儒雅的后面是强大甚至强悍的人格。先生在风雨之中升华了自己，升华为文雅的强者。唯其如此，他才能成为"文化殉道者"，才能拥有那种巨大的包容性，才会执着地追求真与美。今后还会出现叶先生这种类型的学者吗？大概很难了。

叶先生的著、译是许多部"大书"，叶先生的人生也是一部"大书"，遗憾的是，先生并未留下完整的自传或回忆录。先生青少年时代在越南生活、曾经参加地下侨党的活动，1952年满怀爱国热情回到国内，从北京大学毕业、踏入社会之后亲历了战后中日关系史上的某些重要事件，接触过许多名人、要人，先生的"弃仕从学"是在经历了20世纪60至70年代的风雨之后做出的抉择，先生与夫人唐月梅女士的结伴同行、相濡以沫、相辅相成更是学界佳话。先生的自传应当能够成为文化、历史、人生等多重意义上的教科书，可惜他没来得及写。这样看来，这部自选集作为先生的"遗著"出版别有一种意义。在这部自选集中，先生不仅在谈学问，而且在谈自己。

2016年5月1日写于寒蝉书房

目录

文苑拾零

作家逸话

文苑拾零

日本的风土、民族性与文学观

风土与社会文化形态

在人类历史的发展过程中，不同民族由于受到不同的历史、风土、社会的条件和文化宗教形态的影响，形成各自不同的国民性格以及相应的文学意识和美意识。即各民族都有自己的基本性格和特殊的文学精神及审美情趣。同样道理，同一民族由于生活在同一历史、风土和社会条件和文化宗教形态的影响下，这些相同的诸因素的综合作用，渗透到民族的文化心理，铸造出其共同的基本性格和心理素质，育成其传统文学思想和审美意识的共同属性。在未分化为阶级之前，同一民族具有相同的性格特征，又成为其共同的文学思想和审美意识形成之源。而且它们具有相当长远的延续性、传承性和相对稳定性。也就是说，一个民族的基本性格及其共同的文学思想和审美意识的形成，是经过悠久的历史、风土和复杂的环境，包括自然、政治、经济、社会环境的铸造，与文化宗教形态的构成和发展同时构成和发展起来的。所以我们考察日本文学思想、思潮及其源流美意识，离不开民族性格及其形成的历史、风土的基本要素。

远古以前，日本民族在远东一隅的列岛繁衍生息。关于它的历史，有许多古老的神话和历史传说，这些神话和历史传说大多是与日本的国土、皇族和民族的由来联系起来，如《古事记》所记述的神代之初，伊邪那歧和伊邪那美男女两神奉天神敕令，从天上下凡，生产日本诸岛和山川草木，再生下支配这些岛屿与天地万物的天照大神、八百万神。历史传说中的日本民族以太阳为始祖，是太阳民族。所以古代日本人认为日本是神国，日本民族是天孙的民族，日本皇帝是天皇。而且在他们编造的神话中，天照大神统治下的八百万神都是忠义之神，他们没有对天孙采取任何敌对行动，也没有夺取其国土的欲求，都是归顺天孙，忠于天孙的事业。八百万神之间没有发生什么争夺，更没有发生什么战争。缘此，日本文化很少英雄神话，也很少英雄神。如果有英雄神的话，也是悲剧英雄的挽歌。日本神话中的天照大神是非常温和的，八百万神也是非常温顺的，没有像外国神话那样将太阳神作为勇者，专治各种妖魔鬼怪，或者各种妖魔鬼怪囚禁和杀害太阳神。总之，日本神话很少出现激烈的行动，一般都是平和的。

自古伊始，日本人的原始感情非常崇拜为他们开天辟地的太阳神，进而崇拜太阳神的御子孙，即作为先祖的天皇。在日本人眼里，天皇是"カミ"，即是神，是至上的，意指天皇在一切之上，高于一切，且认为天皇比佛还善，所谓"佛九善而皇十善"，天皇是十全十美的，后来被完全神化了。这些神话和传说，以及其后的文学艺术，反复地渲染这一主题，充分地反映了古代日本人的原始心理特征，而且对后世日本人的影响是深远的。

事实上，日本的国土和民族，同其他的国土和民族一样，无疑是按照自然界和人类发展历史的自然规律诞生的。但在社会环境尚未确立其政治经济之前，日本人的原始性格的铸造和原始的文学意识、美意识的形成，很大程度取决于他们生活其中的历史和风土，包括地理位置、季节时令和其他自然条件，而且这些因素基本上固定不变，即使发生变化，也是在亿万万年缓慢地进行，这是自不待言的。

日本位于亚洲最东部，回环着浩瀚无际的大海，处在孤立之境。土地面积百分之七十是山地，百分之三十是平原。没有荒漠，更没有大荒漠。在日本列岛上，山岭绵延不绝，但山脉都很年轻，最高的富士山海拔也只有3776米。河流纵横交错，但河床都很短浅。冲积平原散落沿海地带，面积大都很狭窄，稍宽阔些的关东平原也只不过200公里左右。所以日本的自然景观小巧纤丽，平稳而沉静，再加上日本的地形南北走向狭长，南端与北端虽然存在着寒带和热带的气候风土的差异，但主要的大和地方位于中央部则处在温带。尽管也有突发性的台风、大地震，但从整体来说，日本列岛气候温和，四季变化缓慢而有规律，基本上没有受到经常性的大自然的严酷压抑。同时雨量充沛，气候湿润，全国三分之一的土地覆盖着茂密的森林，展开一派悠悠的绿韵，在清爽的空气中带上几分湿润与甘美，并且经常闭锁在雾霭中，容易造成朦胧而变幻莫测的景象。整个日本列岛都溶进柔和的大自然之中。日本民族正是充分吸收这种自然环境和气候风土中的养分，形成其基本的性格。可以说，日本这种具有代表性的风土、这种具有特殊性的大自然，无疑成为孕育日本文化的基础之一，直接影响着日本国民的基本性格和原始生活意识和文学意识。

在民族形态上，古代日本社会已经形成日本人种的单一化。日本民族的形成，与其他所有民族一样，是经过历史上无记载的长期的各种血统混合的过程。但是，日本在远东的终极，四面环海，在远古交通不发达的条件下，地理上处于孤立的位置。从外边流入的人种如蒙古种、马来种等，甚少可能向外回流，就全部在这里定居下来，他们又与后来者融合、生活在这岛国封闭的坩埚里。其中最早的原住民阿伊努人，一度占据着整个或大部分的日本列岛。当地人与外来者长期混同，渐次同化了阿伊努人。也就是说，日本各人种渐次混同并融合其原始信仰，调整了民族的对立，最后成为一统的大和民族。他们的结合没有发生激烈的冲突，是比较和平地进行的。《古事记》的神话里，明晰地记载着大和族一统的历史，也平等地叙述了出云族的神话，它与大和族合并是通过谈判折中完成的。不管怎么说，日本在历史上很早就完成人种和民族的统一，没有发生过大规模的种族、民族的冲突。

在政治形态上，国家成立之后，日本国家几乎是由单一民族构成，没有像其他国家那样普遍存在着民族大迁徙和异族间的残酷斗争。就是发生同族的内部纷争，也往往以"国让"的妥协办法来解决。在日本神话中早就传说大国主神奉天照大神的敕令，将国土和平地让给皇孙的故事。即使在中世武家时代，也没有像中世纪欧洲和中国战国时代那种严重混乱的无中心状态。他们始终以皇室为最高中心，没有极端地破坏过社会的统一。所以日本在历史上维持着相对统一的平和的政治形态。也就是说，日本最初的政治形态，完全排除了种族的对立，以民族统一作为其政治统一的中心，其中贯穿日本皇室的权力，以天皇作为国家与民族统一的象征。而不是以武力作为民族统一和政治统一的中心。这种以皇室为中心的单一的民族统一形态和政治统一形态，对于日本民族的心理和性格形成的影响是很大的。而这一古老民族诞生的性格，延续成日本民族的国民性格和日本文化的性格。这种日本历史的特质成为直接生育日本文学及文学意识的根底。

在经济形态上，从距今七八千年的绳文时代，日本民族的狩猎文化就与大自然紧密相连。公元前2世纪至公元2世纪，大陆传入水稻，日本民族很快就脱离狩猎和渔猎，开始以农耕为主，日本神话大多以农业活动为中心也缘于此。《古事记》《日本书纪》描述的许多神都是与农业有关的太阳神、月神、风神、水神、稻谷神和"天穗同命"等神，以及将日本称为"丰苇原水穗国"，并描述了农耕的事和与农业有关的祭祀。这说明日本从悠远的神代开始就掌握原始农业技术，社会上占优势的是农耕文化的主宰者而不是宗教。尤其是在上述得天独厚的自然和风土的条件下所形成的人与农业、人与自然的关系不是对立，而是非常融合，加上农业集约性的影响，使作为原始农耕的经济形态自然地是以中和为中心的。

在这种以"中和"为中心的自然历史环境和政治经济形态下育成的日本文化存在构成复合型的可能性。而且事实上，日本复合型的文化形态表现在各个方面，我们以作为文学和文学意识始源之一的宗教信仰为例，日本民族的原始信仰是崇拜自然神和先祖神的神道，它是原始农耕社会的宗教实体，但其宗教共同的观念和礼仪以祭祀为核心，没有特定的教义，缺乏系统的宗教意识，神道的教权没有绝对化。在这里应该特别指出的是，古代以后大陆儒、佛、道传至日本，没有遭到神道的激烈抗拒，而且包容了儒、佛、道，多元并存。神道在和外来的儒、佛、道的融合过程中，形成了系统的宗教意识，由于融合自身有所发展，在本质上仍然保持着民族信仰的基本性格。我们透过《古事记》《日本书纪》以及《风土记》《万叶集》《古语拾遗》和以《延喜式》为中心的"祝词"等古籍中所载的神话、祭祀、巫术、习俗等可以在某种程度上了解这个国家在统一以前的原始神道精神，也可以了解到原始神道精神对日本民族性格、日本文学和原始文学意识的本质性的浸润。从这个意义上说，不仅仅限于宗教，而且日本文化史的结构也是以调和的形式展开的。

在这里必须特别指出，佛教禅宗在12—13世纪传入日本以后，受到幕府的支持和保护，获得了巨大的发展，深入日本人的日常生活和社会文化的方方面面。它不仅对日本人的心理结构、人生态度，而且对日本人的审美情趣、文艺创作思想都带来深刻的精神影响，比如不重形式重精神、不重人工重自然、不重现实重想象、不重理性重悟性、不重繁杂重简素、不重热烈重闲寂等等，形成日本文化的中核。日本文化和日本人的性格与禅的自然性格并存融合为一体。有的西方学者甚至认为，日本文化和日本人的性格就是禅。

民族的基本性格特征

上述日本历史、风土和政治、经济、文化宗教形态，成为产生独特的日本国民性格的重要因素。那么哪些来自传统文化的国民性格直接影响和决定日本古代文学意识和审美意识，以继续维护着日本文学精神和审美传统的特色呢？

第一，调和与统一的性格

日本民族的国民性及其精神结构特质，具体表现在追求调和中庸性上。日本学者称这种国民性为"中正"的性格，即不偏为中，不曲为正。他们判断事物一般都采取相对主义、调和折中的态度，这是以"和"作为基础的，含亲和、平和、中和之意。大和族、大和国、大和魂之称谓，大概也缘于此。正如上述，日本民族史平和的发展，形成日本国民的"和意识"。可以称得上是圣德太子一篇"出色散文的"《十七条宪法》以"和为贵"开首，以"夫不可独断，必与众宜论"结束，说明作者的主体性的思考，是强调确立共同体的和，将调和与统一作为当时最高价值之一。直至近代明治维新以后，仍然强调其社会的基本精神是"以和求存于全体之中，以保持一体的大和"，即保持民族整体的大和。

日本的所谓"和"，表现在对事物观察上的一如性，即任何事物，比如生活与艺术、宗教与艺术都不看作是对立和分裂，而看作是一如的、结合融化为一的，就是把相异的东西综合为一。日本文化上的"和"是对伦理道德、宗教意识的高度感受的结果，具有浓厚的伦理道德和宗教意识的效果。这不仅是日本精神文化一个重要的范畴，而且是日本精神的力量所在。

日本民族以亲和的感情去注视自然，认为自然是生命的母体，是生命的根源，对自然的爱，带来人生与自然的融合，人生与自然密不可分。可以说与自然的亲和及一体化，与自然共生，成为日本民族最初的美意识的特征之一。这种美意识不是来自宗教式的伦理道德和哲学，而是来自人与自然共生，人与自然密不可分的民俗式的思考，所以日本民族对自然的感受方法与思维模式与西方民族是迥异的，他们把人看作是自然的一部分，人融进自然之中，主体的人与客体的自然没有明显的区别，而且把自然看作是与人相互依赖依存，可以亲和地共生于同一大宇宙中，人与自然是和谐的。

"和"的精神实际上是日本民族最初表露出来的精神结构特质。这种"和"的精神，经过千余年在广泛的社会心理的深层积淀，最后形成日本意识，即日本民族的思维模式，贯穿和影响着政治文化、思想、文艺、心理乃至社会整体生活，至今仍然作为人们的伦理道德和行为规范的重要准则。在日本，调和与统一被认为是最美的，乃至在文学上、美学上作为一种理想的追求，将"和"之美作为真善美的和谐统一的理想境界。

总之，从政治经济、社会文化上的"和"，到心理上、精神上的"和"，正是日本民族美意识所追求的最高的"和"，也是最高的美。调和是日本国民性格基本的、主导的一面，也是日本文明赖以统一的精神基础。

第二，纤细与淳朴的性格

日本民族生息的世界非常狭小，几乎没有宏大、严峻的自然景观，人们只接触到小规模的景物，并处在温和的自然环境的包围中，养成了纤细的感觉和淳朴的感情，对事物表现了特别的敏感和淳朴，乐于追求小巧和清纯的东西。比如他们喜欢低矮但显出美的小山、浅而清的小川小河，尤其是涓涓细流的小溪。喜好纤小的花木，国人以细细的樱花作为国花，皇室以小菊作为皇家家徽，国会也以小菊图案作为国会的象征。树木则喜爱北山纤弱的杉。从建筑艺术到日常生活用品也如此，崇尚纤细和淳朴，一切都讲究轻、薄、短、小。所以一些西方学者称日本文化的特征是"岛国文化""矮小文化"。

表现在对四季的感受性上，显得特别敏锐和纤细，并且含有丰富的艺术性。比如他们在对季节微妙变化的感受中育成优艳的爱，而这种爱又渗透到自然与人的内面的灵性中，从而激发人们咏物抒情的兴致；他们在四季轮回，渐次交替的过程中，纤细地感受到自然生死的轮回、自然生命的律动，这种对四季的敏感，逐渐产生季物和季题意识，影响到其后的整个日本文学的命运。

日本民族对其原始文化基础的感受文化，尤其是色的感觉文化是非常敏锐和淳朴的。我们从古代文化神话和考古挖掘中就可以发现古代日本人的色彩感觉是很朴素的，在他们的色彩概念中只有白与黑、青与赤对称表现的色彩体系，尤其以白的色相作为其美的理想，以白表示洁白的善，表示平和与神圣。带上一定伦理道德的意味。其原始神道将白作为神仪的象征，白作为人与神联系的色，而且完全依赖自然现象来表达纯白的色。比如古代神社建筑是木造结构，不涂任何色彩，保持原木的白色。用玉串象征神风（风无色，即白）来拂除凡界的尘土，用神水（水透明，即白）来净垢、纯化等等。我们从上述日本民族的自然观和色彩审美中也可以看出日本民族性格的纤细而淳朴的表现，同时这种淳朴的特质与上述的和也是相通的。

第三，简素与淡泊的性格

日本清幽的自然环境和淡泊的简约精神，对原初民族的简素淡泊性格的形成影响至大。比如日本文艺以柔和简约作为其外表，内里蕴涵着深刻的精神性的东西，这表现在文学思想和美意识中的"真实""物哀""幽玄""风雅"之洗练的美的感觉以及形式之短小上。日本绘画之重线条的柔和性和色彩的淡泊性，整体结构表现出来的情趣之潇洒和韵味之恬淡。尤其是水墨画追求一种恬淡的美，画面留下的余白，不是作为简单的"虚"，而是作为一种充实的"无"，即让"无心的心"去填补和充实。所以水墨画将"心"所捕捉的对象的真髓，用单纯的线条和淡泊的墨色表现出来，表面简素，缺乏色彩，内面却充满多样的线和色以及多样的变化。日本音乐的旋律单调，却蕴藏着无穷的妙味，回荡着悠长的余韵。日本舞蹈的动作柔和、单调和缓慢，却显露出一种内在的强力。日本语言一个母音只配一个子音，非常单纯，很少拗音和强音。

这种简约的好尚，具体化地运用在数字上是尊崇奇数，以奇数代表吉祥。由此延伸，在文学上也表现出对奇数运用的偏执。从和歌、俳句的格律到歌舞伎的剧名都避开偶数而采用奇数。尤其是文学表现上喜欢使用简约的数字，夸小不夸大，比如"色鱼长一寸""苇间一鹤鸣"等，都是以最低的奇数来表示。

表现在衣食住等日常生活方面也如此，和服不仅色素，而且样式单一，无多样多褶皱，从衣领到下摆是一直线的，非常简洁。传统"日本料理"讲究清淡，生食，以保留原味。日本烟酒不浓烈，肥皂牙膏也是淡香。住宅建筑多原木结构、非对称性、不均齐的直线型，连家具也多是原木色和白色。

与日本民族生活密切相连的茶道，更具体地体现日本民族这种简素淡泊的性格特征。他们赋予茶道"空寂"的性格，追求形式与内容的简素的情趣。茶室多是草庵式，空间甚小，整体结构质素，室内布置简洁，壁龛只挂一幅简洁的字画，花瓶里只插一朵小花，造成茶室沉浸在静寂低回的氛围，让茶人按严格的茶道规范动作，在情绪上进入枯淡之境，并且在观念上不断升华而生起一种美的意义上的余情与幽玄，充分体现"禅心"的"无即是有，一即是多"的性格。

第四，含蓄与暧昧的性格

日本民族性格不重理性而重实际，缺乏思辨哲学，对事物观察常常直接诉诸感觉和感情。日本文化形态的一切方面，都是从感性出发，但又以"感觉制约"作为原则，单纯表现主观的内在感情，具有很大的含蓄性和暧昧性，直接影响着日本民族的思维模式的定势。

从最能反映民族性格和文学性格的语言来说，日本民族语言的最大特色是具有极大的暧昧性，文章结构往往省略主语、宾语、述语，多代名词，读者（听者）主要依靠语气、语感、遣词用语、敬语乃至上下行文来体味对话的人物关系。在人际交往和思想交流中的用语，也是表现得非常朦胧和含糊，很少使用明确的肯定词或否定词，净讲模棱两可的话。作为语言艺术的文学，其语言的文学性往往在艺术上和审美上受到其民族语言特性的制约。语言含蓄，而且一词多义，含有极为丰富的思想和复杂的内容。比如"无赖"一词，在汉语中只有相近的二义：（一）刁钻泼辣，不讲道理；（二）游手好闲，品行不端。在日语中就含有四种完全不同的释义：（一）流氓、放荡；（二）不可靠、不可信赖；（三）爱的极致；（四）苦恼、痛苦等。所以在日本文学批评上严格界定"文学上的无赖性是不能用流氓、放荡来置换的"。尤其是美学用语，更是抽象而抽象，玄虚而玄虚，比如作为日本美形态的用语"わび"（空寂）、"さび"（闲寂）二词，朦胧含糊得令人捉摸不定，不易掌握其真义，甚至连日本人也往往分不清两者意义区别之所在，但通过日本美学语言这种用语的多义性和暧昧性，却让人从中可以感受到其民族的性格，可以感受到其美的感动中带有的民族特性。

含蓄的性格具体化地表现在文艺上，是不重形式而重意境，更重朦胧的格调。以日本美术为例，它甚少明晰清透，重隐约和模棱，尤其是文人画更具"超以象外，得其环中"，在淡墨中显其异彩。我国已故著名作家郁达夫就日本文艺美的特征曾经说过这样的话：日本文艺"能在清淡中出奇趣，简易里寓深意"，"专以情韵取长"，"而余韵余情，却似空中的柳浪，池上的微波，不知其所始，也不知其所终，飘飘忽忽，袅袅婷婷，短短一句，你若细嚼反刍起来，会经年累月地使你如吃橄榄，越吃越有味"。

民族性格与文学观

民族性格的构成是非常复杂的，具有双重性，有其美的一面，也有其丑陋的一面，有时美好与丑陋并存。我们在这里不是全面论述日本民族性格，而是简述其来自固有文化的，以及决定日本文学思想和美意识，以及继续维护着这种文学思想和审美传统特色的有关基本性格的几个特征，从中考察历史、风土、民族性格与日本文学观特质的关系。如上所述，日本的历史、风土影响着日本民族性格的形成，同时这些历史、风土、民族性格又制约着日本民族对美的思考和日本文学的内在气质。在历史的长河中，日本民族性格与日本文学及思潮混成一体，构成统一的日本性格与日本文学观的联系是多层次的，涉及文学的形态、表现、美理念和思潮诸方面。

（一）在文学形态上的特质来说，日本文学形态是短小型的。日本民族简素和纤细的性格最集中凝结在日本民族诗歌——和歌的短小形态上。从和歌形成过程的动机可以看出，它是根据两个原则构成的，一是从偶数形式到奇数形式，一是从长形式到短形式，最后确立短歌三十一音节，句调是五七五七七。日文是一词数音节，这样和歌的文字相当简洁。《万叶集》的四千五百一十六首和歌中，短歌占四千二百五十六首，长歌只占二百六十首，其中最长的柿本人麻吕的"高市皇子挽歌"也不过一百四十九句。而且，长诗兴起不久很快就衰落，分解为小形态。其后的俳句就更短小，只有十七音节，句调是五七五，这恐怕是世界诗歌形态中最短小的非对句性形式吧。从短歌到俳句的形式越来越小，且音数和句数都有严格的限制，但却可以准确地捕捉到眼前的景色和瞬间的现象，由于简练、含蓄、暗示和凝缩而使人联想到绚丽的变化和无限的境界，更具无穷的趣味和深邃的意义。小泉八云说它"正如寺钟一击，使缕缕的幽玄的余韵，在听者的心中永续地波动"。这种短小形式而意味幽玄，很符合日本民族精微细致的性格，所以俳句拥有广泛的群众基础。

日本物语文学作为最初的小说形式多为短篇，即使形式上的长篇，也很少汇集整体的构想，实际上仍由短篇合成。比如《源氏物语》以五十四回铺陈复杂的纠葛和纷繁的事件，它既是一部统一的完整的长篇，也是可成相对独立的故事，全书以几个大事件作为故事发展的关键和转折，有条不紊地通过各种小事件，使故事的发展与高潮的涌现，彼此融会。《伊势物语》是由一百二十五话和二百零六首和歌（有的版本为二百零九首）构成，没有完整的、统一的情节。每话互相联系不大，且非常节约，多者两三千字，少者二三十字。《八犬传》九辑九十八卷一百八十回（外一回），虽是洋洋八百万言的巨作，写了八个武士的一个个曲折离奇的故事，但从实质上说，也是一个个小故事汇合而成，如果省略某卷回，并不影响整体结构。净琉璃、歌舞伎等古典戏曲也是分段式的小构想，很少统一的整体构思，但情调却是统一的。

（二）在文学表现上的特质来说，日本文学表现之细腻丰富，与纤细、简约的民族性格不无关系。这种纤细、简约性格所形成的对美的追求，不仅表现在文学形式的短小上，而且表现在思想感情的纤细上。《万叶集》的短歌本质在尚未形成，就已经开始出现从种种形态渐次过渡到短歌形态的现象，它的短歌所抒发的纤细感觉和纤细感情，成为日本诗歌乃至日本文学的统一精神，这是日本民族独有的文学表现。

日本民族性格的含蓄性直接诱导出余情余韵的文学风采。日本文学作品，无论是诗歌、散文还是小说、戏曲，都尽量节约，压缩其内容，表现文学素材的主要部分，省略其他部分，而着力把握其神髓、神韵，并且通过含蓄性、暗示性、象征性来表现。最能体现这一文学精神的是作为象征剧的能乐，以幽玄作为其表现的第一原则。它充分发挥日本语言的含蓄和妙用双关语，且每场很短，篇幅不大，道白简洁，却包含着丰富的内容，其表演更是含蓄而颇具艺术深度，歌舞伎、净琉璃等戏曲也不乏这种含蓄、暗示、象征的文学表现。

日本民族性格反映在文学表现的特质上还有重视文学主观的抒情，如果分解这种抒情的主观性质，不难发现其纤细性和感伤性是非常强烈的。《万叶集》自然观照的歌表现出非常纤细的感情，尤其恋爱的思慕和别离之情所流露的哀愁之纤细、自然和纯粹，恐怕是其他民族不多见的。另外，对自然和人的理解，多是运用直观直觉的机能，感情因素多于理智因素，感觉因素多于理性因素，其文学表现的情调性、情趣性是很明显的。

文学表现的特质不仅反映在感伤性和情调性的感情上，而且也显现在理性制约上。从《万叶集》的和歌历程来看，不是全然是主观抒情，而且也有用客观反省与思考的形态表现的，如浦岛歌一类是最早的客观叙事的歌，后期的真间手名儿的歌，题词部分是客观叙述，歌部分是主观抒情。这种表现渐次向歌物语发展，它便成为第一部歌物语《伊势物语》的原型，出现了纤细的反省的理性倾向。从《万叶集》发展到《古今和歌集》，则以自然素材来表现，而且加上简约的理智解释。日本固有的"物哀"美意识，从"哀"到"物哀"的发展，在很大程度上是赖于这种感情理智的简约回环的以情绪为中心的表现而促进的。

（三）在文学美理念上的特质来说，日本原初文学意识形成的一个重要契机，首先是对自然的感觉和对神的感动而引发的。《古事记》《日本书纪》以苇芽的萌生象征神的出现，又意味着春之到来，提示季节感的涌动。可以说，在佛教传入之前，日本神话传说，首先是日本民族对自然和神本能性的反应，是崇拜自然与崇拜祖先神相结合，将自然神化，以及自然与神一体化，它是经过自然神话进入人文神话的。正如日本民族尊重自然和神（作为真的存在）的心情非常强烈一样，日本古代文学对自然和神的观察力也是极其敏锐的，常常是本能地将自然与神联系起来观察自然美。这种文学美意识发展到一定阶段，将自然与人相连来审视自然美之后，开始与季节美感发生更直接的更自觉的联系。自然在日本文学不仅是一种素材，而且是一种美感。和歌艺术美的思想源泉就是摄取自然景物及其在四季中的变化。一些和歌集完全按照春夏秋冬四季来划分歌类，许多歌纯粹是季节歌。俳句更是"无季不成句"，将季物、季题规范化。在季节美感中，春之优艳、夏之壮大、秋之静寂、冬之枯淡，形成日本文学美意识的特型，尤以秋的咏题最多。因为秋的景物最适合日本民族的情绪性、感伤性的抒发，以它寄托自己的寂寥之情，容易令人涌上悲哀的情绪。这是日本文学对自然的一种感伤的见解。是民族思想感情与自然季物契合的原质。

其他文学种类也如此，描写人物的思想感情多与季节的推移相照应，对季节和季物是亲和与敏感，一般都带有浓厚的人情味，使自然人情化。自古以来，日本文学家以自然为友，以四时为伴，与自然接触很了解自然的心，即自然的灵性，人心与自然心相连，人的生命搏动与自然生命的搏动也是息息相通的。他们从一草一木，空中悬月，也可以敏感地掌握四季时令变化的微妙之处，抚摸到自然生命的律动，乃至从一片叶的萌芽和凋落，都可以看到四季的不停流转，万物的生生不息，甚至可以联系到一切有生命的东西的命运。所以日本文学描写自然美，是用来表现人情美的。

季节美感产生日本原初文学美的特质，进而积淀成为日本文学思想的底流。从美理念来说，它酿成了文学的悲哀、幽玄、风雅的气质，孕育与之相应的日本特有的美理念物哀、空寂、闲寂，三者形成日本民族的审美主体，而流贯于日本文学各领域，也成为日本文学思想的源头。

从日本古代文学思潮上的特质来说，原初的文学意识，既是对自然的真实感动，也是对人神的民族式的感动而产生的。这表现在对自然的崇拜和对神的崇拜的一致性上，它是与日本民族原初的生活意识和美意识相契合，也是与日本民族的调和性格相照应的。

缘此，古代原初文学思想的基调是主情，即以情为中心，情占据着主要的位置，但又并非单纯由情而是由情与理的结合展开的，达到了情与理的一致境地。我们从儒、佛、道文学思想与神道文学思想合流就可以发现这一点。神道将儒家的"志"、佛家的"空"、道家的"无"调和，在对立、并存、融合的过程中形成系统的文学思想，并有所发展，强调了"明、净、直、诚"，其基础是诚（まこと，又曰"真"）。这种调和型的文学思想，流贯于古代各个时期，由于它是多成分、多元素构成，在不同的历史阶段又具有新的特质。如古代前期以情——物哀文学思想为中心，中期以法（佛法）——幽玄文学思想为中心，后期以义理——劝善惩恶思想为中心展开，对于古代文学观的发展起着主导的作用。

选自《日本古代文学思潮史》

原初文艺与性崇拜

　　爱与性是人类生活和文学艺术的重要主题，人们将爱与性的完美结合作为一种美的存在而执着追求。爱与性的发展，受到不同时代、不同国家、不同民族和不同文化圈的宗教、道德、法律、风习，乃至审美意识的制约，在文化史、文学艺术史上留下多彩的内容。一般来说，在文学上探索爱与性，不完全是生理和心理的作用或伦理道德的规范，而是爱与性所具有的美学方面的意义。爱的内容非常广泛，但唯有男女异性之间的爱是与性结合，而且表现得最为亲密和最为热烈。但男女之爱不单纯靠性结合来完成，它有着多层的结构和多种的完成方式。也就是说，性是爱的结果，是心灵与心灵的契合，然后才能带来精神与肉体的完美结合。如果将性与爱的秩序颠倒，性就会变为纯粹的肉欲。如果将性与爱分离，人就会成为性的奴隶和工具。在文学上对爱与性的不同表现，也大致源于这种种对爱与性的不同态度。

　　日本土著原始神道的一个特征，是对生殖器的崇拜。从绳纹时代的遗址可以发现，以石棒象征男性生殖器，女性土偶突出性器官部分。到了弥生时代，在农耕的祭祀仪式上将性器官作为农业生产力的象征，成为膜拜的对象物。在大和飞鸟时代明日香村石神出土的男女石人像，就塑造出类似道祖神那样拥抱的形象。

　　在日本的原始信仰中，性器官还是一种象征生命的力量，具有无比的咒力，连魔鬼遇上它也逃之夭夭。比如在《古事记》的神话中记述高天原和苇原中国被恶神起哄捣乱，灾祸齐发，天漆黑一片。天宇受卖命神以天香山的日影蔓束袖，以葛藤为发髻，手持天香山竹叶，扣空桶于岩户之外，脚踏作响，状如神魂附体，胸乳皆露，裳扣下垂及于阴部。于是高天原震动，八百万神哄然大笑。恶神被驱，天照大神即出岩户，高天原和苇原中国自然明亮起来。还有这样一个神话故事：两个女子被一群妖魔鬼怪追赶，她们乘船逃跑，魔鬼穷追不放，两女子走投无路，巧遇女神，女神让二女子露出羞部，自己并率先垂范，两女子照办，魔鬼们果然在一阵无掩饰的狂喜之后散去。据统计，在《古事记》的神话部分就有三十五处类似这样的性和性生殖器描写。

这种有关男女性器官的传说和神话故事很多，并于后世广为流传。在神道仪式上，抬着神的性器官象征物游行，一方面作为一种驱邪的办法，一方面以此表示对神的崇敬，让神快乐，俗称"神乐"。这种敬神活动，奠定了民间的文化的基础，后来"神乐"演变为宫廷或神社祭神的一种舞乐，在近古时代，发展为古典戏剧能乐、狂言和歌舞伎中的一种舞乐或舞事。古代民族宗教——原始神道信奉生殖器，是将它视为表现咒的一种力量。

土著原始神道对自然神的崇拜，也包括对性的崇拜。所以日本的起源神话是从爱与性开始的，历史传说中的自然神与人性息息相通，也是有人的欲求的。所以，日本古代文学对性的表现是非常坦率，也是非常认真的。比如，《古事记》中所描写的伊邪那岐和伊邪那美男女两神，奉天神敕令，从天而降，他们结合的过程是：伊邪那岐和伊邪那美下凡后，看见一对情鸽亲嘴，他们也学着亲嘴；目睹一对一对结合，受到启发，于是这对男女神无从自掩地合二为一，最后生下日本诸岛、山川草木，以及支配诸岛和天地万物的太阳女神天照大神和八百万神。这男女两神的爱与性的结合，被称为"神婚"。《日本书纪》则以阳、阴二神的结合来表现类似的故事。因此日本古代的祭祀，并排摆上阴阳石，作为性结合的象征。以此相传，日本神是可以泰然地享受爱与性的快乐，不存在基于宗教原因的性禁忌。尤其是《古事记》《日本书纪》是敕撰集，更具有规范性的意义。

日本古代最早的爱与性的文学素材起源于上述"神婚"，也是很自然的了。这种"神婚"的特征是：男女的爱与性都是发生在漆黑的夜晚，因为古代日本人认为神的时间带是夜晚，只有夜晚才能接触到神；同时日光、月光是神附于大地的咒力，在日月光下求爱是绝对禁忌的。所以《古事记》《日本书纪》所描写的男子到女子家求爱必须站在神的位置上，夜访早归，而且只限一夜，早晨分离后，他们的爱与性就结束，有时女子对男子的面目还来不及辨清呢。所以，"神婚"又叫"一夜夫""一夜妻"。这是上古日本人的性的飨宴。

日本古代文学在原始神道这种精神的影响下，对爱与性采取的是非常宽容的、开放性的态度，并形成性解放的习俗。比如未婚或已婚的普通男女，于春秋两季选择佳日，在特定的山地郊野，举办"歌垣"，彻夜舞蹈，唱求婚歌，彼此相中，就举行性的飨宴。《释日本记》这样记载道："男女集合咏和歌，约定为夫妻而性交也。"这种性解放的习俗，不仅限于贵族阶层，也普及于古代庶民社会，影响着日本人对爱与性的伦理观，以及日本文学的审美情趣。

《万叶集》第十二卷古今相闻歌类就集中收入许多"歌垣"上的咏歌。比如，这一卷的一首歌是这样咏唱的："行入石榴市/街头立几时/当年同结纽/可惜解于兹"，如今还有大和时代三轮山西南麓最古老的城镇石榴市交通要冲一处古代"歌垣"的遗址。同歌集第九卷高桥虫麻吕的一首为登筑波岭的歌垣日而作的长歌中也唱出："鹫住筑波山，有裳羽服津/津上率往集/男女少壮人/来赴歌垣会/舞蹈唱歌新/他向我妻问/我与他妻亲/自古不禁者/即此护山神/只今莫见怪/此事莫相嗔。"这可以引证当时"歌垣"这种庶民社会的自由性爱习俗的存在。

古代最早的物语文学《竹取物语》《伊势物语》等也大多以爱与性作为主题，逐渐形成日本文学的"好色"的审美情趣。《竹取物语》叙述众多男人不分日夜来到辉夜姬家里，向辉夜姬求爱，均徒劳无益，于是心灰意冷，不再来了。然而其中有五个有名的人不肯断念，还是日日夜夜地梦想着，继续不断来访。作者将这五个热心求婚的人形容为"好色的人"，以此来表达他们的恋情之深，比如描写他们在辉夜姬家外面吹笛、和歌，非常社交性地、游戏性地表达自己的恋心。

《伊势物语》描写作为主人公原型的著名歌人在原业平的种种恋爱相，象征性地显示了当时好色的实态，比如第三十八话："……这时候，天下有名的好色家源至也来参观。他看见这边的车子是女车，便走近去，说些调笑的话。源至最爱看女人，便拿些萤火虫投进女车中去。车中的女子想：'萤火的光，照不见我们的姿态吧。'想把萤火虫赶出去。这时候同乘的那个男子就咏一首歌送给源至，歌曰：'柩车深夜出/断送妙龄人/可叹灯油尽/愁闻哀哭声'。源至回答他一首歌曰：'柩车行渐远/忍听哭号啕/不信芳魂游/也同灯火消'。作为天下第一的好色家的歌，未免太平凡了吧。"

从这里可以看出，作者所描写的五个有名的人和源至这种恋爱，是作为一种美的价值，与优雅和风情结合，这是原初"好色"所含有的特性。又比如《伊势物语》第三十二话："从前有一个男子，和住在摄津国菟原郡的一个有春心的老女通情。这女子察知这男子正在考虑，今后倘回京都去，大概不会再到这地方来，她就怨恨这男子无情。男子咏了这样一首歌送给她：'可恨情难忘/思君多苦辛/形同石矶岸/芦密满潮生'。女的回答他一首歌道：'君心深似江湾水/舟楫如何测得来'。一个乡下女子咏这样的歌，是好呢，还是坏的呢？总之是无可非难的吧。"

这话描写老女与业平的恋爱，没有肉体的接触，但她仍有"春心"，表达她的好色的洗练，她在性方面的旺盛，她的性欲仍然是非常强烈的。但不是盲目的本能的性冲动，而是将好色，即恋爱情趣与艺术和美完全融合。这是好色理念的最重要特征，也是平安王朝文学的主要特质。最后一句"无可非难"，是作者对这种好色理念和审美情趣的肯定。在这两部物语之间问世的《古今和歌集》的五卷恋歌中，有不少歌，尤其是在原业平的歌也体现这种好色的审美情趣。

在原业平在右近马场骑射之日，行至该处，从车帘之下，依稀见一女子之面目而赋诗曰："相见何曾见/终朝恋此人/无端空怅望/车去杳如尘"。在原业平去伊势国时，与斋宫宫人暗中相会。翌朝又无法遣人致意。正思念间，女方送来此歌："君来抑我去/自觉已茫然/是梦还非梦/如眠又未眠"。在原业平答歌曰："此心终夜暗/迷惑不知情/是梦还非梦/人间有定评。"

《三代实录》记载，在原业平"体貌闲丽，放纵不羁，略才无学，善作和歌"。当时的所谓才学，是指汉学尤其是儒学。业平的所谓无才学，就是没有或少有受汉学、儒学的影响。另据古注，在原业平与女性相交共三千七百三十三人，其好色自然不是专一对象，而是将热情倾注在众多的女性上。从这两首歌可以看出，其追求不仅是肉体的价值，而且更重精神的价值，更重精神与肉体的完美的统一。

《古今和歌集》序中做了这样的释义："然而神代七世，时质人淳，情欲无分，和歌未作。逮于素盏鸣尊到出云国，始有三十一字之咏，今反歌之作也。其后虽天神之孙，海童之女，莫不以和歌通情者（中略）其业余和歌者，绵绵不绝。及彼时变浇漓，人贵奢淫，浮词云兴，艳流泉涌，其实皆落，其花孤荣，至有好色之家"。由此可见古代性崇拜育成的"好色"美理念，不完全是汉语的色情意思。"色情"是将性扭曲，将性工具化、机械化和非人化，而"好色"是包含肉体的、精神的与美的结合，灵与肉两方面的一致性的内容。比如古代文学以好色——恋爱情趣作为重要内容，即通过歌来表达恋爱的情趣，以探求人情与世相的风俗，把握人生的深层内涵，所以含有常情的一面，并不能理解为卑俗的文学，况且它与物哀、风雅的审美意识相连，是具有独特的美学价值和文学意义的。在日本古代文学中能称得上"好色家"的，必须具备两个基本的条件：一是和歌的名手；二是礼拜美，即在一切价值中以美为优先。可以说，"好色"不是性的颓废现象，而是作为一种美的理念。在《魏志·倭人传》中也认定"其俗不淫"。

从思想背景来说，古代日本社会信仰土著的神道，认为世界是神的大系，爱与性也是属于神的，以神的意志来行动。而神道对性爱是开放性的。比如，日本的歌始源于神的咒语，用歌来歌颂"神婚"，这便出现上述"歌垣"这种求爱的方式。是在神的名义下爱与性的解放方式，可见神道文化是肯定这种自由的性爱及其审美价值取向的。6世纪严格禁欲的大陆佛教传入日本，日本佛教衍生出许多宗派，打破了传统佛教禁欲的戒律。尤其是平安时代初期，通过空海从中国引进的真言密教，其经典《理趣经》称男女性欲本来是"清净"的东西，通过交媾进入恍惚之境、一切自由之境，从而达到"菩萨"的境地；同时性交快感高潮的瞬间，进入超越的心理状态，就达到解脱的境地。真言密教这种清净、逐情而至悟达的思想，以及"男女合一""色心不二"的性思想与日本本土上述神道的性文化意识的结合，对现世性欲的积极肯定，不仅对当时贵族的好色风习和好色思想的形成产生了重大的影响，而且加速了好色文学思想形成的过程。

另有一个不能忽视的因素，就是与性问题有关的医学思想的传播。比如，当时宫廷医官将中国传入的医学书分类为三十卷，书名为《医心方》，其中将性科学单独列为一卷《房内篇》，记载着持天的阳气的男人与持地的阴气的女人，通过相交，交换热能，可保持健康云云。它还记录了男性"一夜与十女尤佳"。这不仅成为贵族社会一夫多妻制的理论依据，而且成为支撑"好色"文学的科学思想。

古代的性崇拜和性解放意识，不仅影响着当时日本文艺创作，而且作为一种文艺思潮，超越历史和时代，而成为一种普遍的审美价值取向。

选自《日本文学史》

源氏与唐明皇的风流情怀

白居易的《长恨歌》，写了唐明皇与杨贵妃的风流情怀。无独有偶，紫式部受白居易的《长恨歌》的影响，她的《源氏物语》也写了源氏与众多女性的风流情怀。对于白居易的《长恨歌》究竟是讽喻诗还是感伤诗，众说纷纭。一说这篇长叙事诗主旨在讽喻，根据历史真实，写了天宝后期由于唐明皇耽于淫乐，而导致安史之乱的爆发，招来惨重的灾祸，造成绵绵的长恨，作者借此批评了唐明皇的荒淫误国。一说主题是表现和歌颂爱情，写了李隆基和杨贵妃的深情，作者借此表达了对唐杨的同情与哀怜。又有一说是以上两者的论据难以成立，即既非讽喻，也非感伤，而是通过唐杨的爱情故事，告诫世人不可重色纵欲，以免招来终身长恨的悲剧。对于《源氏物语》是讽喻还是感伤，也众说纷纭。不过，紫式部从另一角度写源氏三代的爱情悲剧，既有讽喻，又有同情，恐怕不能说与《长恨歌》所表现的讽喻性与感伤性不无影响吧。从文学观来说，两者都坚持了写实与浪漫的结合，所不同的是，两者各自根植于自己民族文化的土壤上，对审美观做出自己的解释，创造出各自的文学之美罢了。

从思想结构来说，《长恨歌》的思想结构是重层的，讽喻与感伤兼而有之。这对于《源氏物语》的思想结构形成的影响是巨大的，而且成为贯于全书的主题思想。过去一些学者将《长恨歌》和《源氏物语》的思想结构都归入感伤类，强调了作品的主题的"爱情说"。这一观点，尚有值得商榷的地方。主要是，这两部作品并非纯爱情类，而是通过爱情的故事，展开各自时代的历史画卷，具有明显的讽喻性。这一点，似乎可以举出以下一例为证：

《长恨歌》的讽喻意味表现在，对唐明皇的荒淫以及与其密切相关的种种弊政进行揭露，开首就道明"汉皇重色多倾国"，以预示唐朝盛极而衰的历史发展趋势。《源氏物语》也与这一思想相呼应，通过源氏上下三代人的荒淫生活及贵族统治层的权势之争，来揭示贵族社会崩溃的历史必然性。作者写到源氏为从须磨复出，官至太政大臣，独揽朝纲，享尽荣华时，让他痛切地感到"盛者必衰"的无常之理。作者不无感叹"这个恶浊可叹的末世……总是越来越坏，越差越远"。

两者的相似，并非偶然的巧合，而紫式部是有着明显的模仿白居易的《长恨歌》的目的意识的。她在《源氏物语》开卷"桐壶"就道出了这一讽喻的主题思想：

> 这般专宠，真叫人吃惊！唐朝就因有这种事儿，弄得天下大乱。这消息渐渐传遍全国，民间怨声载道，认为此乃十分可忧之事，将来难免闯出杨贵妃那样的滔天大祸来呢……如今更衣已逝，（桐壶天皇）又是每日哀叹不已，不理朝政。这真是太荒唐了。

于是，紫式部对源氏又做了如下一段描述：

> 他想：试着古人前例，凡年华鼎盛，官至尊荣，出人头地之人，大都不能长享富贵。我在当代尊荣已属过分，全靠中间惨遭灾祸，沦落多时，故得长生至今。今后倘再留恋高位，难保寿命不永，倒不如入寺掩关，勤修佛法，既可为后世增福，又可使今生消灾延寿。

白居易还描写了贵族社会妇女在一夫多妻制下，年貌盛时被玩弄、衰时被遗弃的悲运，来折射贵族王朝内部的倾轧。紫式部也以贵族社会一夫多妻制下妇女的这种悲剧命运，来隐蔽式地反映贵族王朝两派的争斗和盛极而衰的历史必然趋势。两者都常以讽喻的手法，对此加以借题发挥，来达到其讽喻的最终目的。

　　从作品的结构来看，《长恨歌》内容分两大部分，一部分写唐明皇得杨贵妃后，贪于女色，荒废朝政，以致引起安史之乱；一部分则写唐明皇与杨贵妃的爱情，唐明皇对死去的杨贵妃的痛苦思念。《源氏物语》也具有类似的两部分内容，一部分描写桐壶天皇得更衣、复又失去更衣，把酷似更衣的藤壶女御迎入宫中，重新过起重色的生活，不理朝政；一部分则描写桐壶天皇的继承人源氏与众多女性的爱情生活。

　　白居易和紫式部所写的这两部分都是互为因果的两重结构，前者是悲剧之因，后者是悲剧之果。他们都是通过对主人公渔色生活的描述，进一步揭示各自时代宫廷生活的淫靡，来加深对讽喻主题的阐发。所不同的是：白居易是通过唐明皇贪色情节的展开，一步步着重深入揭示由此而引发的"渔阳鼙鼓动地来"，即指引发了安禄山渔阳（范阳）起兵叛唐之事，最后导致唐朝走向衰微的结果。而紫式部则通过桐壶天皇及其继承人耽于好色生活，侧面描写了他们对弘徽殿女御及其父右大臣为代表的外戚一派软弱无力，最后源氏被迫流放须磨，引起宫廷内部更大的矛盾和争斗，导致平安朝开始走向衰落。从这里人们不难发现白居易笔下的唐朝后宫生活与紫式部笔下的平安朝后宫生活的相同模式，而且他们笔下主人公的爱情故事也是互为参照，更确切地说，紫式部是以白居易的《长恨歌》的唐杨的爱情故事作为参照系的。

　　就人物的塑造来说，《长恨歌》对唐明皇的爱情悲剧，既有讽刺，又有同情。比如白居易用同情的笔触，写了唐明皇失去杨贵妃之后的哀念之情，这样主题思想就转为对唐杨坚贞爱情的歌颂。《源氏物语》描写桐壶天皇、源氏爱情的时候，也反映出紫式部既哀叹贵族的没落，又流露出哀婉的心情；既深切同情妇女的命运，又把源氏写成是个有始有终的庇护者，在一定程度上对源氏表示了同情和肯定。也就是说，白居易和紫式部都深爱其主人公的"风雅"甚或"风流"，用日本美学名词来说，就是"好色"，其感伤的成分是浓重的。比如，在《源氏物语》中无论写到桐壶天皇丧失更衣，还是源氏丧失最宠爱的紫姬，他们感伤得不堪孤眠的痛苦时，紫式部都直接将《长恨歌》描写唐明皇丧失杨贵妃时的感伤情感，移入自己塑造的人物的心灵世界。

最明显的一例是，《长恨歌》中用"夕殿萤飞思悄然，孤灯挑尽未成眠。迟迟钟鼓初长夜，耿耿星河欲曙天"这样一句，来形容唐明皇失去杨贵妃，他从黄昏到黎明，残灯空殿，忧思无诉，挑灯听鼓，倍感夜长，实难成眠。作者在这短短的一句，便将主人公内心深处荡漾的感伤情调，细致入微地写了出来。紫式部在《源氏物语》中，写到源氏哀伤紫姬之死时，做了这样的描写：

（天气很热的时候，源氏在凉爽之处设一座位，独坐凝思）看见无数流萤到处乱飞，便想起古诗中"夕殿萤飞思悄然"之句，低声吟诵。此时他所吟的，无非是悼亡之诗。

之后，紫式部又写了源氏一再吟歌述怀，曰："我忧愁如火，燃烧永不停"；"但见空庭露，频添别泪痕"；"恋慕情无限，终年泪似潮"；"今秋花上露，只湿一人衣"（第四十回"魔法使"）；同时在写到薰君寻找其思慕之人时，也借用典出《长恨歌》中唐明皇寻找杨贵妃亡灵的事，让薰君说出："为了寻找亡魂在处，即使是海上仙山，亦当全力以赴"（第四十九卷"寄生"）之语和重提唐明皇叫方士到了蓬莱岛，只取得些细钿回来的故事等等，以渲染主人公的感伤情调，同时表达了作者对主人公的深切同情。

可以说，在白居易笔下的唐明皇与在紫式部笔下的源氏，他们的风流情怀是拥有共同的鲜艳，也有不同的特异色彩。虽然他们都一样的风流。

选自《日本文学史》

一休的狂气

　　一休，全名一休宗纯（1394—1481）。一休的狂气，在日本近古文坛是出了名的。

　　传说一休是后小松天皇之私生子，天皇弥留之际，还呼着一休的名字。但一休的身世至今仍是一个谜，他一生并无与其父接触，父亲对他来说，只是一具幻影。六岁入寺为僧童。十三岁学赋诗，每日一首，持之以恒。当时写作的《长门春草》，今仍保存下来。这时已显出他赋诗的天才。青年时代修禅，当时五山十刹为最高等级，他却脱离五山禅寺的生活，而成为五山文学的特异的存在。之所以采取如此决定，他在《狂云集》的一首诗中有所透露，即"山林富贵五山衰，惟有邪师无正师。欲把一竿作渔客，江湖近代逆风吹"。这些诗充满了对五山衰落的慨叹，对当时禅林腐败和堕落风俗的讥讽和批判，以及对庶民疾苦的关心和同情。

　　脱离五山禅寺后，一休在关山派隐士谦翁宗门下修禅。其师谦翁殁后，由于失去精神的支柱，过度哀伤，痛不欲生，冥想一周，难以解脱，便在琵琶湖投水，自杀未遂。获救后，他投入大德寺派的华叟宗昙门下继续参禅修行，这一门派十分贫困，派祖华叟对弟子要求非常严格，一休在此修禅开悟，其师授予"一休"号。一休学得其师清贫孤高的精神，并且加以大胆发挥，对其宗门的贫困现状，满怀悲愤，发出狂诗云："极苦饥寒迫一身/目前饿鬼目前人/三界火宅五尺体/是百忆须弥苦辛"。因此，一休自称是"疯狂的狂客"，自号为"狂云"。他的诗集命名为《狂云集》。

一休的一生，为宗教和人生的根本问题而苦恼。他的法兄养
叟让画师绘画了其师华叟顶相并乞赞，最后将此赞作为"印可
语"，向他人吹捧其师已认可自己"修行得道"。其师大怒，一休
也愤然痛斥其法兄这种作为。其师叟顶逝后，法兄当了住持，他
决心离寺，给养叟题诗一首："将常住物置庵中/木勺笊篱挂壁东/
我无如此闲家具/江海多年蓑笠风"。这首诗是附在寺庙什物明细表
之后，其用意是很明显的，以"如此闲家具"对他来说已是无用
之物，表明他对当时禅林世风日下的揶揄，在平淡的诗句中隐露
其强烈的对现实挑战的意味。在《自戒集》中，他也谈到了自己
离开寺庙是与法兄养叟的紧张对立的原因。

一休还曾为宗教与人生的诸多纠葛而大声疾呼："倘有神
明，就来救我。倘若无神，沉我湖底，以葬鱼腹！"后来有一次，
由于他所在的大德寺的一个和尚自杀，几个和尚因此而被牵连入
狱，一休深感有责，入山绝食，并再一次试图自杀。

在《狂云集》中还收入了许多爱情诗，赞美性爱，超俗的自
然，高吟出："学道修禅失本心/渔歌一曲价千金/湘江暮雨楚云月/
无限风流夜夜吟。"这种求道修禅"失本心"，而风流逸事却"夜
夜吟"，表明他已然作为一个自由人，正萌生着"自由诚可贵，爱
情价更高"的超前现代意识。

在爱情诗中，咏盲女阿森的爱情诗约有二十多首。于文明二
年（1470），年已七十六岁的一休，与四十岁的盲女阿森邂逅，谓
阿森是"一代风流之美人"，于是两人由相爱而同居于一休的寺
院，他咏了与盲女的爱情诗二首，反映了他与阿森"伴吟身"
"私语新"的缠绵的情爱，人虽老，春心未灭，作为破戒僧，他发
出了狂气，大胆誓言：如果忘却这份爱情，将在"永劫"中变成
"畜生身"。

一休的"狂气"表现不仅于此，尽管他受到佛界的斥责却仍要进一步向宗教的传统——禁爱欲、禁酒肉挑战："住庵十日意忙忙/脚下红丝线甚长/他日君来如问我/鱼行酒肆又淫坊"；"美人云雨爱河深/楼子老禅楼上吟/我有抱持接吻兴/竟无火聚舍身心"。在这里酒肉、美人、爱河、拥抱接吻、淫坊（妓院）都成诗入歌，在这类诗中写到花颜甚至裸体（《寄御河古开浴》），但却绝不渗入任何生理的因素，有的是形而上的、感觉的不羁的风流和狂气，成为彻头彻尾的反传统体制、反传统道德的异端者。他的先辈大和尚对其近乎放荡的狂言进行了严厉的斥责，其门下也深表愤慨，一休对此作偈进行了解释道：

> 同门老宿，诚余淫犯肉食，会里僧嗔之。因作此偈，示众僧云。
> 为人说法是虚名
> 俗汉僧形何似生
> 老宿忠言若逆耳
> 昨非今是我凡情

当然，一休赞美的是正常的人欲和常情，乃至达到痴和狂的程度，但他绝非赞美淫坊。这可以以他批评京城妓院的性行为无异于牛马鸡犬，其昌盛乃是亡国的征候为证。（《叹王城淫坊》）因此，一休就在宗教感情与爱欲感情、自赞与忏悔的矛盾与对立中，有时向僧戒、世俗挑战，并为此而自赞，有时也妥协并为此而忏悔。同一人曾做过这样的自赞和忏悔两种诗，在《自赞》诗曰："华叟子孙不知禅/狂言面前谁说禅/三十年来肩上重/一人荷担松源禅"。另外在《忏悔拔舌罪》称："言锋杀戮几多人/述偈题诗笔骂人/八裂七花舌头罪/黄泉难免火车人。"

为了自赞与忏悔，一休曾狂言："佛界易入，魔界难入"。于是，他冲破禅宗的清规戒律，抱着"魔界难入"的心情，决定要闯"魔界"，追求恢复人的本能和生命的价值，以及艺术的真、善、美。他写许多狂诗，批判禅林的种种腐颓现状；写许多恋爱诗，大胆而直率地表露了自己的真情。

　　的确，一休宗纯明知"魔界难入"，又要闯入"魔界"，这正是他的"破戒"意志的表现，也是他的"狂气"所在。最后，一休在辞世之前，留下了《辞世诗》一首，表示"十年花下埋芳盟/一段风流无限情/惜别枕头儿女膝/夜深云雨约三生"。

　　最后汉诗人一休宗纯仍未能忘怀他的"风流无限情"，誓言"云雨约三生"，而他作为"云雨"（禅僧）要三生与盲女阿森相爱，其痴痴之情，跃然诗中。可以说，这是一休的疯狂、风流一生的自画像。

选自《日本文学史》

良宽的风流

　　良宽（1758—1831）是日本近古江户时代的汉诗人、歌人。原名荣藏，法号良宽。从少年起就勤奋好学，读私塾，习儒学。正如他的诗所云："一思少年时，读书在空堂。灯火数添油，未厌冬夜长"。十八岁时，他做了见习名主，不久便出家，云游各地，托钵坐禅。他之出家，自谓"世人皆谓为僧而参禅，我即参禅而后为僧"，其动机是复杂的。他不满幕府的体制，忧时愤世，在出家歌中愤然咏出："现今人世是无常，五脏六腑在燃烧"，但他不是因为无为或厌世，而是独爱逍遥，因此歌又曰："并非逃遁厌此世，只因独爱自逍遥"。他参禅余暇，专心读书，理头赋诗作歌。中年回故里，不归家，也不皈依任何宗门，更不依附官寺五山十刹，而蛰居附近闲寂的空庵，渡过孤独清贫的岁月。

　　良宽虽身为僧，但仍保持一颗春心。佛教东传，与本土的神道融合，佛教日本化，重视现世而不重来世，重视此岸而不重彼岸，所以日僧不是禁欲主义者。良宽也不例外，也是识人间烟火的。他写了以数千百计的汉诗中，也不乏写美女的诗。他的《草堂诗集》就收入了好几首。其中《南国》诗所颂的越后美人，与李白的《越女词五首》赞少女的歌所流露的情感也是相似的。良宽的《南国》诗曰：

　　　　南国多佳丽
　　　　翱翔绿水滨
　　　　日射白玉钗

风摇红罗裙

拾翠遗公子

折花调行人

可怜娇艳态

歌笑日纷纭

　　良宽的赞少女诗，不仅写出了少女的佳丽和艳态，而且展露了少女的春心，表现少女在羞涩、朴素中透露出的一丝真情，在舒畅、真率中更露出的一颗青春的心。

　　不仅如此，良宽在实际生活中也是十分风流的。他曾与饭馆女佣寄子，有过一段特别的交情，良宽弥留之际，寄子向他索取遗物，留作纪念。他便以自然寄情，留下了一首闻名遐迩的绝句：

秋叶春花野杜鹃，

安留遗物在人间。

　　这成为风流的良宽"弥留之际回赠寄子的恋歌"。川端康成谈到良宽的这首和歌是他之最爱时说：这首诗"反映了良宽自己这种心情：自己没有什么可留作纪念，也不想留下什么，然而，自己死后大自然仍是美的，也许这种美的大自然，就成了自己留在人世间的唯一的纪念吧。这首歌，不仅充满了日本自古以来的传统精神，同时仿佛也可以听到良宽的宗教的心声"。也就是说，良宽这首和歌充分表达了日本传统的歌心，同时也准确地捕捉到良宽的禅心，使歌心与禅心达到天衣无缝的结合。

　　良宽潜心修禅，最后"回首七十有余年，人间是非饱看破"。他的心得到了净化，诗心、歌心也得到了升华。良宽的"腾腾任天真"的诗人一生：纯真恋心、诗心歌心，就像梦一般的美。

良宽一生自由脱俗，可谓风流不羁。他还有一段美丽动人的风流逸话，就是与贞心尼的爱恋。六十九岁的晚年良宽因体弱衰老而迁至岛崎村，当二十九岁的贞心尼在他面前出现并表示热烈时，他偶然获得如此纯真的年轻的心，内心深深地感到欣慰，情不自禁地低吟起爱情歌来，歌曰：

> 望断伊人来远处，
> 如今相见无他思。

良宽的这首诗，"既流露了他偶遇终身伴侣的喜悦，也表现了他望眼欲穿的情人终于来到时的欢欣。'如今相见无他思'，的确是充满了纯真的朴素感情。"

良宽殁后，贞心尼还编了良宽歌集《莲之露》，其中收入不少良宽与贞心尼的爱恋赠答歌，反映了他的浪漫与风流的情怀。其中也收入良宽不久于人世时所吟的绝命之作：

> 谓言贸然断绝饭
> 只为等待安息时

这首歌，是答贞心尼的赠歌。贞心尼赠良宽的歌，曰："禅师病情严重时，闻断饭药来吟诗。谓言无效断饭药，亲自等待雪消融。"

这一赠一答，说明良宽与贞心尼长相厮守，他们在苦痛之中，彼此的心更加贴近。在他们相恋的翌年，良宽在贞心尼的悉心照料下圆寂了。

选自《日本文学史》

好色文学及其审美价值

——以井原西鹤的"好色物"为中心

　　井原西鹤（1642—1693），原名平山藤五，出生于大阪一个富裕的町人家庭，父母早逝。师从俳谐师西山宗因后，取其作为俳谐师的母方井原之姓，改名西鹤。青年丧妻，盲女儿也先他而去，家庭遭遇的不幸，曾一度削发出家，对其人生产生的影响：一是将家业托付别人掌管，自己从町人家业的俗事中摆脱出来；一是专心埋头于文学，特别是遍历各地，关心世态与人情。

　　西鹤是个多才多艺的作家，身兼俳谐、浮世草子、净瑠璃的创作者，曾一度经商，熟悉商界的种种内情，这种町人生活的体验，对于其后他的文学创作打下厚实的生活基础。他的文学创作活动可以分为三大部分：一是俳谐，少年的西鹤志向俳谐，从点评俳作开始步入俳谐界，后以鹤永俳号，发表发句，归属贞门派，后不满贞门的保守性，转向以宗因为代表的谈林派，也创作了不少句，并结集出版，与俳谐新风呼应。他为悼念他的亡妻，首先发表了俳谐集《一日独吟千句》，其后发表《俳谐大句数》以及编辑俳谐集《飞梅千句》等。延宝末年（1681）他的俳业达到顶峰期，翌年其师宗因逝后，加上俳坛的论争不止，他的大句数俳谐也开始趋向散文化，就渐渐地淡出俳坛。二是净瑠璃，创作了《历》《凯阵八岛》等，以及角色评论集，与他在俳谐和浮世草子的业绩相比，则大为逊色。三是浮世草子，西鹤因有感于俳谐的形式已不能充分表现町人的生活，于是抱着革新的精神和社会问题意识，转向散文世界，将其才能发挥尽致，在文学史上建立不朽功绩。

四十一岁的西鹤，开始创作浮世草子，分为四大类：一是"好色物"，二是"武家物"，三是"杂话物"，四是"町人物"，其中"好色物"和"町人物"，不仅在西鹤的个人创作史上，而且在近古文学史上，都占有重要的地位。

西鹤首先发表的《好色一代男》，是他成为小说家的处女作，也是在近古文学史上开创"浮世草子"时代的划时期的作品。小说以町人社会的新兴为背景，以青楼为舞台，描写了富商梦介沉迷于好色之道，不顾家业，携三个青楼女子游乐于京城。其中一女生下梦介之子，取名世之介。故事就从世之介受其父"熏陶"，他七岁时的一个夏夜，女侍熄灭灯火，他让女侍靠近他，并说"你不知道恋爱是在黑暗中进行的吗？"这样"灯火熄灭恋情生"的喜剧形式开始，描写世之介此时懂得收集美人画、好奇于自己富于魅力的部位，产生朦胧的性意识，到少年后，饶有兴致地偷听男女的情话，看到俊俏的寡妇就想象着紫式部再现于人世而顿生爱慕之情，涉足青楼去体验"初欢"的乐趣，不受家庭和身份的约束，追求恋爱的自由和纯真的爱情，并且从青楼女子那里了解到辛酸的社会世相，比如有与熟客真心相恋的青楼女子，被发现后惨遭凌辱，仍对恋人深怀相思之情；有被皇族公子玩弄爱情后而被抛弃的女佣；有家贫而被卖身于青楼的男妓，倾尽了人世间辛酸的风流韵事等。世之介成年后，旅行各地，从京城下濑户内海，至九州中津，又返回大阪，复又赴佐渡、酒田、鹿岛、仙台、信州、岛原、江户、长崎等南北各地，过着风流自在的生活，乃至穷困潦倒，到了陋巷破屋也不减平时的风情，艳闻四起。比如，与寡妇一夜欢而产下一子又遗弃之后，联想到歌人小野小町所吟咏的可怜的人世。目睹有的青楼女子为摆脱苦海而削发为尼，从此远离尘世。世之介与父母断绝关系后，他无依无靠，更是流浪四方，纵情游乐，有时出入高官显贵的游乐场，谈歌、拨琴、点茶、插花，乐道男女美事；有时放荡于不同地方的青楼，谈论姿色，熟知各地各等级青楼男妓的情意、女妓的风情和这行当的种种规矩，也尽见所有阶层的女色；有时贫困至极，也要过一夜忘形之欢，或垂涎于美貌的女巫、渔家女，乃至闯关卡被疑为贼人而被捕入狱还与隔墙牢中的女子传递情书。父亲辞世，他继承了其父遗产，仍倾注于情爱，成为烂熟的"粹人"，即"风流人"，达到町人唯一的自由世界，乃是因果报应，如此等等。作品还写了一个有夫之妇拒绝好色男的求爱而谨守贞操，一些世故的男人死守家中的金钱而不到青楼这种地方。全书以世之介一生遍历全国各地青楼为主轴，人到花甲之年，身边无父母妻儿，孤身一人，觉得这个俗世已无可留恋，不想再沉迷于色道，便乘坐一艘新造的"好色号"，从伊豆半岛启航，开赴女护岛，从此音讯全无了。

这部作品的文体，以近于口头语文章的通俗文语体为主，插入某些和歌、谣曲、汉诗文等，从小说结构的五十四回，到角色模式两代的好色，都模仿了紫式部的《源氏物语》，以世之介继承其父的好色一生为主轴，细致地描写了地方的民风习俗，勾勒出鲜明的各种人物性格的轮廓，不时以俳谐式的谐谑笔调，讽刺轻佻的现世，以及现世的价值规范和行为准则之诸相，加深风流情趣的文化内涵。小说结构五十四回构成一部统一而完整的长篇，但各回又自成相对独立的故事，以世之介好色一生为经，各地方风俗为纬，从不同视角编织出一幅町人现世的多彩样相图，一幅江户时代町人社会风俗文化的缩影图。如果说，紫式部将贵族的源氏这个人物理想化的话，那么，西鹤则将町人的世之介理想化。换句话说，《好色一代男》就是近古的"俗的《源氏物语》"。

继《好色一代男》之后，还写了《好色二代男》（本题《诸艳大鉴》）。它是《好色一代男》的续篇，全四十回，模仿《源氏物语》中的源氏在"云隐"之后，由其继承人熏君继承其血统的故事，设计了主人公世之介遗弃之子世传，在正月第一个梦就梦见了从女护岛飞来了作为世之介的使者——美面鸟，向自己秘传色道，而成为现实中的好色"二代男"，游兴于以京都、大阪、江户为中心的青楼，接着展开了与世传无关的青楼各种逸闻和名妓的逸事，并透视青楼游兴与金钱的关系，表明在金钱力量的支配下已无真情，连恋人也不可信的悲剧，男子为了证明自己对女子的真情，只有使自己破产，或者下决心殉情。最后为了对应，写了已去世变成菩萨的青楼女子接迎了世传的有幸往生而结束。即全书只有前后两回与世传有关，其他三十八回是一个个与世传无关的短篇，实际上是一部短篇集。作者就这样采取观照的态度，用自己手中的笔，挥洒浮世的种种复杂的"人心"诸相。在这里，他在肯定人性自由的同时，也揭示了人性丑恶的一面，而不像《好色一代男》那样一味赞颂人性之美。

井原西鹤以爱欲的自由和人性的解放为主题，贯通了当时流行的"粹"（いき，即风流）的美学思想。他的好色文学就是"粹"的美学的形象化。换句话说，他的作品大多对"男色"，即男子与青楼女子的爱欲，采取肯定的态度，加以赞美，并称他们"双方都是上好，是人人也模仿的'粹'"，始终称赞人性的美，即使是揭示丑恶的一面，也是作为在封建制度下人性的一种扭曲，是性的自白。

西鹤的"好色物"以"男色"作为主题开始，但还以女色为主题，写了《好色一代女》《好色五人女》等系列作品，描写了女子得不到真正的爱而殉情，或者揭露了男女地位高低的不平等，比如官宦与青楼女子，小姐与男仆之恋，低贱一方被对方背弃，或者触犯封建社会严格的等级制度，低贱一方被对方处死、或自己殉情，总之是低贱一方受害或与殉情相连，所以有人主张低贱者对待恋爱不能太认真。

《好色一代女》是与《好色一代男》以男性为主人公相对应，以女性为主人公。全篇是一个相对统一的长篇，以老尼回忆和忏悔自己一生，描写了自己作为公卿近侍出身的宫女，少女时代在宫中受到贵族好色环境的影响，过早地"知恋爱"，对年轻的宫廷武士爱得如醉如痴，有违宫廷禁忌，武士为此丧命黄泉，她被逐出宫门后，沦落岛原青楼，人到中年还有一种激越的性冲动，经历了种种男女之间的情事，比如与有妇之夫堕入恋情、与主家老爷偷情或同床共枕、与破戒僧人为妻、与老头子做爱感到人到暮年诸事无常，有时被逼身兼女佣和小妾两种角色等等。她与无数男人的交往只是风流一夜，没有遇上一个真情的人，以及侍奉富贵之家时所目睹的女人忍受变幻无常的惨状，对世情有了清楚的了解，深知女人之薄命可谓如汉诗所咏"一双玉臂千人枕，半点朱唇成客尝"。于是，作者借苏东坡的句"男女淫床，互抱臭骸"，来表达深沉的人生慨叹，最终写了女主人公待到老来时，深感浮世的恋情、烦恼互为因果，活在人世间短暂无常，思昔叹今。在大云寺里，面对千姿百态的五百罗汉像，似是一生曾相遇过的千百无情男人的脸，茫然若失，投河自尽被救起，最后上山削发为尼。她皈依佛门后，在没有罪恶的净土中，忏悔自己所犯的罪孽。最后用女主人公这样一段话，结束这一悲惨的故事：

> 我一生既无丈夫又无子女，只是一个孤身的女人。对我来说，已无须有什么可隐瞒的事。所以我要把我的一切，从心中的莲花的开放到枯萎都一无遗漏地倾诉出来，即使有人说我是一个飘忽不定的浮萍，一个出卖色相的女人，也不会使我已经清澄的心，再变得混浊了。

同年此前写就的《好色五人女》，是由五个独立的短篇构成，以当时流行歌谣、戏剧故事为蓝本，以町人家庭为背景，虚构出五个女人有违封建社会通行的"义理"，比如违反身份差别的约束，私下订终身，为恋爱殉情，或被称以"通奸"而私奔，乃至遭判处死刑的悲剧故事，间或也插入感情异化的人间喜剧，内容虽不尽相关联，但都贯穿了在封建社会下的爱欲受到"义理"压抑这个主题，而且作为问题意识提了出来，强调了不是个人的原因，而是封建的家族制、家长制的礼教束缚所导致的，同时将"好色"（恋爱极致）的美意识形象化。在作者笔下，《好色五人女》尽展了女性为爱而生，也为爱而死的人间现实，对五个女主人公表达了或哀怜或欣羡之情，还不时地流露出恋爱的无常观。西鹤对当时"好色"女子的殉情这样解释说：

　　　　这类殉情，既非义理，也非人情，而是出于不自由，这是根据无情而在是非的极点上形成的。这种殉情无一例外的都是青楼女子，身为官宦巨贾的男人，即使迷于恋情，难道他们会去殉情吗？

　　从西鹤这段话来看，他的"好色"审美情趣，首先是将爱与性放在反封建"义理"、反礼教的特异位置上，始终追求爱与性的自由表现，以赞美的笔触来展现女性包括青楼女子大胆的情爱，以及隐秘人间爱与性的悲欢、风雅和美。尽管他笔下的"好色"的描写，大胆、露骨和放荡，但正如他说的，好色者，"纵使放荡，心灵也不应该是龌龊的"。也就是说，西鹤的好色，主要放在精神性方面，而不是性的生理本身，即着重追求自由与肯定人性，尤其是从性的侧面肯定人的自然的生的欲求，表现出风流的情趣。可以说，西鹤的"好色物"，是乐观、健康和明快，是对恋爱自由的肯定，显示了上升期町人的人文精神。这是与近古初期脱离现世、追求来世的彼岸思想截然不同，而与当时的现世主义时代思潮是息息相通的。其次是揭示女性在爱与性方面所遭遇的不同的悲剧命运，尤其是暴露了官宦巨贾与无数女子和青楼女子的艳遇，却无用情专一者，更谈不上为女子而殉情。

　　江户时代，以井原西鹤为代表的通俗文学产生"好色物"不是偶然的，是有其历史文化的背景，那就是当时存在以武士阶级为代表的封建性的儒学理想主义，和以町人为代表的前近代性的现世主义思想两种对立潮流，后者以人为本位，重视人的自然生命，人的本能性，追求自我满足、享乐和个人生活的充实，反映了这一时期人文主义的萌芽，性意识的自觉到了烂熟的程度，"好色"形成一种可以被广泛接受的风潮。坚持"好色"文学理念者企图超越时代、超越一切道德，将"好色"视为人文主义之道，这种观点占据主流的地位。所以，所谓"好色"，是一种恋爱情趣，而且是属于精神性的，而不是追求性本身。也就是说，主要从性的侧面肯定人的自然的生，享受现世的人生。本居宣长以"出淤泥而不染"的荷花来比喻"好色"者，并将"好色"作为生命的深切的"哀"，用"物哀"这一概念将平安时代的"好色"观念与当时的宿命观统一，概括其美的本质，赋予其普遍的文明价值和精神特征，由此"好色"的理念有了新的认同，以表现纯粹精神性的新内容为主体。

　　在日本文学史、美学史上，将近古这一时期纯粹精神性的"好色"的美理念，首先提升归纳为"粹"（すい）。一般地说，通俗文学发展前期的假名草子、浮世草子追求的美理念称"粹"。从江户时期"好色"文学思潮发展的脉络来看，将男女"知恋爱"的"好色"情趣作为纯粹精神性的，是始于假名草子和浮世草子，"粹"一词始见于假名草子的《青楼女评判记》《秘传书》，及至西鹤的浮世草子，采用"粹"的称谓就普及了。但这种男女的恋爱大多发生在青楼女子与男子身上，所以"粹"作为理想的存在，一种美理念，也限定在青楼内的男女情爱关系上使用，而在青楼以外的男女关系是忌用这个词的。从这个词的语源、语义来考察，最早源于"纯粹""拔粹""生粹"，意思是通人情，特别是指通晓青楼或艺人社会的情事。通俗文学发展中期以山东京传为代表的洒落本、式亭三马为代表的洒落本、滑稽本称"通"（つう），后期以为永春水为代表的人情本称"雅"（いき），其内容大致是相通的，只不过不同时期、不同文艺形式，其称谓有所不同罢了。可以说，日本的"好色"的理念是有其风雅甚或风流的特殊含义的。也可以说，在近古文学上，类型化的通俗文学应有其历史意义。

可以说，井原西鹤一生看尽了浮世，也写尽了"好色物"。他在五十二岁辞世前，写下辞世吟：

浮世之月尽观矣
末尾两年绰有余

井原西鹤以这样的绝句，结束了自己浮世的一生。

选自《日本文学史》

川端康成文学的东方美

一

　　川端康成1899年生于大阪府三岛郡丰川村大字宿久庄，接近京都。康成"把京都王朝文学作为'摇篮'的同时，也把京都自然的绿韵当作哺育自己的'摇篮'"。祖辈原是个大户人家，被称为"村贵族"，事业失败后，将希望寄托在康成父亲荣吉的身上，让荣吉完成了东京医科学校的学业，挂牌行医，兼任大阪市一所医院的副院长。在康成一两岁时，父母因患肺结核溘然长逝。祖父母便带康成回到阔别了十五年的故里，姐姐芳子则寄养在秋冈义一姨父家。康成由于先天不足，体质十分孱弱。两位老人对孙儿过分溺爱，担心他出门惹事，让他整天闭居在阴湿的农舍里。这位幼年的孤儿与外界几乎没有发生任何接触，"变成一个固执的扭曲了的人"，"把自己胆怯的心闭锁在一个渺小的躯壳里，为此而感到忧郁与苦恼"。直到上小学之前，他"除了祖父母之外，简直就不知道还存在着一个人世间"。

　　康成上小学后，不到三年，祖母和姐姐又相继弃他而去，从此他与年迈的祖父相依为命。祖父眼瞎耳背，终日一人孤寂地呆坐在病榻上落泪，并常对康成说：咱们是"哭着过日子的啊！"这在康成幼稚的心灵投下了寂寞的暗影。康成的孤儿体验，因为失去祖父而达到了极点。

　　在康成来说，他接连为亲人奔丧，参加了无数的葬礼，人们戏称他是"参加葬礼的名人"。他的童年没有感受到人间的温暖，相反地渗入了深刻的无法克服的忧郁、悲哀因素，内心不断涌现对人生的虚幻感和对死亡的恐惧感。这种畸形的家境、寂寞的生活，是形成川端康成比较孤僻、内向的性格和气质的重要原因。这便促使他早早闯入说林书海，小学图书馆的藏书，他一本也不遗漏地统统借阅过。这时候，他开始对文学产生了憧憬。

1913年，川端升入大阪府立茨木中学，仍孜孜不倦地埋头于文学书堆里，开始接触到一些名家名作。从不间断地做笔记，把作品中的精彩描写都详尽地记录下来。他的国文学和汉文学成绩最佳，他的作文在班上是首屈一指的。1914年5月，祖父病重后，他守候在祖父病榻旁，诵读《源氏物语》那些感时伤事的、带上哀调的词句，以此驱遣自己，溺于感伤，并且决心把祖父弥留之际的情景记录下来，于是写起了《十六岁的日记》来。这篇《十六岁的日记》既是康成痛苦的现实的写生，又是洋溢在冷酷的现实内里的诗情，在这里也显露了康成的创作才华的端倪。秋上，他就把过去所写的诗文稿装订成册，称《第一谷堂集》《第二谷堂集》，前者主要收入他的新体诗三十二篇，后者是中小学的作文。从这里可以看出，少年的康成开始具有文人的意识，已经萌发了最初的写作欲望。

这时候起，川端立志当小说家，开始把一些俳句、小小说投寄刊物，起初未被采用。到了1915年夏季，《文章世界》才刊登了他的几首俳句。从此他更加广泛地猎取世界和日本的古今名著。他对《源氏物语》虽不甚解其意，只朗读字音，欣赏着文章优美的抒情调子，然已深深地为其文体和韵律所吸引。这一经历，对他后来的文学创作产生了深刻的影响。其后他写作的时候，少年时代那种似歌一般的旋律，仍然回荡在他的心间。

1916年第一次在茨木小报《京阪新闻》上发表了四五首和歌和九篇杂感文，同年又在大阪《团栾》杂志上发表了《肩扛老师的灵柩》。这一年，他还经常给《文章世界》写小品、掌篇小说。《文章世界》举办投票选举"十二秀才"，川端康成名列第十一位。对于立志当作家的少年来说，这是很值得纪念的一年。

川端康成于1917年3月茨木中学毕业后，考取第一高等学校，到了东京，开始直接接触日本文坛的现状和"白桦派""新思潮派"的作家和作品，以及正在流行的俄罗斯文学，使他顿开眼界。他在中学《校友会杂志》1919年6月号上，发表了第一篇习作《千代》，以淡淡的笔触，描写了他同三个同名的千代姑娘的爱恋故事。

事实上，川端成人之后，一连接触过四个名叫千代的女性，对她们都在不同程度上产生过感情。其中对伊豆的舞女千代和岐阜的千代，激起过巨大的感情波澜。

伊豆舞女千代是川端上一高后到伊豆半岛旅行途中邂逅的，他第一次得到舞女的平等对待，并说他是个好人，便对她油然产生了纯洁的友情；同样地，受人歧视和凌辱的舞女遇到这样友善的学生，以平等的态度对待自己，自然也激起了感情的涟漪。他们彼此建立了真挚的、诚实的友情，还彼此流露了淡淡的爱。从此以后，这位美丽的舞女，"就像一颗彗星的尾巴，一直在我的记忆中不停地闪流"。

岐阜的千代，原名伊藤初代，是川端刚上大学在东京一家咖啡馆里相识、相恋的，不久他们订了婚。后来不知为何缘故，女方以发生了"非常"的情况为由，撕毁了婚约。他遭到了人所不可理解的背叛，很艰难地支撑着自己，心灵上留下了久久未能愈合的伤痕。而且产生了一种胆怯和自卑，再也不敢向女性坦然倾吐自己的爱心，而且陷入自我压抑、窒息和扭曲之中，变得更加孤僻和相信天命。

1920年7月至1924年3月大学时代，川端为了向既有文坛挑战、改革和更新文艺，与爱好文学的同学复刊《新思潮》（第六次），并在创刊号上发表了《招魂节一景》，描写马戏团女演员的悲苦生活，比较成功。川端康成的名字第一次出现在《文艺年鉴》上，标志着这位文学青年正式登上了文坛。

川端发表了《招魂节一景》以后，由于恋爱生活的失意，经常怀着忧郁的心情到伊豆汤岛，写了未定稿的《汤岛的回忆》。1923年1月《文艺春秋》杂志创刊后，他为了诉说和发泄自己心头的积郁，又为杂志写出短篇小说《林金花的忧郁》和《参加葬礼的名人》。与此同时，他在爱与怨的交织下，以他的恋爱生活的体验，写了《非常》《南方的火》《处女作作祟》等一系列小说，有的是以其恋爱的事件为素材直接写就，有的则加以虚构化。川端这一阶段的创作，归纳起来，主要是描写孤儿的生活，表现对已故亲人的深切怀念与哀思，以及描写自己的爱情波折，叙述自己失意的烦恼和哀怨。这些小说构成川端康成早期作品群的一个鲜明的特征。这些作品所表现的感伤与悲哀的调子，以及难以排解的寂寞和忧郁的心绪，贯穿着他的整个创作生涯，成为他的作品的主要基调。川端本人也说："这种孤儿的悲哀成为我的处女作的潜流"，"说不定还是我全部作品、全部生涯的潜流吧"。大学时代，川端康成除了写小说之外，更多的是写文学评论和文艺时评，这成为他早期文学活动的一个重要组成部分。

1924年大学毕业后，川端与横光利一等发起了新感觉派文学运动。并发表了著名论文《新进作家的新倾向解说》。从某种意义上说，它起了指导新感觉派作家的创作方法和运动方向的作用。但在创作实践方面，他并无多大的建树，只写了《梅花的雄蕊》《浅草红团》等少数几篇具有某些新感觉派特色作品，他甚至被评论家认为是"新感觉派集团中的异端分子"。后来他自己也公开表明他不愿意成为他们的同路人，决心走自己独特的文学道路。他的成名作《伊豆的舞女》就是试图在艺术上开辟一条新路，在吸收西方文学新的感受性的基础上，力求保持日本文学的传统色彩作了新的尝试。

川端从新感觉主义转向新心理主义，又从意识流的创作手法上寻找自己的出路。他首先试写了《针·玻璃和雾》《水晶幻想》（1931），企图在创作方法上摆脱新感觉派的手法，引进乔依斯的意识流和弗洛伊德的精神分析学，从而成为日本文坛最早出现的新心理主义的作品之一。在运用意识流手法上，《水晶幻想》比《针·玻璃和雾》更趋于娴熟，故事描写了一个石女通过梳妆台的三面镜，幻影出她那位研究优生学的丈夫，用一只雄狗同一只不育的母狗交配，引起自己产生对性的幻想和对生殖的强烈意识，流露出一种丑怪的呻吟。在创作手法上采取"内心独白"的描写，交织着幻想和自由联想，在思想内容上明显地表现出西方文学的颓废倾向。

翌年，川端康成转向另一极端，无批判地运用佛教的轮回思想写了《抒情歌》，借助同死人的心灵对话的形式，描绘一个被人抛弃了的女人，呼唤一个死去的男人，来诉说自己的衷情，充满了东方神秘主义的色彩。这种"心灵交感"的佛教式的思考与虚无色彩，也贯穿在他的《慰灵歌》之中。

川端康成的这段探索性的创作道路表明，他起初没有深入认识西方文学问题，只凭借自己敏锐的感觉，盲目醉心于借鉴西方现代派，即单纯横向移植。其后自觉到此路不通，又全盘否定西方现代派文学而完全倾倒日本传统主义，不加分析地全盘继承日本化了的佛教哲理，尤其是轮回思想，即单纯纵向承传。最后开始在两种极端的对立中整理自己的文学理路，产生了对传统文学也对西方文学批判的冲动和自觉的认识。这时候，他深入探索日本传统的底蕴，以及西方文学的人文理想主义的内涵，并摸索着实现两者在作品内在的谐调，最后以传统为根基，吸收西方文学的技巧和表述方法。即使吸收西方文学思想和理念，也开始注意日本化。《雪国》就是这种对东西方文学的比较和交流的思考中诞生的。

《雪国》的主人公驹子经历了人间的沧桑，沦落风尘，但并没有湮没在纸醉金迷的世界，而是承受着生活的不幸和压力，勤学苦练技艺，追求过一种"正正经经的生活"，以及渴望得到普通女人应该得到的真正爱情。因而她对岛村的爱恋是不掺有任何杂念的，是纯真的。实际上是对朴素生活的依恋。但作为一个现实问题，在那个社会是难以实现的。所以作家写岛村把她的认真的生活态度和真挚的爱恋情感，都看作是"一种美的徒劳"。对驹子来说，她的不幸遭遇，扭曲了她的灵魂，自然形成了她复杂矛盾而畸形的性格：倔强、热情、纯真而又粗野、妖媚、邪俗。一方面，她认真地对待生活和感情，依然保持着乡村少女那种朴素、单纯的气质，内心里虽然隐忍着不幸的折磨，却抱有一种天真的意愿，企图要摆脱这种可诅咒的生活。另一方面，她毕竟是个艺妓，被迫充作有闲阶级的玩物，受人无情玩弄和践踏，弄得身心交瘁，疾病缠身乃至近乎发疯的程度，心理畸形变态，常常表露出烟花巷女子那种轻浮放荡的性格。她有时比较清醒，感到在人前卖笑的卑贱，力图摆脱这种不正常的生活状态，决心"正正经经地过日子"；有时又自我麻醉，明知同岛村的关系"不能持久"，却又想入非非地迷恋于他，过着放荡不羁的生活。这种矛盾、变态的心理特征，增强了驹子的形象内涵的深度和艺术感染力量。从某种意义上说，这是相当准确的概括。

川端康成在《伊豆的舞女》中力求体现日本的传统美，《雪国》中对此又做了进一步的探索，更重视传统美是属于心灵的力量，即"心"的表现，精神上的"余情美"。《雪国》接触到了生活的最深层面，同时又深化了精神上的"余情美"。他所描写的人物的种种悲哀，以及这种悲哀的余情化，是有着这种精神主义的价值，决定了驹子等人物的行为模式，而且通过它来探讨人生的感伤，在一定程度上表现了作家强作自我慰藉，以求超脱的心态。作家这种朴质无华、平淡自然的美学追求，富有情趣韵味，同时与其人生空漠，无所寄托的情感是深刻地联系在一起的。

《雪国》在艺术上拓宽了《伊豆的舞女》所开辟的新路，无论在内容上还是在形式上都形成了自己的创作个性。它是川端创作的成熟标志和艺术高峰。它的成就主要表现在两个面：其一，在艺术上开始了一条新路。川端从事文学创作伊始，就富于探索精神。他在一生的创作道路上有成功的经验，也有失败的尝试，走过一条弯弯曲曲的道路。习作之初，他的作品大都带有传统私小说的性质，多少留下自然主义痕迹，情调比较低沉、哀伤。新感觉派时期，他又全盘否定传统，盲目追求西方现代主义文学，无论在文体上或在内容上都很少找到日本传统的气质，但他并没有放弃艺术上的新追求，且不断总结经验，重又回归到对传统艺术进行探索。如果说，《伊豆的舞女》是在西方文学交流中所做的一次创造性的尝试，那么《雪国》则使两者的结合达到了炉火纯青的地步。这是作家在《伊豆的舞女》中所表现出来的特质和风格的升华，它赋予作品更浓厚的日本色彩。其二，从此川端的创作无论从内容或从形式来说，都形成了自己的创作个性。川端早期的作品，多半表现"孤儿的感情"和爱恋的失意，还不能说形成了自己的鲜明艺术性格。但他经过不断的艺术实践，不断丰富创作经验，他的艺术才能得到充分发挥，其创作个性得到了更加突出、更加鲜明的表现。他善于以抒情笔墨，刻画下层少女的性格和命运，并在抒情的画面中贯穿着对纯真爱情热烈的赞颂，对美与爱的理想表示朦胧的向往，以及对人生无常和徒劳毫不掩饰的渲染；而且对人物心理刻画更加细腻和丰富，更加显出作家饱含热情的创作个性。尽管在其后的创作中，川端的风格还有发展，但始终是与《伊豆的舞女》《雪国》所形成的基本特色一脉相连的，其作品的传统文学色调没有根本变化。

这期间，川端康成还以他熟悉的动物世界为题材，创作了《禽兽》（1933），小说描写一个对人失去信任的心理变态者，讨厌一切人，遂以禽兽为伴，从中发现它们爱情纯真的力量和充满生命的喜悦，以此联系到人与人之间的冷漠和寡情。作家的用意在于抒发自己对人性危机的感慨，呼唤和追求人性美。但作品拖着烦恼、惆怅、寂寞、孤独的哀伤余韵，表露了浓重的虚无与宿命的思想。这篇作品表现了人物瞬间感受和整个意识流程。但又非常重视传统结构的严密性，故事有序列地推进，在局部上却采用了延伸时空的手法，借以加强人物心理的明晰变化，更深入地挖掘人物的内心世界。这是在借鉴意识流手法和继承传统手法结合上所做的一次成功的实践。此外还写了《花的圆舞曲》《母亲的初恋》，以及自传体小说、新闻小说、青春小说《高原》《牧歌》《故园》《东海道》《少女港》等。由于受到战时的影响，他背负着战争的苦痛，一味地沉潜在日本古典文学中，徘徊在《源氏物语》的物哀精神世界里，在艺术与战时生活的相克中，他抱着一种悠然忘我的态度，企图忘却战争，忘却外界的一切。他离战时的生活是远了，但他从更深层次去关注文学。他根据战争体验，结合自己对日本古典的认识，加深寻找民族文化的自觉，对继承传统的理解也更加深刻。他进一步通过古典把目光朝向"民族的故乡"。

二

战后，川端康成对战争的反思，进一步扩展为对民族历史文化的重新认识，以及审美意识中潜在的传统的苏醒。他说过："我强烈地自觉做一个日本式作家，希望继承日本美的传统，除了这种自觉和希望以外，别无其他东西。""我把战后的生命作为余生，余生不是属于我自己，而是日本美的传统的表现。"也就是说，战后川端对日本民族生活方式的依恋和对日本传统文化的追求更加炽烈。他已经在更高的理论层次上思考传统与现代、本土与外来的问题。他总结了一千年前吸收和消化中国唐代文化而创造了平安王朝的美，以及明治百年以来吸收西方文化而未能完全消化的历史经验和教训，并且结合自己的创作实践，提出了应该"从一开始就采取日本式的吸收法，即按照日本式的爱好来学，然后全部日本化"。他在实践上将汲取西方文学溶化在日本古典传统精神与形式之中，更自觉地确立"共同思考东西方文化的融合与桥梁的位置"。

川端康成在理论探索的基础上，充分发挥了作家的主动精神和创造力量，培育了东西方文化融合的气质，并且使之流贯于他的创作实践中，使其文学完全臻于日本化。同时他的作品呈现出更多样化的倾向，贯穿着双重或多重的意识。在文学上获得最大成就的，可算是《名人》《古都》《千只鹤》和《睡美人》等作品。

《名人》同《雪国》是珠联璧合的佳作。他在《名人》中，一反过去专写女性感情的传统，而完全写男性的世界，写男性灵魂的奔腾和力量的美。作家塑造秀哉名人这个人物，着眼于"把这盘棋当作艺术品，从赞赏棋风的角度加以评论"。他十分注意精神境界的描述。所以《名人》虽然也写了棋局的气氛和环境，但主要是写人、写人生命运，而不是单单写棋，它突出地展示了秀哉名人在对弈过程中所表现的美的心灵。这部作品是川端创造的一种新的文学模式报告小说，他运用了名人告别赛的记录，对生活容体做出真实直接的再现，不能不束缚作家的想象的翅膀，但它又不是一般报告文学，而是运用小说的艺术手法，在事实的框架之内，也容许作家发挥自己的想象力，并不摒弃审美主体的意识渗透，而做出适当的虚构，将真实的纪录部分和靠想象力虚构的部分浑然融合为一体，以更自由、更广阔、更活跃和更多样的艺术手段，创造出独特的艺术世界。

川端出于对传统的切实的追求，写了《古都》（1961—1962），在京都的风俗画面上，展开千重子和苗子这对孪生姐妹的悲欢离合的故事。川端康成为贯穿他创作《古都》的主导思想，借助了生活片断的景象，去抚触古都的自然美、传统美，即追求一种日本美。所以全篇贯穿着写风物，它既为情节的发展提供了契机，又为人物的塑造和感情的抒发创造了条件。同时它也成功地塑造了千重子和苗子这两个人物形象，描写了男女的爱情关系，但其主旨并不在铺展男女间的爱情波折，所以没有让他们发展成喜剧性的结合，也没有将他们推向悲剧性的分离，而是将人物的纯洁感情和微妙心理，交织在京都的风物之中，淡化了男女的爱情而突出其既定的宣扬传统美、自然美和人情美的题旨。这正是《古都》的魅力所在。

作者在《古都》里对社会环境的认识是比较清醒的，他对社会、人际关系的认识和体验也是比较深刻的，这正是战后生活的赐予。他通过姐妹之间、恋人之间的感情隔阂，甚至酿成人情的冷暖和离别的痛苦，反映了存在身份等级和门第殊隔，揭示了这一贫富差别和世俗偏见而形成的对立现实。作品的时代气息，还表现在作者以鲜明而简洁的笔触，展现了战后美军占领下的社会世相，比如传统文化面临危机，景物失去古都的情调，凡此种种的点染，都不是川端康成偶感而发，而是在战后的哀愁和美军占领日本的屈辱感的交错中写就的。当时，他对于战后的这种状态，一如既往地觉得悲哀，也不时慨叹，但没有化为愤怒，化为批判力量，所以也只能是一种交织着忧伤与失望的哀鸣，也许这仍然是作者对时代、对社会反应的一贯的独特方式吧。同时，小说里还流露了些许厌世的情绪和宿命的思想，不遗余力地宣扬"幸运是短暂的，而孤单却是永久的"。对川端康成的小说创作来说，《古都》所表现的自然美与人情美，以及保持着传统的气息，具有特异的色彩。

自从《雪国》问世以来，川端康成的不少作品，在孤独、哀伤和虚无的基调之上，又增加了些许颓唐的色彩，然后有意识地从理智上加以制约。如果说，《伊豆的舞女》和《雪国》是川端康成创作的一个转折，那么《千只鹤》和《山音》又是另一个转折，越发加重其颓唐的色调。《千只鹤》对太田夫人和菊治似乎超出了道德范围的行动、菊治的父亲与太田夫人和千加子的不自然情欲生活，以及他们的伦理观等，都是写得非常含蓄，连行动与心态都是写得朦朦胧胧，而在朦胧中展现异常的事件。特别是着力抓住这几个人物的矛盾心态的脉络，作为塑造人物的依据，深入挖掘这些人物的心理、情绪、情感和性格，即他们内心的美与丑、理智与情欲、道德与非道德的对立和冲突，以及深藏在他们心中的孤独和悲哀。也就是说，他企图超越世俗的道德规范，而创造出一种幻想中的"美"，超现实美的绝对境界。正如作家所说的，在他这部作品里，也深深地潜藏着这样的憧憬：千只鹤在清晨或黄昏的上空翱翔，并且题诗"春空千鹤若幻梦"。这恐怕就是这种象征性的意义吧。

《千只鹤》运用象征的手法，突出茶具的客体物象，来反映人物主体的心理。川端在这里尽量利用茶室这个特殊的空间作为中心的活动舞台，使所有出场人物都会聚于茶室，这不仅起到了介绍出场人物，以及便于展开故事情节的作用，而且可以借助茶具作为故事情节进展和人物心理流程的重要媒介，而且赋予这些静止的东西以生命力，把没有生命、没有感情的茶具写活了，这不能不算是艺术上的独具匠心的创造。如果说《千只鹤》用简笔法含蓄而朦胧地写到几个人物的近乎超越伦理的行为，那么《山音》则是着重写人物由于战争创伤而心理失衡，企图通过一种近于违背人伦的精神，来恢复心态的平衡，以及通过这个家庭内部结构的变化，来捕捉战后的社会变迁和国民的心理失衡。作家塑造的人物中，无论是信吾的家庭成员还是与这个家庭有关的几个人物，他们的性格都由于战争的残酷和战后的艰苦环境而被扭曲了。但作家对此也只是哀伤，而没有愤怒；只是呻吟，而没有反抗。准确地说，他是企图用虚无和绝望，用下意识的反应，乃至无意识的行动来做出对现实的反应。尽管如此，作品还是展示了战争造成一代人的精神麻木和颓废的图景，还是留下战争的阴影的。如果离开战争和战后的具体环境，就很难理解《山音》的意义。

从总体来说，川端康成在写《千只鹤》和《山音》这两部作品的主要意图，似乎在于表现爱情与道德的冲突。他既写了自然的情爱，又为传统道德所苦，无法排解这种情感的矛盾，就不以传统道德来规范人物的行为，而超越传统道德的框架，从道德的反叛中寻找自己的道德标准来支撑爱情，以颓唐的表现来维系爱欲之情。这大概是由于作家在日常生活中经常受到不安的情绪困扰，企图将这种精神生活上的不安和性欲上的不安等同起来，才导致这种精神上的放荡吧。

《睡美人》让主人公江口老人通过视觉、嗅觉、触觉、听觉等手段来爱抚睡美人，这只不过是以这种形式来继续其实际不存在的、抽象的情绪交流，或曰生的交流，借此跟踪过去的人生的喜悦，以求得一种慰藉。这是由于老人既天性地要求享受性生活，而又几乎近于无性机能，为找不到爱情与性欲的支撑点而苦恼，以及排解不了孤独的空虚和寂寞而感到压抑。这种不正常成为其强烈的欢欣的宣泄缘由，并常常为这种"潜在的罪恶"所困惑。所以，川端康成笔下的江口老人流露出来的，是一种临近死期的恐怖感和对丧失青春的哀怨感，同时还不时夹杂着对自己的不道德行为的悔恨感。睡美人和老人之间的关系既没有"情"，也没有"灵"，更没有实际的、具体的人的情感交流，完全是封闭式的。老人在睡美人的身边只是引诱出爱恋的回忆，忏悔着过去的罪孽和不道德。对老人来说，这种生的诱惑，正是其生命存在的证明。大概作家要表达的是这样一个性无能者的悲哀和纯粹性吧。老人从复苏生的愿望到失望，表现了情感与理智、禁律与欲求的心理矛盾，展现了人的本能和天性。而作家的巧妙之处，在于他以超现实的怪诞的手法，表现了这种纵欲、诱惑与赎罪的主题。另一方面，作家始终保持这些处女的圣洁性，揭示和深化睡美人形象的纯真，表现出一种永恒的女性美。其作为文学表现的重点，不是放在反映生活或塑造形象上，而是着重深挖人的感情的正常与反常，以及这种感情与人性演变相适应的复杂性。因此它们表现人生的主旋律的同时，也表现人生的变奏的一面，或多或少抹上颓伤的色彩。但这种颓伤也都编织在日本传统的物哀、风雅和好色审美的文化网络中。《一只手臂》实际上是"睡美人"的延长的形态。

从这几部作品就不难发现这一点：他在文学上探索性与爱，不单纯靠性结合来完成，而是有着多层的结构和多种的完成方式，而且非常注意精神的、肉体的与美的契合，非常注意性爱与人性的精神性的关系，从性的侧面肯定人的自然生的欲求，以及展现隐秘的人间的爱与性的悲哀、风雅，甚或风流的美。有时精神非常放荡，心灵却不龌龊。其好色是礼拜美，以美作为其最优先的审美价值取向，也就是将好色作为一种美的理念。当然，有时候川端写性苦闷的感情同丑陋、邪念和非道德合一，升华到作家理念中的所谓"美的存在"时，带上几分"病态美"的颓唐色彩。而且其虚无和颓废的倾向，带有一定的自觉性。他早就认为"优秀的艺术作品，很多时候是在一种文化烂熟到迈一步就倾向颓废的情况下产生的"。

川端康成这几部晚期的代表作品，在表现人的生的主旋律的同时，也表现了生的变奏的一面。也就是说，他一方面深入挖掘人的感情的正常与反常，以及这种感情与人性演变相适应的复杂性，另一方面追求感官的享受和渲染病态的性爱，或多或少染上了颓伤色彩。但又将这种颓伤编织在日本传统的物哀、风雅、幽玄和"好色"审美的文化网络中，作为川端文学和美学整体的构成部分，还是有其生活内涵和文学意义的。

作为纯文学作家的川端康成还另辟新径，写作了一些介于纯文学与大众文学之间的中间小说，反映战后日本人的日常生活。《河畔小镇的故事》《微风吹拂的路》写出了战后时代变迁之中的男女的感情世界，以及他们或她们的现实的悲哀。《东京人》以一个家庭产生爱的龟裂的故事，反映了战后东京人的爱的困惑与孤独。《彩虹几度》以京都的风俗和情韵为背景，用哀婉、细腻而生动的笔触，叙说了像彩虹那样虚幻而美丽的异母三姐妹的爱恋与生命的悲哀，尤其是展示了姐姐由于恋人死于战争而蒙受莫大的心灵创伤和扭曲的畸形心态。《少女开眼》则以盲女复明的故事为主线，牵出盲女姐妹坎坷的命运，反映了当时上层阶级对平民阶层的压抑、歧视和侮辱的现实。

这类作品的内容大多是以战后为背景，在字里行间隐现了对战争和战后美军占领日本的现实的不满。比如《日兮月兮》写了战争给朝井一家造成夫妻离散、儿子战死的不幸，还写了美军占领下，日本传统的茶道、传统的纺织工艺，以及传统的生活习惯失去了真正的精髓，感叹日本文化遗产失去了光彩，大大地动摇了战后日本人的心灵世界。作家面对这种状况，发出了"总不是味儿"的慨叹！《河畔小镇的故事》通过青年店员这样一句话："日本战败了，被占领了，可是燕子还是从南国飞回令人怀念的日本，没有变化。从外国来的家伙的态度，不也是没有变化吗？"作家以燕子喻人，并同美占领军对照，说明日本人怀乡的精神没有变，美军占领的态度没有变。他还巧妙地利用在战后的日本仍找到"龙塞"的情节，表明日本表面变化了，日本还是存在，日本还是不会灭亡，从中发现了在美军占领下潜藏在日本深处的真实，日本深处的古老文化还是根深蒂固地存在着。《东京人》开首就对美国的原子弹政策，特别是对美国在日本投掷原子弹以及战后投下十亿美元在冲绳修建核基地的政策加以抨击。还写了东京站前旅馆专辟外国人休息室，墙上悬挂着日本地图，却规定日本人不得入内，而年轻的美国大兵却可以挟带流着泪的日本女子大摇大摆地走进去，艺术地再现了日本山河遭践踏，日本人民遭损害的形象，作家对此不禁发出"真令人气愤！"的声音。

归纳来说，川端文学的成功主要表现在以下三个方面：一是传统文化精神与现代意识的融合，表现了人文理想主义精神、现代人的理智和感觉，同时导入深层心理的分析，融会贯通日本式的写实主义和东方式的精神主义。二是传统的自然描写与现代的心理刻画的融合，运用弗洛伊德的精神分析法和乔伊斯的意识流，深入挖掘人物的内心世界，又把自身与自然合一，把自然契入人物的意识流中，起到了"融合物我"的作用，从而表现了假托在自然之上的人物感情世界。三是传统的工整性与意识流的飞跃性的融合，根据现代的深层心理学原理，扩大联想与回忆的范围，同时用传统的坚实、严谨和工整的结构加以制约，使两者保持和谐。这三者的融合使传统更加深化，从而形成其文学的基本特征。

三

　　川端康成的美学思想是建立在东方美、日本美的基础上，与他对东方和日本的传统的热烈执着是一脉相通的，其美学基本是传统的物哀、风雅与幽玄。

　　川端文学的美的"物哀"色彩是继承平安朝以《源氏物语》为中心形成的物哀精神，往往包含着悲哀与同情的意味。即不仅是作为悲哀、悲伤、悲惨的解释，而且还包含哀怜、怜悯、感动、感慨、同情、壮美的意思。他对物哀这种完整的理解，便成为其美学的基本原则，它在川端的审美对象中占有最重要的地位。他经常强调，"平安朝的风雅、物哀成为日本美的源流"，"'悲哀'这个词同美是相通的。"他的作品中的"悲哀'就大多数表现了悲哀与同情，朴素、沉切而感动地表露了对渺小人物的赞赏、亲爱、同情、怜悯和哀伤的心情，而这种感情又是通过咏叹的方法表达出来的。即他以客体的悲哀感情和主体的同情哀感，赋予众多善良的下层女性人物的悲剧情调，造成了感人的美的艺术形象。作家常常把她们的悲哀同纯真、朴实联系在一起，表现了最鲜明的、最柔和的女性美。而且在许多情况下，这些少女的悲哀是非常真实的，没有一点虚伪的成分。这种美，有时表面上装饰得十分优美、风雅，甚或风流，内在却蕴藏着更多更大的悲伤的哀叹，带着深沉而纤细的悲哀性格，交织着女性对自己悲惨境遇的悲怨。作家在这基础上，进一步暧昧对象和自己的距离，将自己的同情、哀怜融化在对象的悲哀、悲叹的朦胧意识之中，呈现出一种似是哀怜的感伤状态。可以说，这种同情的哀感是从作家对下层少女们的爱悯之心产生的，是人的一种最纯洁的感情的自然流露。《源氏物语》所体现的"物哀""风雅"成了川端文学的美的源流。

　　尽管川端受《源氏物语》的"物哀"精神的影响，多从哀感出发，但并非全依靠悲哀与同情这样的感情因素的作用，也有的是由于伦理的力量所引起的冲突结果导致悲剧。他塑造的某些人物，在新旧事物、新旧道德和新旧思想的冲突中酝酿成悲剧性的结局，他们一方面带上悲哀的色彩，一方面又含有壮美的成分，展现了人物的心灵美、情操美、精神美，乃至死亡的美。这种"悲哀"本身融化了日本式的安慰和解救。他笔下的一些悲剧人物都表现了他们与家庭、与道德，乃至与社会的矛盾冲突，这种悲壮美的成分，自然而然地引起人们的同情与哀怜。川端的这种审美意识，不是全然抹杀理性的内容，它还是有一定社会功能和伦理作用的，这说明作家对社会生活也不是全无把握的能力。这是川端康成美学的不可忽视的一种倾向。

　　当然，有时川端康成也将"物"和"哀"分割出来，偏重于"哀"，而将"物"的面影模糊，着意夸大"哀"的一面，越来越把"哀"作为审美的主体。他让他的悲剧人物，多半束缚在对个人的境遇、情感的哀伤悲叹，沉溺在内心的矛盾的纠葛之中，过分追求悲剧的压抑的效果，调子是低沉的、悲悯的。特别是着力渲染"风雅"所包含的风流、好色和唯美的属性，并夸张审美感受中的这种感情因素，把它作为美感的本质，乃至是美的创造。因而他往往将非道德的行为与悲哀的感情融和，超越伦理的框架，颂扬本能的情欲。在他的作品中，《源氏物语》所表现的王朝贵族那种冷艳美的官能性色彩是很浓厚的。川端的这种审美意识，决不单纯是个人的感觉问题，也是时代所支配的美学意识，它具体反映了战后这个时代的社会困惑、迷惘以及沉沦的世态。作家将这种日本的"悲哀"、时代的"悲哀"，同自己的"悲哀"融合在一起，追求一种"悲哀美""灭亡美"。尤其在西方"悲观哲学""神秘主义"的冲击下,川端在这种日本美学传统的思想中,找到了自己的根据,从而也找到了东西方世纪末思想的汇合点。这明显地带上颓废的情调。

川端继承日本古典传统的"物哀",又渗透着佛教禅宗的影响力,以"生灭生"的公式为中心的无常思想的影响力,在美的意识上重视幽玄、无常感和虚无的理念,构成川端康成美学的另一特征。

川端康成深受佛教禅宗的影响,他本人也说:"我是在强烈的佛教气氛下成长的","那古老的佛法的儿歌和我的心也是相通的","佛教的各种经文是无与伦比的可贵的抒情诗"。他认为汲取宗教的精神,也是今天需要继承的传统。他向来把"轮回转世"看作"是阐明宇宙神秘的唯一钥匙,是人类具有的各种思想中最美的思想之一"。所以,在审美意识上,他非常重视佛教禅宗的"幽玄"的理念,使"物哀"加强了冷艳的因素,比起"物"来,更重视"心"的表现,以寻求闲寂的内省世界,保持着一种超脱的心灵境界。但这不是强化宗教性的色彩,而是一种纯粹精神主义的审美意识,

因此,川端美学的形成,与禅宗的"幽玄"的影响是分不开的,具体表现在其审美的情趣是抽象的玄思,包含着神秘、余情和冷艳三个要素。首先崇尚"无",在穷极的"无"中凝视无常世界的实相。他所崇尚的"无",或曰"空",不是完全等同于西方虚无主义经常提出的主张,指什么都没有的状态,而是以为"无"是最大的"有","无"是产生"有"的精神实质,是所有生命的源泉。所以他的出世、消极退避、避弃现世也不完全是否定生命,毋宁说对自然生命是抱着爱惜的态度。他说过:"在这个世界上,没有什么比轮回转世的教诲交织出的童话故事般的梦境更丰富多彩"。所以,川端以为艺术的虚幻不是虚无,是来源于

"有"，而不是"无"。

　　从这种观点出发，他认为轮回转世，就是"生死不灭"，人死灵魂不灭，生即死，死即生，为了要否定死，就不能不肯定死；也就是把生和死总括起来感受。他认为生存与虚无都具有意义，他没有把死视作终点，而是把死作为起点。从审美角度来说，他以为死是最高的艺术，是美的一种表现。也就是说，艺术的极致就是死灭。他的审美情趣是同死亡联系着，他几近三分之一强的作品是同死亡联系在一起的。作家将美看作只存在空虚之中，只存在幻觉之中，在现实世界是不存在的。也许是青少年时期在他的世界观、人生观形成过程中接触的死亡实在是太多，他在日常生活中"也嗅到死亡的气息"，产生了一种对死亡的恐惧感，更觉得生是在死的包围中，死是生的延伸，生命是无常的，似乎"生去死来都是幻"。因而他更加着力从幻觉、想象中追求"妖艳的美的生命"，"自己死了仿佛就有一种死灭的美"。在作家看来，生命从衰微到死亡，是一种"死亡的美"，从这种"物"的死灭才更深地体会到"心"的深邃。就是在"无"中充满了"心"，在"无"表现中以心传心，这是一种纯粹精神主义的美。因此，他常常保持一种超脱的心灵境界，以寻求"顿悟成佛"，寻求"西方净土的永生"，"在文艺殿堂中找到解决人的不灭，而超越于死"，从宗教信仰中寻找自己的课题。川端小说的情调，也是基于这种玄虚，给予人们的审美效果多是人生的空幻感。他说过："我相信东方的古典，尤其佛典是世界最大的文学。我不把经典当作宗教的教义，而当作文学的幻想来敬重"。可见他的美学思想受到佛教禅宗的生死玄谈的影响是很深的。但他毕竟是把它作为"文学的幻想"，而不是"宗教的教义"，尽情地让它在"文艺的殿堂"中遨游。

　　由此可以说，"空、虚、否定之肯定"，贯穿了川端的美学意识，他不仅为禅宗诗僧一休宗纯的"入佛教易、进魔界难"的名句所感动，并以此说明"追求真善美的艺术家，对'进魔界难'的心情：既想进入而又害怕，只好求助于神灵的保佑"；同时他非常欣赏泰戈尔的思想："灵魂的永远自由，存在于爱之中；传大的东西，存在于细微之中；无限是从形态的羁绊中发现的"。从《十六岁的日记》《参加葬礼的名人》，到《抒情歌》《禽兽》《临终的眼》等，都把焦点放在佛教"轮回转世"的中心思想"生灭生"的问题上，企图通过"魔界"而达到"佛界"。与此相辅相成的，是这种宗教意识，其中包括忠诚的爱与同情，有时依托于心灵，有时依托于爱，似乎"文学中的优美的怜悯之情，大都是玄虚的。少女们从这种玄虚中培植了悲伤的感情"。在他的审美感受中，自然最善于捕捉少女的细微的哀感变化，没入想象和幻想之中，造成以佛教无常美感为中心的典型的"悲哀美"。他的作品也自然更多地注意冷艳、幽玄和风韵，有意识地增加幻觉感，以及纤细的哀愁和象征；还常常把非理性贯彻在日常生活、常伦感情中而做出抽象的玄思。正是这种宗教意识的影响和潜隐，形成川端的"爱"的哲学和"幽玄"的审美情趣，它既偏重微妙的、玄虚的，而又以冷艳为基础，带有东方神秘主义的色彩。

川端美学的依据，不是理性，而是非理性。他以感觉、感受去把握美，认为美就是感觉的完美性。而且常常把感性和理性割裂和对立起来，把创作活动视作纯个人的主观感受和自我意识的表现，孤立绝缘的心灵独白，以为主观的美是经过"心"的创造，然后借助"物"来表现的。这与禅宗的中道精神是相通的。由此他特别强调"色即是空，空即是色"，将"空""色"的矛盾对立包容在"心"之中，可谓"心中万般有"。所以他的小说作为矛盾结构，更多的是对立面之间的渗透和协调，而不是对立面的排斥和冲突，包括真与假、美与丑、善与恶、生与死等等都是同时共存，包容在一个绝对的矛盾中，然后净化假丑恶，使之升华为美，最终不接触矛盾的实际，一味追求精神上的超现实的境界。对他来说，实际生活就像陌生的隔绝的"彼岸"世界，最后不得不走上调和折中的道路。这是川端康成审美情趣的一个重要方面。

对于川端的"幽玄"的审美情趣，如果剥去其禅宗"幽玄"的宗教色彩的外衣，也可以看出其"若隐若现、欲露不露"的朦胧意识的合理强调和巧妙运用。他按照这种审美情趣，着力在艺术上发掘它的内在气韵，造成他的小说色调之清新、淡雅，意境之朦胧、玄妙，形象之细腻、纤柔，表现之空灵、含蓄和平淡，富有余韵余情，别有一种古雅温柔的诗情，让人明显地感到一种"幽玄"的美。

从审美情趣来说，川端康成很少注意社会生活中的美的问题，就是涉及社会生活中的美，也多属于诗情画意、优美典雅的日常生活，比如纯洁朴实的爱情的美。他更多的是崇尚自然事物的美，即自然美。在审美意识中，特别重视自然美的主观感情和意识作用，他说过，看到雪的美，看到月的美，也就是四季时节的美而有所省悟时，当自己由于那种美而获得幸福时，就会热烈地想念自己的知心朋友，但愿他们共同分享这份快乐。这就是他所说的："由于自然美的感动，强烈地诱发出对人的怀念的感情"；"以'雪、月、花'几个字来表现四季时令变化的美，在日本这是包含着山川草木，宇宙万物，大自然的一切，以至人的感情的美，是有其传统的"。他强调的不仅要表现自然的形式美，而且重在自然的心灵美。

在《我在美丽的日本》一文中，他通过道元、明惠、良宽、西行、一休等禅僧的诗作，去探索日本传统自然观的根底。他引用明惠的"冬月拨云相伴随，更怜风雪浸月身"，和"山头月落我随前，夜夜愿陪尔共眠""心境无边光灿灿，明月疑我是蟾光"的诗句，来说明他的"心与月亮之间，微妙地相互呼应，交织一起而吟咏出来的"，"具有心灵的美和同情体贴"。他"以月为伴""与月相亲"，"亲密到把看月的我变为月，被我看的月亮为我，而没入大自然之中，同大自然融为一体"，甚至将自己"'清澈的心境'的光，误认为是月亮本身的光了"。这种"看月亮为月"的心物融合，可谓达到了"有我之境，以我观物，故物皆着我之色彩"（王国维：《人间词话》）的境界。

从这种自然美学观出发，川端在描写一般的、日常的、普通的自然景象时，经常是采用白描的手法；而描绘对象、事物、情节时，则更为具体、细致、纤巧、并抹上更浓重更细腻的主观感情色调。他写自然事物，不重外在形式的美，而重内在的气韵，努力对自然事物进行把握，在内在气韵上发现自然事物的美的存在。

川端审视自然事物之美，首先表现在对季节的敏锐的感觉。他的一些小说，是以季节为题，比如《古都》的"春花""秋色""深秋的姐妹""冬天的花"，《舞姬》的"冬的湖"，《山音》的"冬樱""春钟""秋鱼"等等写了对四季自然的感受，忠实再现四季自然本身的美。而且以四季自然美为背景，将人物、情绪、生活感情等融入自然环境之中，同自然事物之美交融在一起，以一种自然的灵气创造出一种特殊的气氛，将人物的思想感情突现出来，形成情景交融的优美的意境，使物我难分，物我一如，将自然美升华为艺术美，加强了艺术的审美因素。

对自然事物的美，川端不限于客观再现自然事物的美，也不限于与人的生活思想感情发生联系，而且还与民族精神文化发生联系，使自然事物充满着人的灵气。这种灵气不是指客体自然事物，而是指主观的心绪、情感和观念，自然只不过是通过笔墨借以表达这种灵气罢了。譬如《千只鹤》中的茶道、《名人》中的棋道等就是与人心灵息息相通，与传统的文化精神息息相通，蕴含着人的复杂的感情和起伏的意绪。川端康成积极发掘传统文化的情韵之美，追求在这种美中传达出人的主观精神境界和气韵，形成他的审美情趣所独具的个性。

回顾川端康成的创作的全过程，他是从追求西方新潮开始，到回归传统，在东西方文化结合的坐标轴上找到自己的位置，找到了运用民族的审美习惯，挖掘日本文化最深层的东西和西方文化最广泛的东西，并使之汇合，形成了川端康成文学之美。也就是说，他适时地把握了西方文学的现代意识和技巧，同时又重估了日本传统的价值和现代意义，调适传统与现代的纷繁复杂的关系，使之从对立走向调和与融合，从而使川端文学既具有特殊性、民族性，又具有普遍性和世界性的意义。用川端本人的话来说，"既是日本的，也是东方的，同时又是西方的。"可以说，川端康成这种创造性的影响超出了日本的范围，也不仅限于艺术性方面，这一点对促进人们重新审视东方文化具有重要的意义和启示性。可以说，他为日本文学的发展，为东西方文学的交流，做出了自己的贡献。1969年诺贝尔基金会为了表彰他以敏锐的感受，高超的小说技巧，表现了日本人的内心精华而授予他诺贝尔文学奖。

三岛由纪夫评论川端康成时写了一段话，它不仅对于认识川端文学，而且对于了解日本近现代文学发展内在的规律性和外在的必然性具有普遍的意义，现抄录如下：

"生于日本的艺术家，被迫对日本文化不断地进行批判，从东西方文化的混淆中清理出真正属于自己风土和本能的东西，只有在这方面取得切实成果的人是成功的。当然，由于我们是日本人，我们所创造的艺术形象，越是贴近日本，成功的可能性越大。这不能单纯地用回归日本、回归东洋来说明，因为这与每个作家的本能和禀赋有关。凡是想贴近西洋的，大多不能取得成功。"（《川端康成的东洋与西洋》）

选自《川端康成作品集》代总序

凄惨的快乐：谷崎润一郎的文学

　　谷崎润一郎发生了"让妻事件"后，与丁未子结婚不到两年又分居，与松子相恋。由松子介绍他住进了京都高雄山的神护寺地藏院。谷崎开始写作《春琴抄》，这时松子始终悄悄地相伴在他身边。此时两人虽然还未同居，然而已进行精神上的交流。换句话说，谷崎是沉醉在与松子炽烈的感情碰撞中完成这部日本现代文学史上的杰作的。

　　《春琴抄》的故事描写了出生在大阪道修町一家中药材商家里的一个女孩阿琴，聪颖而貌美。双亲视她为掌上明珠。但九岁上，不幸患眼疾，双目失明。她很有音乐天赋，拜春松为师，每天由药店的伙计温井佐助牵着手去学艺。她精心于琴弦之课业，习得精湛的技艺，最后成为女琴师，自立门户。阿琴也因此得了"春琴"之名。佐助比她大四岁，虽然他一次也没有看见过春琴那生辉的双眸，但已被春琴的神奇风韵所吸引，他觉得她失明的双眼，比睁开的双眼更亮、更美。于是，佐助在内心深处暗藏着对春琴烈火般的崇拜和爱慕之情。佐助陪伴春琴学琴，好春琴之所好，培养了对音乐的兴趣，偷偷地自学，每次拿起琴来，也要学着盲人闭上眼睛来练习。这是愿与春琴在各方面融为一体迸发出火热感情的结果。当春琴知道他有志于音乐之道后，便教授他学习三弦琴，两人结成了师徒关系，春琴也全然忘却盲人生活的孤寂。在春琴父母的安排下，佐助成了盲女春琴的领路人。

　　二十一岁的春琴怀了孕，人们认为她的对象肯定是佐助，而且生下来的婴儿酷似佐助。佐助在春琴父母的严厉追问之下，违背了他与春琴的君子协定，颔首承认了。春琴父母认为既然生米已成熟饭，试图凑成这门婚事。可是，春琴为了讲究门第和师徒关系，为了保持自己的自尊心，她不愿让人将她和佐助看成是夫妻，始终矢口否认。佐助屈从春琴，也否认了。因此，春琴产下的头一个婴儿就被别人领养了。姿色绝伦的春琴，脾气乘僻，受人怨恨。某夜。一贼人闯入室内，将水壶向春琴劈头盖脸地扔去，浇了春琴一脸滚烫的开水。春琴的面容，猝然被毁坏，变得丑陋了。佐助为了保持他所爱慕的春琴的美形象，用针刺瞎了自己的双眼。之后，佐助双手扶地对春琴说："师傅，我已经瞎了，一辈子看不见你的脸了"。于是，春琴问道："佐助，是真的吗？"两人沉默了下来。佐助的内心，仍保持着春琴的完美的面影，一直侍候在春琴身边，死而后已。佐助感到这是他一生中最大的幸福。除春琴外，他未曾染指其他女人而了此一生。春琴逝后十几个星霜，佐助才将自己失明的原委告之于人。故事最后以这样一段话，结束了这一纯真的爱情悲剧故事：

> 春琴与佐助除了上述产后就送给了别人的孩子之外，还生下二男一女。女儿分娩后死亡，二男孩还在襁褓中就送给了河内的农家。（略）佐助以八十三的高龄逝世。他在（春琴逝后）二十一年的孤独生涯中，在自己的脑海里全新地塑造了一个与昔日的春琴完全不同的春琴，而且越来越绰约多姿。据说，天龙寺的峨山和尚听闻佐助自己用针刺瞎了自己的眼睛一事，赞赏他大彻大悟，瞬间判断内外，化丑为美，并说："庶几高手之所为也"。

作者在全篇小说中，无一句写到春琴和佐助的夫妻闺房秘事，最后只借用天龙寺和尚的话点到为止，更着力于凸现"瞬间判断内外，化丑为美"这句话，意在肯定佐助的行为，即春琴遭人毁容后，佐助当机立断，马上自残双目，在瞬间马上"化丑为美"，才得以确保他们两人的世界，才得以达到从美变为丑，又从丑化为美的至福境界。可以说，春琴、佐助两人"化祸为福"了。

因此，在谷崎的笔下，春琴、佐助尽管彼此没有公开向对方打开自己的爱的心扉，但两人相互是非常默契的。可以举出两个例子来说明：

一例是：盲人是经常处在黑暗之中。春琴双目失明，也是在黑暗中弹奏三弦琴的。佐助向春琴学琴，为了体验春琴盲人苦痛的心境，共受盲人春琴同样的痛苦，自己也总是闭上眼睛来弹奏的，并且认为"自己能与春琴置身相同的黑暗之中，是无上的快乐"。作者的"阴翳美"也在其中了。因此，当他目睹春琴遭人毁容后，马上自残，变成盲人，不是心血来潮，也不是一时冲动，而是有其思想基础和心理准备的。也就是说，为了爱的奉献，这不是偶然的，而是有其必然性的。

另一例是：春琴在公开场合，表面上为了"门当户对""身份悬殊"的旧传统，不愿公开与佐助的身份，而在非公开的场合，却实际上是过着充满爱的"夫妻生活"，连生了四儿女。而佐助自残失明，则是献身的爱不可避免的一种考验。他们是在内心的暗自理解中，各自采取行动的。这更是发展两人关系，两人心心相印的关键所在。在这里，可以看看作者对于佐助自残失明后的一段描写：

……佐助用手摸索着走进春琴的闺房，在春琴面前顶礼膜拜说：

"师傅，我已经成了盲人，终生再看不见您的容颜了。"

"佐助，是真的吗？"

春琴只说了这么一句，便长久地沉默下来。佐助从来没有享受过这样快乐的时光。（略）春琴的"佐助，是真的吗"这句简短的话，似乎在佐助的耳边喜悦地旋荡着。他们两人在相对无言中，发挥了唯有盲人才具有的第六感的功力。（略）于是，佐助感到自己迄今与春琴虽有肉体关系，但两颗心却被师徒关系所隔，如今两人才心心相印，汇合成一股热流

这两例充分说明，作者是避开春琴和佐助的"门第""身份"乃至佐助对春琴容貌的纠葛，让他们两人是在互相默契中，在观念上去构筑爱的世界的。

进而言之，佐助是以牺牲两只眼睛、封闭自己的视觉作为代价，以求在观念上永远保持春琴作为"永恒的女性"的形象，来永远获得和维持这种超越门第和身份的爱。于是，佐助明白："今天失去了视察外界的眼睛，却睁开了洞察内界的眼睛。啊！这才是师傅真正所在的世界!"可以说，在这篇小说中，作者以其高超的艺术，奇特的想象力，突现春琴和佐助真正的爱，既是在现实中真实的爱，又是观念中理想的爱这一主题。

同时，《春琴抄》反映了作者以为：美，本来应该是眼睛所看到的、视觉官能所捕捉到的，这种美一旦消失，要保持其美的唯一办法，就是毁掉产生美的生理感觉之源——眼睛，使美幻觉化，在幻觉中将美置于人工的乐园，即所谓追求"凄惨的快乐"。也就是说，佐助双目失明，在视觉上，他虽然失去对春琴的美的实感，然而他继续侍候春琴，通过为春琴按摩，以触觉作为媒介，抚触春琴的肉体，在观念上仍未失去对春琴的美的实感。最后，作者以春琴逝后二十一年，佐助在孤独生涯中，才向其左右夸耀春琴的"崇高的肉体"，在自己的脑海里完成了对春琴的全新

塑造，至耄耋之年，仍然在观念上摇荡一个仿佛并非人体，而是绰约多姿的幻影，心灵上获得爱的慰藉，仅此而已。总之，作者从写实突破，到了空想的世界，又在空想与现实的接合点上，创造自己独特的艺术，创造自己独特的美。谷崎本人在《异端者的悲哀》开头就写道：

> 他（佐助）愿意徘徊在睡眠与觉醒的中间世界，尽可能地在半意识状态中摇荡，朦胧地眺望着美丽的白天鹅的幻影，让他的心灵体味一种不可思议的喜悦和快乐。

谷崎的这段话，就进一步点明他的意图：这种昏暗和朦胧的美的实感，带来的是一种不可思议的"凄惨的快乐"！并且说明，作者对唯美浪漫的追求，是抱有强烈的主观热情，所以他创造了一种摇荡情绪的气氛，让主人公沉溺在官能和唯美的虚构世界、梦幻般的美的世界。在这里，更清楚地说明，谷崎已完全从初期作品那种恶魔主义式纯肉体美的追求，转向微妙的精神与肉体的交流，达到灵与肉的统一，充分发挥了唯美的浪漫性。作者在结尾强调："（佐助）在自己的脑海里，全新地塑造了一个与昔日的春琴完全不同的春琴，而且越来越绰约多姿"，其意在于：作者要让佐助在两个相爱的盲人的昏暗世界中，保持对"春琴"这个"永恒的女性"的形象。这虽是谷崎润一郎文学永恒的主题，但作品在灵与肉的完美结合中，在"阴翳"的世界中，使其艺术得到了进一步的升华，从而酿造和成功地形成了谷崎润一郎文学的独特的美——古典式的"阴翳美学"。

最后，作者在展现古典的世界方面，主要表现在：一是继承古典木偶净琉璃、歌舞伎中"殉情"故事，将爱与死崇高化，以及将受虐与施虐的肉体刺激美化，其手段就是通过"阴翳"的视觉效果，在昏暗中求其美，而且绝对化，以彻底实现感觉上的快乐主义，追求现世的快乐、现世的爱，而不像是前期作品那种纯肉体的恶魔主义的。二是在选择小说文体和文章表现法问题上，费尽苦心地继承日本古代物语文学的文体形式，特别古代物语那种"枯淡随笔式"的写法。他在《〈春琴抄〉后记》一文中，用全部篇幅来议论这个问题，反省他迄今热衷于孤立追求"对话的洒脱、心理的解剖、场面的描写那种极尽工巧与精美"，质疑"这是艺术吗"？进而强调了采取日本古代物语体的形式，使叙事部分和对话部分很好地起承转合，有机地统一起来，达到"难以分辨的程度"，充分运用"这种写法烘托出了日本文字的美感"，这样才能将真实感烘托出来，给人一种最为真切的感觉，一种最为至高至洁的艺术享受。也许此文意犹未尽，谷崎翌年又写了《文章读本》，详细论述了小说文体和文章表现法这一问题。佐藤春夫认为谷崎润一郎是"在无言中充满了反西洋的气势"（《论最近的谷崎润一郎——以〈春琴抄〉为中心》）。应该说，这是谷崎润一郎回归传统的重要一环。

　　日本文学评论界围绕春琴的"毁容"问题，有"佐助加害说""春琴自害说"和"两人默契说"等诠释和解读，并掀起了一场论争。但是，"通过论争，提出了这样的问题：这部作品的结构，除了表层的情节外，读者通过阅读，可以感知作品背后还有另一重世界，那就是发现作品具备重层的结构。从包含了另一个领域的作品结构来考虑，恐怕佐助决心自残失明，是为了完美化长期以来在自己的观念中所塑造的春琴的形象。在春琴来说，为了进一步巩固她与她自己依靠感觉在内心中塑造的佐助的形象（崇拜自己的佐助）的关系，并使这种关系永恒不变，她希望佐助失明。他们两人虽然抱有共同的愿望，但两人之间本来就存在着难以逾越的精神性的甚或社会性的障碍。在这样严峻的现实之下，为了实现他们的共同愿望，他们必须采取在不改变任何现实的关系的条件下，让内实发生变化的手段。这样，就要通过所发生的当然的现实事件（贼人的犯罪行为），将所歪曲了的'现实'，以'非现实的'逆转行为（失明），来促使它复原为与'现实'等价的关系。而使这种关系成为可能的媒介，就是'贼人'的存在意义。佐助顺应春琴的切实愿望，同时又不伤害她的矜持，领会春琴的心意，他必须将失明的行为作为自己的意愿，在暗地里完成。两人隐藏在'事实'的阴翳中的意思，即在这样的故事的条件下，明示'真相'是不可能的，事件应是一切都在'现实'的深层里发生。一切事件都是'非现实'的。因此，作者的叙述，可以让读者想象其中包含着的深奥之谜的行为，同时在叙述中又逐渐暗示'似乎是真实'的，通篇就只能作为贼人所为来描写了。因为真实是太过于'非现实'的缘故。"（永荣启伸《谷崎润一郎评传》）也许这可以视作日本文坛对谷崎润一郎的《春琴抄》论争的小结吧。

谷崎润一郎写作《春琴抄》的同时，写就了艺术随笔《阴翳礼赞》，从创作和理论两方面，完成了建构谷崎文学美的世界——阴翳的美学世界。《春琴抄》《阴翳礼赞》的诞生，标志着谷崎润一郎文学更加成熟。此时谷崎润一郎文学追求的，是凄惨的快乐！

选自《插图珍藏本·谷崎润一郎传》

血、死与爱：三岛由纪夫的怪异美

　　三岛由纪夫是一个怪异的鬼才。他是在战后走上日本文坛的。战争末期，三岛成为"怀疑派"，"时代的落伍者"，曾"积极要把日本引向战败"。可是一旦日本战败的事实摆在面前，他又陷入一种困惑、虚脱和失落的状态。他说："（1945年）夏天的观念将我引向两种极端相反的观念，一是生、活力和健康，一是死、颓废和腐败。这两种观念奇妙地交织在一起，腐败带有灿烂的意象，活力留下满是鲜血的伤的印象。"他就是在这两种观念交织下，摸索和构建自己的怪异文学，开始了他的创作生涯的。

　　三岛的第一部长篇小说《盗贼》（1948），在这样的两种逆反的观念中酿成了。作品描写明秀和美子失恋，他们心中盘踞着爱的终了的阴影。明秀不断地想着"死"，他追求"爱"与追求"死"联系在一起，与同样被恋人背叛的清子殉情，就是为了将他们瞬间燃起的激情变为冷彻的精神而持续下去。因此明秀将失恋自杀作为一种"快乐的游戏"，并在这种"快乐的游戏"与死的意志"缓期执行生的快乐"的对立中，迫使那两个背叛爱的人都失去青春年华，自己却成了"盗贼"。它宣扬了胜利的死，就是永恒的爱。在技巧方面，三岛在浪漫、唯美与古典主义的基础上，融合法国早熟小说家拉迪盖所描写的少年男子之爱的诗意与反常的表现，"尝试在心理的构图中盗窃青春的神秘和美"（百川正芳编《批评与研究·三岛由纪夫》）。评论界对这部作品褒贬不一，但都认为它"仍是列于三岛文学主流之列的作品"。川端康成对于他将"古典和现代结合在一起"寄予了极大的期望。事实上，它已显露三岛的怪异文学的雏形。

继《盗贼》之后，三岛续写了《假面自白》（1949）、《爱的饥渴》（1950），继续关注男性之爱的诗意和反常表现之魅力，构筑所谓"男性美"和男性"夭折美学"的基本文学结构。他在其后的作品中，将男性的性倒错推向一个新的怪异领域，以实现再构筑其理想中的男性美的宏愿。完成《仲夏之死》（1952）之后，又一口气完成《禁色》（1953），描写一个老作家桧俊辅的三次婚姻的不理想，又被几个情人所背叛，他发现了英俊青年悠一是个不能爱女性的性倒错者，就利用悠一的美的力量，对背叛过他的几个女性进行了报复。但悠一却试图不再借助俊辅的力量，按照自己的意志行动，通过自己的力量去摸索一条构筑"现实的存在"的路。俊辅的计划失败了。这时俊辅表白自己也爱着悠一，他给悠一留下巨额遗产自杀了。

三岛在这部作品里竭力在观念上树立男性美的理念，并通过构筑主人公俊辅与悠一两人关系的精神结构，以推翻男人必须爱女人的古老公理，进而以日本武士时代爱恋女子并非男子的所为来作为他的"理论"依据，企图创造出一个男人可以爱男人的"道理"。所以作家安排俊辅发现决不爱恋女性的悠一之时，看到了自己青春的不幸所铸造的幻化为实体的形象出现了——这就是悠一的希腊大理石雕像般的肉体。于是作为作家的俊辅，便使悠一的毫无欲求却又在生活上产生怯懦的心理，在精神上达到生的破坏力与生的创造力的平衡，在绝望中产生爱。三岛由纪夫的《禁色》，抹去其表层的价值，可以发现他在深层中所要表述的真正意义在于以肉体为素材向精神层面挑战，以生活为题材向艺术挑战，以及宣扬"在绝望中的生就是美"。人们从中不也可以看出其美学的中心思想的逆反性"精妙的恶比粗杂的善更美"吗？作家本人说，这部作品是他的"青春的总决算"。一位文学评论家说，三岛的《禁色》具有挑战的精神，与谷崎润一郎向自然主义挑战的作品相比，"也是不逞至极的"、很了不起的，最为地道的小说。"从此三岛开始迈进其创作的新阶段，进一步展开更为怪异的文学世界。

三岛以希腊古典肉体美的体验为契机，使他觉得比起内面的精神性来，更应重视外面的肉体性，重视生、活力、健康与死、颓废、腐败两种观念奇妙的交织，并将肉体的改造与文体的改造放在同一的基准上，写下了《潮骚》（1954）、《恋都》。（1954）、《沉潜的瀑布》（1955）、《幸福号出航》（1956）、《金阁寺》（1956）、《心灵的饥渴》原名《美德的踉跄》（1957）、《镜子之家》（1959）等，更是陶醉于希腊古典式的男性艺术，也更惊愕于古希腊的"精神"反而没有占据肉体所占有的空间。"希腊人相信'外面'，这是伟大的思想。希腊人思考的'内面'，总是保持与'外面'的左右对称。"他后来主张"所谓男性的特征，就是肉体与知性"。可以说，他在希腊找到了自己古典主义的归宿。

三岛的内心便出现两个相反的志向，一是必须活下去，一是明确知性向明朗的古典主义倾斜。他体味到"两个相反志向"同时共存的幸福，开始明白比起内面的精神来，更要重视外面的肉体和健康。他比较了日本与希腊肉体美的差异的体验，在《阿波罗之杯》中是这样记录的"希腊人相信美的不灭，他们将完整的人体美雕刻在石上。日本人是否相信美的不灭呢？这是个疑问。他们顾虑有一天具体的美会像肉体一样消灭，总是模仿死的空寂的形象"。这种希腊的体验，对三岛其后的创作影响是很大的。

这是三岛第一个创作旺盛期，三岛文学走向一个新的高峰。用作家本人的话来说"我感到我完全结束自己一个时期的工作，下一个时期又在开始了，我感到自己仿佛也在成熟起来了"。这一成熟时期创作的《恋都》《沉潜的瀑布》《幸福号出航》《心灵的饥渴》，与同时期问世的《潮骚》《金阁寺》是交相辉映的。

《恋都》以女主人公真由美虽受到美国人的恋慕，仍思念着战时已殉死的恋人，最后知道恋人自决未遂，两人终成眷属的故事为主线，展现了战后美占领下的种种世相和一个个有爱也有泪的爱情故事构建成一幅"恋都"的图景。《幸福号出航》则从一对异母兄妹敏夫和三津子的种种逆反的行为构筑他们不知命运如何的爱恋，为了"哪怕逃到地狱也不分离"，乘上"幸福号"帆船，离开了日本。她们与《心灵的饥渴》的女主人公节子相对照，节子受父母之命与仓越结婚，夫妇生活发生龃龉，没有什么感情的反响，于是与昔日的恋人土屋幽会，自以为任何邪恶的心只要停留在心上，就仍然属于美德的领域。当她怀了土屋的孩子之后，认为自己原先的想法和行为是"伪善"的，可是又觉得"只要生活在伪善的背后，对呼唤美德的人就不会感到心灵的饥渴"。最后她在美德的踉跄中回到了"没有回响的世界"。在这里，作家对"恋都"和"幸福号"的人们的爱的反常心理，以及节子"心灵的饥渴"的深层心理进行了三岛式的思考。

在美学的追求上，三岛非常倾注于逆反的性爱、异常的性欲的深层心理的挖掘，从隐微的颓唐中探求人性的真实，而且常常是通过一种极限的语言或极限的表现，来表达他所谓的"美的对抗"的精神。比如，在《沉潜的瀑布》中的主人公城所升是个无感情的人，以即物的态度去对待对男人从不动情的显子，他试图与显子构建起完全脱离情感的"人工的爱"。可是当城所升发现显子动情了，便大失所望。显子明白过来后彻底绝望，投身小瀑布自尽了。其他如《纯白之夜》的恒彦之报复妻子别恋等等故事，也无不是在他的这一独自的浪漫与唯美的网络中编织的。

此后三岛更是陶醉于希腊古典艺术的"人工的爱"，因为他觉的"古代希腊没有什么'精神'只有肉体和知性的均衡，'精神'正是基督教的可恶的发明。当然这种均衡即将被打破，但在可能不会打破的紧张中发现美的存在。"他在《镜子之家》中特别强调"希腊人的美的肉体，是日光、海军、军事训练和蜂蜜的结果，但是现今自然的东西已经完全死亡，希腊人达到肉体所拥有的诗的形而上的东西，就只有依靠相反的方法，即为了肉体而锻炼肉体的人工方法"。这部小说就是用这种人工方法，构建女主人公镜子经历与四个男人的爱情纠葛的框架，让镜子面对丈夫，承受心理压力，悟到"镜子之家"应该解体，理智地让四个男人与镜子之家在地理上和心理上保持距离。作家又试图在这个故事的背后，通过这四个不同性格的男人——画家重感受性、拳击家重行动性、职员重世俗性、演员重自我意识——所表现的意志和所遭遇的挫折，展现一个时代虚无主义的感情世界。三岛由纪夫研究家奥野健男说：这部小说是"古典主义的心理小说的典型"。它是三岛的文学思想和美学思想的集大成。三岛在这种对日本和西方古典主义美学产生强烈的冲动之下，在文学上探索着多种的艺术道路，集浪漫、唯美与古典主义于一身，特别采取了日本古典主义与希腊古典主义结合的创作方法。首先传承中世武士文化传统，从男性肉体美、男性的活力、男性的殉死的审美情趣中获得日本古典的情绪性和感受性，以此构筑他理想中的男性美；其次借鉴希腊古典主义，不重精神而重肉体与理性的均衡，憧憬希腊艺术的男性造型的宏大气魄、对生的积极肯定，以及艺术的严谨的完美性。也就是说，三岛的文学作品将中世日本武道的善的意义上以死相赌的悲壮精神，与古希腊艺术的享受生的乐天精神相结合，形成其内面两种极端相反的概念，比如生与死、活力与颓废、健康与腐败等对立的东西交织，来构建其文学空间，选择他的作品题材和风格。这表现在《宴后》（1960）、《爱的疾驰》

（1963）、《午后曳航）（1963）、《肉体学校》（1964）等优秀作品，最后以超长篇巨作《丰饶之海》（1965—1970）四部曲：《春雪》《奔马》《晓寺》《天人五衰》等作为绝笔之作，将他的浪漫、唯美与古典主义发挥到了尽美之境，为他的文学生涯画上了句号。

　　如果说，三岛20世纪50年代的作品"也在成熟起来了"，那么60年代的作品，比如《宴后》《爱在疾驰》《肉体学校》《春雪》等，就达到更臻于烂熟的程度，其怪异的鬼才更是发挥到了极致，完全使生命和肉体存于创作之中。在《爱在疾驰》中的作家大岛在一对年轻恋人的纯爱的得→失→得的循环中涌现灵感，完成了他的小说《爱在疾驰》的创作；《宴后》的雪后庵旅馆女老板阿数深深地迷恋上原外相野口，她在野口的妻子故去后，与野口结了婚。阿数在筹集资金支持野口竞选时，却遭与她同居过的一个男人散布谣言而使之落选。野口与阿数离婚，阿数重新经营雪后庵，从得→失中，又走向孤独，在野口家建墓的幻影破灭了。《肉体学校》的女主人公妙子将自己的生活建立在虚妄之上，迷上大学生千古的肉体的威严和爱上千古的冰冷，并欲图独占千古。而千古却与另一女子聪子邂逅、同居，并建议妙子彼此承认第三者的关系。妙子无奈，另找了一个肉体壮实的政治家平敏信，发现千古有的只是一躯美丽的肉体。于是，她从幻想中清醒过来，坚决与千古分手，在"得得失失"中宣告她从男人的肉体世界走出来了。这些作品再一次展示了三岛追求男性肉体二律背反的美学，出色地完成了浪漫、唯美、古典三者构成的美的方程式。

　　《春雪》是三岛文学艺术美的升华。它描写清显与聪子的爱情纠葛，因为清显在对聪子的爱慕中孕育着一种不安的情绪，聪子没有把握住他的感情，只得接受皇上的敕许，与治典亲王订了婚。此时清显通过友人本多与聪子保持联系，向聪子求爱，聪子在惶惑中与清显发生了关系。结局是清显忧郁死去，聪子削发为尼。作者的这部作品在纯爱中也贯穿了"优雅的犯禁"和"亵渎的快乐"的对立，并在这种对立中发现美、创造美，又毁灭了美。三岛向来对生非常憧憬，但对死也非常固执。在三岛看来，死也是生的出发点。于是他通过生生死死的轮回来寻找归宿，尤其是对死的述怀充满了悔恨与谛念，带来了肯定与否定的二重性，最终一切皆空。比如聪子和本多到了四部曲的故事结束之时，已经老迈，聪子对尘世的一切寥无记忆，本多走向老丑的绝境。作家情不自禁地道出"人是要死的，肉体是要衰老的，为什么要等到老丑才死呢？"这时候，他们两人什么也没有，既没有记忆，也没有过去，直面的是宿命的孤独，已是虽生犹死之人。这部超长篇最后的一切存在都化为乌有，导向绝对虚无和绝对空寂之境，梦与轮回的主题也空无化了。也就是说，作家在佛教无常与文学虚妄的连接点上，展开宗教心理和审美心理的透视，浸润着东方艺术的神秘色彩。三岛本人曾总结说："《春雪》是王朝式的恋爱小说，即写所谓'柔弱纤细'或'和魂'"。川端康成把《春雪》誉为现代的《源氏物语》，是作者"绚丽才华的升华"。

短篇集《走尽的桥》中的各个短篇小说，也与上述中长篇名作佳篇相辉映，彼此血脉相连，合成了一个完整的三岛小说世界。三岛的散文随笔《残酷的美》《太阳与铁》两卷，将会给人一种新鲜而充满活力的美的享受。三岛是个多才多艺的作家，他不仅写了在日本现代文学史上占有重要位置的小说，而且写了许多剧种的优秀剧本，并致力于日本古典戏剧能乐和歌舞伎的现代化，还在散文随笔园地结出了丰硕的果实。

三岛的散文随笔丰富多姿，有海外游记、美学探幽、文艺随想、自我画像、作家日记、作品自解、人生自白等内容和形式。

长期以来，三岛的小说创作，与其说由纯粹的、抒情的、抽象的结构来支撑，不如说是由理性思维和逻辑思维所支配，他本人就常常强调"抽象的结构，只有通过内在理论才能运动"。他还以为小说家"必须使感情和理智很好地结合起来"，在两者的平衡中创造美。他的古典主义正是从这里产生的。他的散文也是如此，"保持了百分之百的感情和百分之百的理智"。一般来说，写散文要更多地重抒情、重感受性，如何整合理与情两者的关系，达到浑然的统一，是一个难点。但散文又并非纯粹感情的表现而与知性无缘，散文是要"观古今于须央，抚四海于一瞬"。在这方面，三岛在知性上下功夫，切断了感情与知性的二律背反，在抒情散文的文学机制上，表现了对知性的巨大的热情，创造出一个具有情与理兼容的散文世界。

20世纪日本文学回顾与思考

　　20世纪日本文学的百年历史，是在明治维新后初步完成文学的近代转型的基础上展开的。在即将迎来21世纪之际，回顾日本文学走向现代化的百年历程，有许多课题是值得研究和思考的。本文重点探讨日本文学观念的更新、文学上自我的确立、审美理念的传承等三个问题。概括地说，这三个问题都与传统与现代结合这一主要课题密切相关。

文学观念的更新

　　明治维新这次不彻底的资产阶级革命，造成了日本政治文化的双重性格：一方面在政治制度、社会结构和文化形态上保留着浓厚的封建性；一方面带来政治上的某些改革和科学技术的进步动摇了旧的信仰和理念，冲击着旧的传统文化，促进了价值观念的变化。转型期的文学也面临着新旧的观念、价值观的矛盾和冲突。

　　明治维新以后，日本文学的现代化处于滞后的状态。江户时代的文学观念和价值观念仍占文坛的主导地位。也就是说，由武士运作和町人运作两大类文学占据着文坛的空间中心位置。前者是以儒教理念为基础的上流文学，比如汉诗文、和歌、雅文调纪行文，主要强调道德教化的功能，以功利和实用为目的。后者是以戏作为主的庶民文学，比如人情本、滑稽本、读本、狂歌等，不强调教化作用，而以娱乐为目的。尽管两者的文学价值观的出发点不同，但其立足点都是不承认文学本身的独立价值，实际上都是轻视文学，将文学视为"无用之业"。它们都不具备新文学的观念和精神。

同时，江户时代"文学"这个概念，以公认的幕府官学——朱子学为中心的儒学将上流文学作为首座，称为文学，而把戏作小说、俳谐、川柳、狂歌、净琉璃、歌舞伎等俗文学视为非正统的。因此"文学"是一个广泛意义上的概念，包括诸人文科学。福泽谕吉的《劝学篇》就强调文学是"近于普遍日用的实学"，而把戏作、俳谐等俗文学排除在外。

因此，近代文学的先驱者们首先努力摆脱江户时代遗留的旧文学观念。比如坪内逍遥首先明确小说是一种艺术形态，有其独立的价值，从而确立小说在艺术上的地位。同时强调小说只受艺术规律的制约，而不从属于其他目的。而且，他将小说作为第一文艺，批判了江户时代劝善惩恶的旧文学观。森鸥外引进西方文艺理论和美学批评，其"大至艺术全境，小至诗文一体"，整理当时混乱的文学理念，确立新的文学批评原理和审美基准。他们为更新文学观念，为引进西方现实主义文学和浪漫主义文学，以及为其后引进西方各种主义文学形态打下了初步的基础，

大大推动了20世纪文学"文学革命"和"革命文学"两个方面的发展。

文学观念的更新是不会停止的。随着时代和科学的不断进步，文学观念是不断再更新的。20世纪文学更新的历程说明了这一点。世纪初叶自然主义面对破坏旧信仰、旧理想的物质科学成果，对善和美的理想以及科学的真实，以科学精神的真伪来应对，首先将自然科学的精神直接运用到文学上，追求自然的真相。因此在引进象征主义以后，岛村抱月在《被囚的文艺》中就认为自然主义是"被知性囚禁的文艺"。不管怎么说，将文学与自然科学结合来思考，对旧的文学传统观念是带来一定的冲击的。

30年代开始，伊藤整、堀辰雄引进普鲁斯特"内心独白"和乔伊斯的"意识流"手法，而且将这种手法作为小说的新概念，定位在一种文学的主义上，并将其称为"新心理主义"。也就是说，文学与心理学、精神病理学发生交叉的关系，促使传统的以写实为基础的文学原理发生了带根本性的变化。阿部知二在《主知文学论》中进一步主张：文学要繁荣，必须重视科学的知性要素，有意识地采用科学（社会科学、自然科学、精神科学等）的方法，与我们的文明现象、时代精神相结合。所以他强调：以知性处理感情，在具体运作上尽力避免使用情绪的、感情的语言，而要有意识地将语言与知性直接结合，即将科学的方法运用到文学理论和实践上。

　　随着高科技时代的到来，文学与科学的交叉发展也结出了丰硕的果实。比如同为医学博士出身的加藤周一和加贺乙彦分别在理论和实践两方面做出了特殊的贡献。文艺评论家加藤周一运用医学和生物学的"杂交优生"和"进化论"等理论，反对纯化日本文化，不管是全盘日本化还是全盘西方化，他既承认"西方文化已经深入滋养日本文化的根干"，同时又肯定日本文化是在"土著文化深层积淀而形成的"，从而提出了"日本文化的杂种性"论点，并运用在文学批评上，强调了日本文学的土著世界观与外来文学思想上的对应与融合，创造出具有日本民族特质的文学来。小说家加贺乙彦大胆地将医学、精神医学、病态心理学引进文学创作中来。他的《佛兰德的冬天》《不复返的夏天》《宣判》等小说，在文学结构里，存在两个不同思维结构——医学的具象思维结构与文学的抽象思维结构的对立与对应，作家在这两者中找到了平衡，进而切断医学与文学的二律背反，在医学中的文学机制上倾注了巨大的热情，完全将医学变形为文学。

　　文学评论家秋山骏则以"病患者的光学"的观点来评论风见

治的《鼻子的周围》，该小说描写一个病愈的麻风病患者在鼻子上仍留下病迹，不能在社会上过正常生活，最后造了一个新鼻子才免遭社会摒弃。作家通过"病患者的光学（视线）"来折射日常生活的孤独感和空虚感。秋山骏估计，出现这种文学现象也许是由于艾滋病新病菌的出现，"病患者的光学"发生作用，

产生新的主人公，文学也会发生变化，面临自我面貌大改观的局面。

在20世纪后半叶，知识经济的出现，"边缘学科"的交叉发展更趋强化。文学与其他学科，包括一些与思维空间相距甚远的自然科学的相互交流、渗透和影响，不断地更新知识结构和思维方式，也必将不断地更新文学观念。特别是作为文学结构主体的语言学，在20世纪前半叶发生了"语言学转向"的重大学术事件，使整个文化发展进入文本、语言、叙事、结构、张力语言批判层面。到了20世纪后半叶，人文理论与社会理论又出现语言转向后的"新转向"——由语言转向历史意识、文化社会、阶级政治、意识形态、文化霸权研究、社会关系分析、知识权力考察等，进入一个所谓的人文科学的"大理论"之中。同时，带来文化哲学诗学的转型。（参见王岳川《语言学转向之后》）这一现象也出现在文学理论研究和创作实践中，文学摆脱狭隘的传统界定，与更广阔的历史文化背景发生更深刻的联系。文学上的女权主义、后现代主义的解构主义、新历史主义等的出现，也可以从一个方面反映"语言学转向"带来文学观念的再一次更新。

最近笔者主编的日本女权主义者、女性文学批评家水田宗子的专著《女性的自我与表现——近代女性文学的历程》，就从多学科和相关边缘学科的视角出发，以"性差"作为切入点，论述了"性差"的文化与疯狂、婚外恋不同文化背景的不同表现和与传统的恋爱、婚姻和家庭观的关系、女性超越社会的性别角色与自我

表现的联系、在性的意义上女性对生育希求与嫌恶的二律背反、女性的人体美与男性的性爱的正常与反常、女性表现深层的沉默等广泛的问题，并以此透视女性自我的精神世界，深入地挖掘女性的性与爱的深层心理诸相，以及形成"性差"结构的各种因素，包括民族、阶级、宗教、民俗、意识、制度诸综合因素。在这个基础上，作者进一步分析了"性差"概念的形成原因和"性差"文化结构的特征。而作者的"性差"概念，不仅是指男女性别差异，而且是包含更为深刻而广泛的文化内涵，即包含男女性别特征和性机能差异的意义。恐怕可以说，这是以一种新的文学观念进行文学批评的尝试吧。

文学上自我的确立

20世纪文学的中心主题，仍然是人性的解放和自我的确立。在日本，明治维新以后，其实现现代化是从接受西方的人本主义精神和现代自我的价值观念开始的，而日本的现代自我又是在资产阶级革命不彻底性的、残存着浓厚封建的社会文化结构内发展，因而形成日本现代自我缺乏主体性和具有依附性、封闭性的特殊性格，削弱自我与表现的完整性和独立性，走向跛行发展的道路。

在这种自我性格的制约下，20世纪以来日本文学仍在自我的确立和自我的失落的摆渡中，以自我的表现为中心展开，把自我的问题作为与社会关系问题来探求。岛崎藤村的《破戒》、夏目漱石的《我是猫》努力探讨人性的解放、自我主体意识的确立，并取得了很大的成就，推动了20世纪日本文学的发展，但也不可避免地存在其局限性。比如，藤村所描写的丑松在破戒之后逃避现实，到了美洲；在夏目的笔下，拟人化的猫，看到苦沙弥无力改变社会现状之后，自己也只好偷喝了啤酒，熏醉后掉进水缸淹死而终了；特别是芥川龙之介在社会对自我的重压下，无力抗争，最终因试图在调和社会与自我两者的矛盾中实现人生未成而走上自杀之路。

文学上的自我表现的局限性，在女性文学中表现得尤为明显，女性的自我价值超越历史和社会而被弱化。尤其是在男性作家笔下，女性形象的定位错误，女性缺乏独立的自我意识，而且女性的主体意识也是以男性的主体意识的延长的形式表现出来的。岛崎藤村的《新生》、志贺直哉的《暗夜行路》、高村光太郎的《智惠子抄》等就以男主人公与女性的纠葛来展现文学中女性自我失落的图像。即使女性作家，虽能从女性的视点来审视女性的自我，多角度地综合观察和把握女性的"生"的意义，以及女性自身的精神活动，在"人"的意义上发现女性自我存在的价值，但也存在不足的一面，比如宫本百合子的《伸子》和野上弥生子的《真知子》中的女主人公，她们追求女性个人的解放与社会的变革结合，揭示了日本的封建家族制度和女性自我存在矛盾的现实问题。与此同时，她们在恋爱、婚姻、家庭等一系列问题上也表现出其世界观的局限，由此而带来了作为新女性的自我成长的局限性。可以说，无论是作家自身还是作品中的主人公，其自我的软弱性格形成与上述明治维新后的社会文化结构的性格是不可分割的。因此，文学上的自我悲剧，不仅是个人的，也是社会造成的悲剧。

20年代前半期，日本文坛主要由无产阶级文学和作为日本现代主义的新感觉派、新兴艺术派、正统艺术派等占据着，分别从"革命文学"和"文学革命"两个不同方向展开。前者探索着自我与社会的广泛联系，自我担当着重要的社会角色。小林多喜二的《为党生活的人》在这个问题上也表现出其正与负的两面。比如作家塑造的男主人公"我"，将个人与阶级、个性与阶级性融合为一，作为作家自我的实现，这无疑是成功的。但在处理"我"与恋人笠原的关系上，着重描写笠原服从性的一面，忽视了笠原自我选择的一面，这恐怕是在"政治首位论""服从阶级斗争需要"的文学方针指导下产生的吧。正如小田切秀雄指出的："这是革命文学运动背负的弱点。"后者则疏离社会，在主观的感觉世界中表现自我。川端康成在新感觉派时期就主张"因为有自我，天地万物才存在"，并通过了绝对化的主观和感觉来观察现实，反映扭曲和异化了的社会。横光利一的《蝇》《头与腹》就是具有代表性的作品。

在20世纪30—40年代中期战争的黑暗年代里，上述的种种自我与表现完全被绝对主义所扼杀，文学上自我的稀薄影子在喧嚣的战争文学中也随之完全消失。战后在呼唤新文学的强音中，《近代文学》以"确立近代的自我"的文学批评为先行，尊重人和自由，摆脱包括封建主义在内的意识形态对自我的束缚，以确立近代个人主义和文学的自律性。本多秋五在《艺术·历史·人》一文中就强调战后"文学最重要的问题，首先必须自立"，"没有自我内部涌现的兴趣和喜悦，没有自我本身个人内部喷发出的热情，艺术就会死亡"。可以说，战后日本文学也是围绕重新确立自我而展开的。

文学探索自我与表现，性与爱是个不可回避的课题，犹如美术不可缺人体画一样。作为先驱者，女诗人与谢野晶子率先在《乱发》中大胆地唱出："你不接触柔嫩的肌肤／也不接触炽热的血液／只顾讲道／岂不寂寞"，从浪漫主义出发，热烈地赞颂了青春的性爱，对青春的自我觉醒、人和人性加以肯定，同时对旧观念、旧道德观进行了批判。诗人本人宣言"我的诗歌是扎根在我不止的恋爱上"。在《乱发》问世之前，日本现代文学还没有出现过如此深切地表现现代人的自我的精神世界。尽管如此，这种对人性的尊重只聚集在人的本能上，未能与自我主体意识更紧密联系。而且无论现实主义作家还是浪漫主义作家要求确立自我，大多放在追求自我个人内在的真实上。他们笔下的主人公也大多是"多余的人"。自然主义作家们更是放弃自我的主观，完全服从于纯客观的描写。田山花袋的《棉被》就是完全不介入主人公的内部精神世界，而对所经历的事如实地加以描写，"大胆而又大胆"地将自我的感情写得逼近自然的真，展现"露骨而又露骨"的自我的真。

但是，这个课题的探索，在封建主义的重压下步履维艰。典型的事件是1950年发生的最严重的一次政治权力干预文学的事件，伊藤整翻译出版劳伦斯的《查泰莱夫人的情人》被当局查禁，译者与出版者被东京检察院和法院以"贩卖淫书罪"为名起诉和判罪。这成为战后日本文坛具有重大意义的事件，引起了如何正确理解艺术和猥亵的关系问题的讨论。性爱文学是一个既具体又富原则性的问题，提出性与爱这个人类生活和文学艺术的重要主题进行探索，是具有深刻的意义的。作家以此为题材写了报告文学《审判》，围绕这一审判事件，揭示了人们抵抗旧秩序的压力和在法庭上抗争的事实，并通过这一事件的实际体验，具体地阐明他在文学理论上所论述的"生命与秩序的关系发展为组织与人的图式"的观点。许多作家都进行苦苦的探索，从谷崎润一郎的《疯癫老人日记》、川端康成的《睡美人》到三岛由纪夫的《美德的跟跄》（一译《心灵的饥渴》），都从不同角度，在道德与非道德的对立冲突中，用高涨的官能性来充实自我的不健全的存在感，喷涌着生命的原始渴求和力量。

可以说，作为自我存在的性与爱的表现，是一个未被完全成功开垦的处女地。正如美国作家诺曼·梅勒所评说的："20世纪后半叶给文学冒险家留下的垦荒地只有性的领域了。"大江健三郎在这一领域里开辟了一块"性+政治"的试验田，创作了《性的人》《我们的时代》《日常生活的冒险》等，把性与政治和社会文化诸因素有机联系，反映了人性被压抑的现实和人们追求解放的愿望。他在《哭嚎声》中就让主人公在现实的压迫下，在孤独和焦灼中呼喊出："我是人！"事实上，性现象的复杂性是社会现象复杂性的反映。当代许多作家以多样化的形式继续耕耘着这片处女地，剖析了20世纪妨碍自我解放的根源，即：残存的封建主义和资产阶级的庸俗道德观。

文学上探求自我，是不能舍弃深层的心理分析的。20世纪文学一个很大的变化，就是从传统的客观写实，转变到深层心理的分析。脱胎于自然主义又超越自然主义的"私小说"，既有纯客观地描写身边琐事的私小说，又有挖掘个人的心理活动的私小说，所以私小说也称心境小说。伊藤整的《神圣家族》、堀辰雄的《起风了》等都是利用新心理主义的手法，描写自我的心灵的孤独或感情的苦痛，以开拓人物更为深层的心灵世界，并将它上升到内心的审美层次。这时期，小林秀雄针对无产阶级文学的"观念意匠"、新感觉派的"感觉意匠"和自然主义的缺乏自我，在《种种意匠》《私小说论》中提出了"社会化了的自我"的著名论点，试图在理论上整合种种的意匠。这种私小说模式作为日本纯文学的主体，一直延续至今。

20世纪70—80年代的"内向派""透明族"诸文学新潮，或缺乏社会意识，只追求自我内心的不安和日常生活中非现实的东西，比如古井由吉的《杳子》、阿部昭的《人生一日》等；或从自我的立场出发，要求从封闭社会的禁锢中解放出来，追求所谓个性解放乃至性的彻底解放，比如村上龙的《无限透明的蓝色》、中上健次的《岬》等。尤其是"内向派"把现实抽象化，变成自我想象的东西，把人的精神和意识作为唯一的存在。因此在艺术手法上运用内心独白和意识流，着力描写人物的意识活动和深入追求人物的内心奥秘。可以说，私小说的传统在世纪末又有了新的发展。

审美理念的传承

20世纪日本文学百年史，无疑是受西方文学重大的影响而发展起来的。但它不是一部纯西方现代文学的变迁史，而是一部东西（方）和洋文学的融合史。当然，在两种文学的传统与交流中，也反复多次发生过欧化主义和国粹主义两种极端的风潮，出现传统与现代的"摆渡现象"。新感觉派认表现主义为"我们之父"、达达派为"我们之母"，主张全盘欧化。日本无产阶级文学虽然曾雄峙于文坛，但它也一度用另一种欧化形式出现，即全盘照搬苏联"拉普"理论，并无视日本历史传统的继承，连日本文学史也没有进行过研究，却提出"政治首位论"，将文学从属于政治。无论是"文学革命"或是"革命文学"，由于无视传统的传承，都无法永葆其生命力。战争期间，以保田与重郎为代表的日本浪漫派对"近代"的不信任乃至绝望，把"近代"一概视为"时代的颓废"，即将马克思主义和美国主义（他们将物质万能主义称作美国主义）都看作是"近代"的一种表现，需要统统打倒，用回归自己"故乡的历史"取而代之。他们以"古典近卫队"为己任，最后将"回归古典"与国粹主义合流。

这种传统与现代的"摆渡现象"，至今不能说已经终结。但是，百年的日本文学也的确在这两者的摆渡中，创造出基于传统再创造的交流模式，那就是"冲突·并存·融合"的模式。建立这一模式的基础，是对传统美理念的传承。日本文学有着自己悠久的文学传统，确立了独自的民族美学体系，并形成以写实的"真实"、浪漫的"物哀"、象征的"空寂"和"闲寂"等属于自己的文学的观念形态，所以在引进西方文学主义形态时，就根植于传统文学观念形态的土壤中。也就是说，日本接受西方文学的影响，吸收创作技巧多于美学理念，就是吸收美学理念也是按照自己的审美传统而加以选择、消化和融合，实现通常所说的"日本化"。

19世纪末期引进的西方现实主义、浪漫主义自不消说，20世纪以来引进的自然主义也是按照日本式的审美方式来吸收和消化的。具体地说，它是从两个方面继承传统而将外来的西方自然主义日本化的。一是从审美理念上继承传统的"真实"文学意识。这一"真实"文学意识始于原始的自然的纯情，以主情为基调，以真实的感动为根本，体现在真实性和自然性上，即体现在朴素的自然的"真"上，以及人性根本的真实性上，是以个人的感情的朴素自然的感动为主体的。因此，日本自然主义以主观感受为对象，追求的不是外面的写实，而是"内面的写实"。一是从文学形式上继承日记文学的传统。日本的传统日记文学，大多以自己的生活体验为主，在内容上以真事、真言和真情为中心。在表现上则重写实，既写外面的真实，也写内面反省的真实。日本自然主义者普遍如实地记录自己的生活特别是感情生活的体验，最忠实地继承了日本古代日记文学的表现人生的"真相"的传统。冈崎义惠谈到自然主义日本化时讲过这样一段话："西方式的自然主义和人道主义的底流，深深地潜藏着日本式的现实主义和东方精神主义，因此可以认为这种潜藏力量正是保持历史的最根本的东西吧。"

这种文学的传统与交流，加上日本近代未能建立起成熟的市民社会，以及支撑市民社会的自由经济和个人主义思想，自我是疏离社会的，是闭锁在封建的社会结构和家族制度之中，沉溺于个人的日常生活、心理和心境之中。日本自然主义文学形成胶着于个人的"私"（わたし）的领域倾向，通过自白式地表现自我破灭的私生活来显示作品强烈的真实性。这样便引发具有日本特色的"私小说"的自然生成，并超越自然主义而长期地在日本文坛占据着纯文学的主流地位，至今仍保持其发展的持续力。正如吉田精一所说的："日本自然主义的确是接受欧洲思想的影响，但它不是像以前那样单纯作为外来的东西来介绍和宣传，而是在日本现实的基础上吸收消化，并以此为本进行新的创造。"可以说，日本近代文学以传统的审美理念为根基，通过自然主义吸收和消化西方自然主义文学，为日本近代文学的和洋结合提供了新鲜的经验。

从19世纪末期，森鸥外等引进西方诗学，到象征诗占据20世纪的日本诗坛，日本诗在构建诗型方法上，逐步摆脱了传统和歌、俳句的五七调音数律造句法，采取了口语自由体诗型这种新诗形式，而在诗的内部精神结构上，既吸收时代的诗学精神和近代诗的自我表现，又注意挖掘传统的审美理念。作为象征诗的先驱者，蒲原有明在象征诗集《春鸟集》的自序中提出在表现上要有新的形式，特别是强调了表现上的"共感觉"（即感觉交错）的重要性，同时强调芭蕉的俳句是"我国文学中最具象征性的东西"，即指芭蕉的俳句在"闲寂"的枯淡中已具有传统的象征性。三木露风也强调："象征诗是法兰西诗派的影响及于日本之后而传来的，但其精神从古昔就存在于日本。……当时，蕴藏在芭蕉心中的，正是这种精神。其诗的幽玄体，即今日所称的象征体。"注北原白秋在他的象征诗论《艺术的圆光》中论及诗的艺术价值和诗的民族性时说明诗的正风，正是以这种艺术精神为根基，诗人不应忘记东方艺术的根本意义。同时在万物观照上，真正传神的秘诀、象征的深义早已存在于日本的俳句或短歌中。

以二战结束、美国占领日本为契机，日本一度掀起美国化风潮，美国主义也流行于文学。战后初期，文学的摆子又倾斜到美国颓废文化的另一极端，将日本传统的古典统统视作封建的东西，并要破坏这些既有的一切东西。以坂口安吾、太宰治为代表的无赖派的"堕落论"和在文学观念和方法上的反近代传统，就集中地反映了这一极端的文学风潮。但是，从20世纪后半期的重要作家来说，川端康成、谷崎润一郎、三岛由纪夫这些传统派、古典派作家自不消说，就是坚持现实主义为主体创作方向的野间宏、接受西方现代主义强烈影响的作家如存在主义作家安部公房和大江健三郎等，也无不扎根在传统的土壤上。柘植光彦评说："战后文学的存在主义倾向，首先是自律地生成，其次是通过与萨特的邂逅产生巨大的旋涡。"从总体而言，日本作家在与西方文学的交流中，对传统文学的继承也是非常自觉的。就20世纪后半叶获诺贝尔文学奖的日本作家川端康成、大江健三郎来说，他们也是最终找到传统与现代结合这条路，才创造出自己的文学的辉煌。

川端康成是走过全盘接受西方现代主义和无批判地继承东方的佛教轮回思想两种极端之后，总结了自己的创作经验和教训，提出了应该"从一开始就采取日本式的吸收法，即按照日本式的爱好来学，然后全部日本化"（《日本文学之美》），并在实践上将汲取西方文学溶化在《源氏物语》以来形成的浪漫"物哀"和"幽玄"的传统美理念之中，创造了像《雪国》《古都》《千只鹤》这样优秀的作品。大江健三郎创作伊始，倾心于萨特的存在主义，对《源氏物语》不感兴趣，可是他在实践中逐步认识到"民族性在文学中的表现"的重要性，现在他"重新发现了《源氏物语》"（《颁奖晚宴上的致辞》），在他的获诺贝尔文学奖作品《个人的体验》《万延元年的足球队》中，运用了日本文学传统的想象力、日本神话中的象征性和日本式的语言文体，展现了作品的民族性格。

20世纪日本文学的历史经验证明，日本文学走向现代，尽管存在一定的历史距离，但与过去的传统文学和审美理念之间没有明显的裂痕，而且是一脉相承的。作为西方传来的各种主义形态，从写实主义、浪漫主义、自然主义到象征主义、现代主义，无一不是在与传统的观念形态的写实的"真实"、浪漫的"物哀"、象征的"空寂"和"闲寂"文学理念和审美理念的接合点上酿造出来的。在这里，可以借用三岛由纪夫的一句话来概括，那就是"生于日本的艺术家，被迫对日本文化不断进行批判，从东西方文化的交汇中清理出真正属于自己风土和本能的东西，只有在这方面取得切实成果的人才是成功的"（《川端康成的东洋与西洋》）。

原载日本学刊 1999 年第 6 期

作家逸话

紫式部的宫中生活

　　紫式部是被誉为古代日本文学的高峰之作的《源氏物语》作者，她本姓藤原，原名不详，一说为香子。因其父藤原为时曾先后任过式部丞和式部大丞官职，故以其父的官职取名藤式部，这是当时宫中女官的一种时尚，以示其身份。后来称紫式部的由来，一说她由于写成《源氏物语》，书中女主人公紫姬为世人传颂；一说是因为她住在紫野云林院附近，因而改为紫姓。前一说似更可信，多取此说。

　　紫式部出身中层贵族。先祖除作为《后撰和歌集》主要歌人之一的曾祖父藤原兼辅曾任中纳言外，均属受领大夫阶层，是书香门第世家，与中央权势无缘。其父藤原为时于花山朝才一时受重用，任式部丞，并常蒙宣旨入宫参加亲王主持的诗会。其后只保留其阶位，长期失去官职。于长德二年（996）转任越前守、后越守等地方官，怀才不遇，中途辞职，落发为僧。为时也兼长汉诗与和歌，对中国古典文学颇有研究。式部在《紫式部日记》《紫式部集》中多言及其父，很少提到其母，一般推断她幼年丧母，与父相依为命，其兄惟规随父学习汉籍，她旁听却比其兄先领会，她受家庭环境的熏陶，博览其父收藏的汉籍，特别是白居易的诗文，很有汉学素养，对佛学和音乐、美术、服饰也多有研究，学艺造诣颇深，青春年华已显露其才学的端倪。其父也为她出众的才华而感到吃惊。但当时男尊女卑，为学的目的是从仕，也只有男人为之。因而其父时常叹惜她生不为男子，不然仕途无量。也许正因为她不是男子，才安于求学之道，造就了她向文学发展的机运。

　　紫式部青春时代，时任筑前守的藤原宣孝向她求婚，然而宣孝已有妻妾多人，其长子的年龄也与式部相差无几。紫式部面对这个岁数足以当自己的父亲的男子的求婚，决然随调任越前守的父亲离开京城，远走越前地方，逃避了她无法接受的这一现实。此时，她的家道也中落。不料，宣孝穷追不舍，于长德三年（997）亲赴越前再次表示情爱的愿望，甚至在恋文上涂上了红色，以示"此乃吾思汝之泪色"。这一痴情打动了紫式部的芳心，翌年她离开了父亲，独身返回京城，嫁给了这个比自己年长二十六岁的宣孝。婚后生育有一女，名叫贤子。结婚未满三年，丈夫染上流行疫病而逝世。从此紫式部芳年守寡，过着孤苦的孀居生活。她对自己人生的不幸深感悲哀，对自己的前途几陷于失望，曾作歌多首，吐露了自己力不从心的痛苦、哀伤和绝望的心境。其中一首歌悲吟道："我身我心难相应，奈何未达彻悟性。"

　　其时一条天皇册立太政大臣藤原道长的长女彰子为中宫，道长将名门的才女都召入宫中做女官，侍奉中宫彰子。紫式部也在被召之列，时年是宽弘二、三年（1005—1006）。紫式部入宫之后，作为中宫的侍讲，给彰子讲解《日本书纪》和白居易的诗文。当时，贵族社会以男性学汉文视为高贵，男尊女卑，女性是不让学汉文的。她在进宫之前，在家中读汉诗文，也是尽量不在侍女面前阅读的。所以，她给彰子侍读白居易的诗文，是悄悄进行的。紫式部在日记中也写道："这件事是尽力避人耳目，专门利用中宫身边无人的时候，悄悄地给中宫侍讲了白居易的诗文。中宫也为这件事保密，只有道长大人察觉，还给中宫送来了汉文书籍。"

　　这样，她在宫中才有机会显示自己的才华，博得了一条天皇和中宫彰子的赏识，受到天皇赐她一个"日本纪的御局"的美称，获得了很优厚的礼遇，比如中宫还驾乘车顺序，她的座车是继中宫和皇太子之后位居第三，而先于弁内侍、左卫门内侍。因而，她受到中宫女官们的妒忌，甚至接到某些女官匿名的"赠物"，对她加以揶揄。同时，有一说，她随从彰子赴乡间分娩期间，与藤原道长发生了关系，不到半年又遭到了道长的遗弃。这种说法，是否成立，无法考证。不过，从紫式部的日记里，也透露出这位才女与藤原道长的一些隐秘的关系。

在《紫式部日记》开卷第三篇，日记的主人就用委婉的笔调记录了某天清晨，藤原道长在庭院里漫步，顺手摘了一枝盛开的女郎花，隔着挂帐，递给了她。她看见道长的身姿之美，觉得自愧弗如。此时她听见道长说道："以此花作歌不宜迟罗！"于是紫式部作歌，曰：

女郎花艳添朝露
露珠偏心愧弗如

道长马上答歌曰：

一视同仁白露珠
女郎花艳人更美

紫式部对藤原道长求爱的暗示，虽言自己不如花艳，藤原道长在答歌里情痴痴地表白，他对花和人都是"一视同仁"，觉得花艳人更美，充满了对紫式部的情爱。

在《紫式部日记》中有一段日记，她还以《谁人不欲攀》为题，敞开了自己的心扉透露这样一段带上几分神秘色彩的事。日记写道：中宫御前有一套《源氏物语》被道长大人发现了，道长大人给她写了一首和歌：

> 梅子盛名诱人摘
>
> 淑女才气人好逑

她给道长大人和歌作答：

> 不尝梅子味何来
>
> 谁人不攀实意外

接着，在题为《敲门人》的日记中，她记录了自己睡着时，听见敲门声，心里非常害怕，没有回应。翌日早晨起来，发现了道长大人塞进来一首和歌，于是她又回了一首赠答歌。

藤原道长的歌：

> 叩门胜似秧鸡啼
>
> 彻夜待开好凄寂

紫式部的歌：

> 秧鸡啼鸣系无意
>
> 生怕懊悔把门开

短短两句赠歌与答歌，两人的情怀已跃然纸上。

还有紫式部在宫中，是与一位女官同住一室，中间挂着一张帐帘相区隔。这给道长知道了，他半认真半开玩笑，意有所指地隔帘对紫式部说："情人来了怎么办？"紫式部虽说自己听后觉得刺耳。实际上，又怎么样呢？从以上这些来来往往的歌，不是隐约可见他们两人的痴痴情怀了吗！

在宫中，紫式部有机会直接接触宫廷的内部生活，对贵族社会和一夫多妻制下存在不可克服的矛盾和衰落也有较深的感受，悲叹人生的遭际，使她时常感到悲哀、悔恨、不安与孤独。于是作歌一首："凝望水鸟池中游，我身在世如萍浮"，以抒发自己无奈的苦闷的胸臆，还另赋一首"独自嗟叹命多舛，身居宫中思绪乱"，流露了自己入宫后紊乱的思绪。她在《紫式部日记》里也不时将她虽身在宫里，但却不能融合在其中的不安与苦恼表现了出来。

从以上情况可以看出，紫式部长期在宫廷的生活体验，以及经历了同时代妇女的精神炼狱，孕育了她的文学胚胎，厚积了第一手资料，为她创作《源氏物语》打下了坚实的基础。在这里也离不开她与藤原道长的联系，道长十分关爱她，在她写《源氏物语》的时候，道长动员了擅长文笔多人，帮助她书写手抄本。他们大概是以此来试图共同分担在爱情与求道之间的苦恼吧。紫式部坎坷的人生体验，必然会在她的内心底里深深地落下了投影。

紫式部在完成《源氏物语》后，本人也曾产生过是否落发为尼的矛盾念头。在宽弘六年（1009）正月的日记所载一书简中，曾这样自白过：

> 周围的人说三道四。我只想不怠地习经奉阿弥陀佛。假如心上毫无厌世的话，那么我就不会为了出家去不懈怠地念经。只是，一心想出家，恐也难乘上极乐净土的云，不由又产生动摇，心乱如麻，我为此徘徊着。

长和二年（1013）彰子立为皇后，晚年的紫式部仍侍奉其左右，还著有《紫式部集》，这是她自撰的私家和歌集，收入了从少女时代至晚年的歌作，很少写当时流行的四季歌和恋歌，而以吟咏生离死别的哀伤和与宫中少数女官交友的歌题为主，其中与夫宣孝有关的歌约占一半。这是她一生欢乐的憧憬与梦想的歌唱，也是悲哀的失望与绝望的咏叹。这些文字，这些和歌，一扇又一扇地打开了自己宫中生活悲欢交杂的心扉。紫式部在《紫式部集》最后一首歌这样吟道：

何必嗟叹此世道
似观山樱无忧虑

这集中反映了紫式部晚年的孤独心境，她在预感到死期之将至，像她本人写到源氏之死时，不胜其悲，书中第四十一回只有"云隐"题目而无正文的结局一样，也哀叹自身如"夜半月影云隐中"。因此，近代著名的浪漫派女歌人与谢野晶子评价这部歌集时说："在《源氏物语》里早已隐现这部私家集的影子了。"可以说，这部《紫式部集》以和歌的形式，将《源氏物语》的文化精神延长，同时也生动地记录了紫式部自己的人生片断。

紫式部的《源氏物语》《紫式部日记》和《紫式部集》，都是女作家本人在宫中生活或写实或形象的记录。它们相互映照和生辉，这使紫式部这个名字，不仅永载于日本文学史册，而且1964年联合国教科文组织将她选定为"世界五大伟人"之一，享誉世界文坛。

选自《源氏物语图典》导读

像雨后彩虹的清少纳言

　　清少纳言是日本三大随笔集之一《枕草子》的作者，平安时代的后宫女官、著名随笔家，还是三十六歌仙之一。人们称她为清女，她与紫式部、和泉式部并称为平安时代的三大才女，都有很高的汉学修养。她的曾祖父、祖父都是著名歌人，父亲是《后撰和歌集》的编撰者之一，当代屈指可数的著名歌人。

　　清少纳言可谓中层贵族书香门第出身，自小受到家庭教养的严格训练，爱读《白氏文集》《蒙求》《汉书》等中国典籍，对和歌和汉学有很深的修养。她经常参加一条天皇的中宫定子（后被册立为皇后）在后宫举办的文学聚会，当时并称四纳言的藤原公任、藤原斋信、源俊贤、藤原行成也是常客。在文学聚会上，清女表现出非凡的学识，才气洋溢，带有几分男性的刚毅性格。这里有这样一个故事：在一次文学聚会上，藤原斋信朗读白居易诗句："兰省花时锦帐下"，要求与会者对下句，她机敏地吟歌对应："谁会寻访斯草庵"。还有她与藤原行成围绕孟尝君的鸡鸣故事，来住书信互相对歌，结果行成输了，可谓巾帼不让须眉。出席者对她的天禀机智，无不惊叹不已，于是为定子所钟爱，她也对定子产生敬慕之情，两人建立了互信的关系。这是促成清少纳言入宫侍奉中宫定子的重要原因。她入宫后，虽得到定子的宠爱和庇护，却受到公卿和官人的妒忌和白眼，这在权力圈内是很自然的事，恐怕中外概无例外。

　　由于内大臣藤原道隆和道长兄弟围绕宫中的权力而争斗，道隆失败，于长德二年（996）道隆之子伊周、隆家以对花山天皇的

"不敬罪"被流放，作为道隆之女的中宫定子先被幽禁，后被逐出宫，寄居在伯父家。这时，宫中谣言四起，后宫同僚中伤清女外通政敌道长。清女愤然辞去宫仕，幽居家中。直至宫廷权力斗争结束之后，定子重返宫中，她也回宫侍奉忧郁致病的定子。她与定子两人关系之密切，可谓"异体同心"。长保二年（1000）冬，带病在身的定子生产第二公主后，结束了二十五岁的短暂生命。此后，与定子对立的道长之女、紫式部所侍奉的中宫彰子，曾恳切地挽留她侍奉在自己身边，她断然拒绝，不为新贵效力，完全退出宫中的生活，始终坚守"做人一就是一"的信条，由此可见其为文为人的一斑。

的确，在平安王朝后宫的女官中，清少纳言的个性独具魅力。她与平安时代女性特有的优雅性格相反，具有不服输的坚强性格。她屡屡直接顶撞当时宫中像斋信、行成这样堂堂的须眉，揶揄生昌、方弘这样的才子，嘲笑他们是愚才，表现出一种傲慢的讥讽态度。从这方面来说，她似乎是个重理性胜于重感情的人，是一个冷峻的女性。但是，实际上，她却又富有人情味，对人会倾注温暖的同情，有时感动落泪，有时热情奔放。诸如，她对中宫定子的景仰、赞美的态度，对定子不幸遭遇的同情等，都流露出她的女性爱来。清少纳言这种性格，跃然《枕草子》全书的字里行间。

清女本人的婚姻生活并不美满。在缺乏才气的橘则光以殉情的决心，向十七岁的青春年华的她下跪求婚时，她觉得则光虽是连和歌也不懂的庸才，但有一股纯情，便打动了她的芳心，最终于天元五年（982），与则光结婚，翌年产子，名则长。夫妻两人由于文化素养的差异，性格、情感的不合，以及牵扯上官场人事的纷扰，于婚后三年离异。此前一年，老父元辅病逝。这两件事，使她悲痛与怨恨交织，成为她的人生转折。清女晚年命运不济。曾有文献记载，清少纳言落魄之后，与宫中官人同乘车来到自己的宅门前，目睹屋宇破坏的情景，借用燕王好马买骨的故事，对宫中官人说了一句"不买骏马的骨！"同时，推测她晚年可能削发为尼，闲居于叫"月轮"这个地方的山中，曾留下了这样一首哀叹自己晚年悲凉的和歌，歌曰："老者望月空悲切，隐居山中甚孤寂"。这短短两句和歌，清女将自己晚年隐居山中的悲怀吐露无遗，恐怕也可以从一个方面佐证她这段晚年的人生的经历吧。

清女在随笔《枕草子》中，多记录了一些她在宫中的生活，折射了宫廷里的喜怒哀乐的故事。有一段这样记道：她刚进宫侍奉中宫定子不久，中宫问她："你想念我吗？"她回答说："为什么不想念呢。"这时，传来了一声喷嚏声。中宫质疑说："你是说了假话吧？"回到女官房里，女官拿了一首歌让她看，歌曰："真话假话谁知道，上天又无英明神"。清女哀怨地咏道："想念心浅也难怪，为了喷嚏受牵连，不幸，不幸啊。"于是，她以"喷嚏"为题，将这讨人厌的、可恨可叹的事写了一段，描述了她埋怨打喷嚏的人使自己受了连累的事情。这看似是琐碎的事，不也从一个侧面反映了宫廷里的人际纷繁吗。

清女在写《枕草子》的时候，引用了《文选》《新赋》《史记》《汉书》《四书》《蒙求》等汉籍中的不少中国典故。她的"假的鸡鸣"，借用《史记》"孟尝君列传第十五"中孟尝君"半夜至关（函谷关），关法鸡鸣而出客，孟尝君恐追至，客之居下坐者有能为鸡鸣，而鸡齐鸣，遂发传出"的故事，写了行成到中宫职院，已是深夜，翌晨他给清女写信道："后朝之别，实是遗憾。本想彻夜不眠地畅谈昔日的闲话，然天亮鸡鸣所催，便匆匆归去。"清少纳言读信后，写回信道："半夜的鸡鸣，是孟尝君的鸡叫声吧？"行成随即回信道："在半夜里孟尝君的鸡鸣，使函谷关的门打开了，三千食客好不容易才得脱身，书里是如是说的。可是昨夜却是与你相会逢坂关啊。"

于是，两人又以逢坂关为题对起赛歌来，清少纳言歌曰：

> 纵令夜半装鸡鸣
> 岂能混过逢坂关

她以为孟尝君假的鸡鸣，骗得了函谷关的守关人，也骗不了逢坂关的细心的守关人啊！最后行成认输了。这里，清少纳言反复地借用孟尝君深夜函谷关鸡鸣的故事，以比喻自己是不会被行成这样的男子突破自己的"关"的，很有风情，其含义是有趣而深刻的。

清少纳言对白居易诗文，更是运用自如，活用得最多。给我印象最深刻的一例是：在一次文学聚会上，斋信让她对白居易诗"兰省花时锦帐下"的下句，她谙熟白氏诗《庐山草堂雨独宿寄友》诗下句是"庐山夜雨草庵中"。但她认为，斋信是由于"听了什么人无中生有的谗言，对于我说了许多坏话"，而且"把（我）清少纳言这个人完全忘掉了"，由此产生龃龉，不将自己算在女官之列，试图借此轻蔑她，所以，她只用白居易诗的"草庵"二字，来接下句，用和歌答曰："谁会寻访斯草庵"，回敬了斋信，以示自己已被你这个头中将憎恶了，有谁还会到自己的草庵里来呢。从此，这位官至头中将的大男子，"把脾气也完全改过来了"。

清少纳言对中宫弹琵琶这段描写，也是给人留下深刻印象的：

> 带光泽的黑色琵琶，遮在袖子底下，非常的美。尤其白净的前额从琵琶的边里露出一丁点儿，真是艳美绝伦。我对

坐在贴邻的女官说："从前人说'半遮面'的那个女人，恐怕还没有这样的美吧？何况那个人又只是一介平民呢。"

清女描写中宫抱着琵琶，现出前额的姿态，于是马上引用白居易《琵琶行》诗中的"千呼万唤始出来，犹抱琵琶半遮面"句，形容其美无比。

特别是书中最著名的"香炉峰雪"一段，记录了这样一件事：大雪纷扬，女官们在垂下帘子的宫里，侍候中宫时，围炉谈闲话。中宫说道："少纳言呀，香炉峰的雪怎么样啊？"其他女官对中宫的句还没有领会过来，少纳言却立即站了起来，将帘子卷起来。中宫看见笑了。大家都对着她说："你当中宫的女官最合适了。"因为作者清少纳言听了中宫问"香炉峰的雪怎么样啊？"马上联想到白居易《香炉峰下新卜山居》中的"日高睡足犹慵起，小阁重衾不怕寒。遗爱寺钟歌枕听，香炉峰雪拨帘看"句，就聪慧而机敏地领会了中宫的问话，是暗示要把帘子卷起来。由此可见作者对白居易诗之熟习，背诵如流。这段"香炉峰雪"成为日本文坛的千古佳话。

但是，清少纳言的许多经历还是不明也不白的。正如一位日本学者所说的：她的经历"犹如挂在雨后天空的彩虹，异常灿烂绚丽，可是它的两端却像没入水中似的，有许多地方弄不清道不明。"不管怎样，从以上清少纳言的家庭生活的阅历和宫廷生活的体验见闻，可见她的确像雨后的彩虹，多么的烂烂，多么的绚丽！

选自《枕草子图典》导读

业平、小町的恋歌

日本古代歌坛，有六位著名的歌人，史称"六歌仙"。其中男歌仙在原业平、女歌仙小野小町最风流，写的恋歌最多，也最有风情。

在原业平（825—880），一般文献记载，业平的父亲是平城天皇的皇子阿保亲王。历史书《三代实录》（901）是这样描写他的："体貌闲丽、放纵不拘。略无才学，善作和歌。"当时所谓才学，是指汉学尤其是儒学。也就是说，业平没有或少有接受汉学、儒学的影响，曾与三千七百多女性相交，其好色自然不是专一的对象，而是将热情倾注在众多的女性上，以"好色家"而著称。在这里的"好色"二字有着特殊的含义。从语源来说，奈良时代的"色"字只含有色彩和表情两层意思，到了平安时代，"色"字的含义扩大，增加了华美和恋爱情趣的内容。日语的"色好み"的"好み（このみ）"不是"好"的训读，而是含有选择之意。"好色"是一种选择女性对象的行为，不完全是汉语的色情意思。因为"色情"是将性扭曲，将性工具化、机械化和非人性化，而"好色"是包含肉体的、精神的与美的结合，灵与肉两方面的一致性的内容，好色文学以恋爱情趣作为重要内容，即通过歌表达恋爱的情趣，以探求人情与世相的风俗，把握人生深层的肉涵，并不能理解为卑俗性，况且它与物哀、风雅的审美意识相连，是具有独特的美学价值和文学意义的。当时能称得上"好色家"者，必须具备两个基本条件：一是和歌的名手；二是礼拜美，即在一切价值中以美为优先。可以说，好色不是性的颓废现象，而是作为一种美的理念。

日本古代的好色文学理念最早出现于《竹取物语》和《伊势物语》，后者的主人公原型就是在原业平，这部歌物语的歌，是以在原业平的歌为中心的。在这两部物语之间问世的《古今和歌集》的五卷恋歌中，在原业平的歌也体现了这种好色的审美情趣。集子收入业平的歌共三十首。其中恋歌最多，占十一首；四季歌、羁旅歌次之，各四首。在恋歌中就体现了当时贵族社会的"好色"审美情趣、一首题序写道："在原业平在右近马场骑射之日，行至该处，透过车帘依稀见一女子朦胧的面影，赋此歌。"歌曰：

　　　依稀相见苦思恋
　　　怅望伊人却了情

在原业平与恋人（佚名）相赠的恋歌，常常以托梦寄情表现出来。业平的歌在小序中说，"相逢伊人翌晨咏此歌相赠"：

　　　昨夜梦中幻境虚
　　　今朝愈觉影依稀

伊人的答歌，序说"业平朝臣巡伊势国时，与斋宫人悄悄幽会，翌朝又无法遣人致意。正思念间，伊人送来一首歌"，曰：

　　　君来我往若虚影
　　　是梦是醒难说清

这个斋宫人实为斋宫恬子，他们过了一夜，业平作歌答曰：

暗淡心绪困惑情

是梦是醒世人言

伊人（佚名）以无题作歌答道：

心绪困惑不足言

莫如梦中更鲜明

　　当时伊势神宫的斋宫是严禁女子与男性接触，皇宫的后宫更是如此。业平冲破禁忌，悄悄与二条后高子、三条后、斋宫恬子等幽会，更具神秘性和优雅性。比如他在一首恋歌的词书交代：

　　（词书）偶与住在五条后宫西厢的伊幽会叙谈，某年1月10日，闻伊隐居他处，然未能再相见。翌春，梅花怒放，月色清幽，回忆去岁西厢，卧席仰望月儿，至月斜时，感咏此歌：

　　已非昔时月与春

　　惟我本人仍独身

　　歌人在原业平与五条后于后宫西厢幽会后，转年仍未能再相见，卧在月光映照下的铺席上，回忆最后分别的往事，惆怅万分，直至月儿倾斜，天将黎明，辗转反侧，未能成眠，发自肺腑地用感叹调咏出此歌，表达了自己的深深的思慕之情和纯粹爱的追求。这是当时贵族男女相交作歌的典型。《伊势物语》也有记录这件事情。

　　在原业平的恋歌常常使用隐喻法，以自然物象来寄托恋情。

比如，细雨春物比春心，月色比美好的忆恋，朝露比悲伤的泪滴等等，举一首《无题》的恋歌为例：

秋野朝露沾湿衣
莫如偶逢夜涕泣

歌人业平以露隐喻泪，他的衣衫湿了，疑是朝露滴湿，却原来是夜等伊人未逢，悲伤得被泪水濡湿了。业平除四季歌、恋歌外，最具代表性的是收入集中的唯一一首哀伤歌《病弱时咏》，表现了在生死之交的心路：

终走此路早有闻
昨日今日何多思

总体来说，在原业平的歌虽其词不足，但其歌热烈奔放，又多愁善感，尤其是恋歌"心深"，给人留下悠悠的余情和无穷的艺术想象空间。纪贯之在《古今和歌集》序中对他的歌总评价是："其心有余，其词不足。如萎花虽无色仍留余香。"这是很贴切的。由此看来，在原业平的审美情趣，追求的是重精神的价值，幽玄的风雅美也尽在其中。这在平安时代的贵族社会里，被认为是理想文明的象征。还有上述《古今和歌集》使用悬词、缘语、歌枕等修饰法和词书等的表现技法，在原业平都起了很大的作用，对于提高和歌的艺术表现手段做出了自己的贡献。

小野小町（生卒年月不详，推算是834—883），六歌仙中唯一的女性。其祖父小野篁、其母是衣通姬，可谓歌人世家出身。其他经历未详，传说是仁明天皇的更衣（后宫女官，奉侍天皇御寝）。《古今和歌集》收入她的十六首歌，恋歌占了十二首，是本歌集中恋歌最多之一人。她的恋歌也多以梦中的对象来吟咏，其中两首这样哀切地咏出：

> 梦里相逢人不见
> 若知是梦何须醒

> 假寐依稀见恋人
> 莫如梦中来相会

　　小町的这两首恋歌，纤细哀婉地咏出在梦中流溢的一股淡淡的雅情，这是她的恋歌的特色之一。但也有例外，就是她希望梦与现实拉近距离，让爱不再沉浸在梦的空幻而回到现实中，使爱更真切，而不再是梦里相求：

> 纵然梦里常相会
> 怎比真如见一回

　　这首歌直率地表达自己的恋心之深切。尤其是朝臣安倍清行在引用《讲法华八经》经文中的"以无价宝珠系其衣里"，作歌"无价白玉系衣袖/不见伊人泪涌流"一句，赠小野小町。小町以更激越的感情答歌，唱出自己炽烈的青春的爱恋：

> 痴泪如珠湿衣袖
> 恰似江水滚滚流

　　传说小野小町是绝世佳人，其貌美如玉，有"玉造小町"之称，但晚年日见"衰老之状"。所以她的恋歌另一特色，就是表现更具实在感，并且以悲调咏出：

> 世间人心似色花
> 恋情易变心如麻

这是晚年的小町托花色易变来慨叹自己容姿衰老，人的恋心似花色随时间流转而易变。她在一首春歌中也表达了同样的心情：

> 花色易变人衰颜
> 人世弹指一挥间

小町的恋歌，年轻时感情如此丰富，如此激越，晚年时又如此忧郁、如此感伤，充满了风雅的浪漫精神，在古今歌中是鲜见的，作为好色的行动半径虽比不上在原业平广泛，但其歌的精神内涵比在原业平深刻得多。传说，年轻时在宫中，向她求爱者甚众，但衰老后却受恋人冷落，死后弃尸荒野，连风吹进她的眼帘都响起了悲鸣声。这些传说故事，与在原业平的传说故事一样，多作为物语、能乐等文学作品的题材。

当然，在对待好色文学的审美观念上，也存在两种截然不同的价值判断。纪贯之编纂了《古今和歌集》，他的假名序和纪淑望的汉文序，在对待好色理念问题上持异议是相同的，但在程度上则存在微妙的差异。假名序称：

> 现今世上，关于色、人心，如花似锦，无实之歌，惟有不像样的内容。如此，好色之家湮没无闻，不为人知矣。

汉文序则曰：

人贵奢淫，浮词云兴，艳流泉涌，其实皆落，其花孤荣，至有好色之家，以之为花鸟之使，乞食之客，以之为活计之媒，故半为妇人之右，难进丈夫之前。

对两序这段话进行比较，可以看出：前者仅是一种轻描淡写的客观叙述，至多是对好色的慨叹，语调是非常温和的。因为纪贯之等编纂这部集子时也明白，敕撰和歌集本身是试图用国风来对抗汉诗集，如果无视好色的歌，就无从谈论那个时代和歌的潮流。而后者则从儒学的道德观出发，将好色之家比作"乞食之客"，是"妇人之右"，大丈夫不屑一顾，这种批评语调是非常严厉的。很明显，汉文序的意图是要将和歌提高到中国汉诗的同样水平，故而以中国儒家的道德标准来衡量日本的好色情趣，有意贬低事实上已经作为日本独自的文明价值所形成的好色的美理念。当时敕撰集选歌，在对待在原业平的态度上也反映出来。在原业平的歌，从《后拾遗和歌集》到《千载集》一首也没有采录，《古今和歌集》收入了十首，这反映了《古今和歌集》率先推动了和歌歌风的转变，适应了平安朝贵族社会新的审美价值取向。

在《古今和歌集》中，在原业平、小野小町的恋歌，其好色的性格是非常典型的，对同时代的"女房文学"起到规范性的作用。紫式部的《源氏物语》就是在这个基础上，将好色的审美情趣推向烂熟的程度。

选自《日本文学史》

芭蕉的"风雅之寂"

　　松尾芭蕉有日本"俳圣"的称誉。他出生于伊贺上野乡。生平未详，一说他已娶妻成家，一说他终生独身，因为他的著述和门人的记述都无涉及他的家庭生活情况，故难以定论。自幼丧父，家境清贫，受俳人北村季吟的启蒙，开始作句。二十九岁上，他到了江户，目睹当时武家政权和町人金权的统治，不满金权政治横行于世，于是他超然于繁杂的仕官，主动诀别政权和金权，决然离开了喧嚣的江户，到了荒凉的隅田川畔的深川，甘于忍受在底层生活的清贫与困苦，隐居草庵，从此参禅，彻悟人生，潜心作句，并将此作为自己终生的事业。芭蕉从草庵生活开始探索新的句风，草庵也成为芭蕉开展俳谐新风运动的据点。他作以下具有新风的《富家食肉，丈夫吃菜根，我贫》一句：

　　　　清晨冬雪彻骨寒
　　　　独自啃食鲑鱼干

　　芭蕉以富家食肉，贫家吃菜根来对比，说明人虽清贫志不移，在寒冷的早晨，独自啃鲑鱼干，也别有一番风味在心头。这一句写出了他人也道出了自己的贫苦景况。芭蕉的句，还写了贫穷渔家的清苦、耍猴汉的苦楚、可怜歌女的哀悲、路人的饥寒、贫僧的凄苦等等。这些句，已孕育着"诚"与"闲寂"的审美意识，从中可以感受到芭蕉的新句风——"蕉风"的胎动。

　　晚年的芭蕉以旅行来抚慰自己孤独的心，同时观察自然与人生。他隐居草庵的人生体验，以及旅行对大自然的切身感受，成就了芭蕉，写下了代表"蕉风"的不朽名句《古池》，句曰：

闲寂古池旁
青蛙跃进池中央
扑通一声响

　　这一句是写于芭蕉庵之后，如果从表面来理解，古池、青蛙入水、水声三者似是单纯的物象罗列，不过如果从芭蕉的"俳眼"来审视，古池周围一片幽寂，水面的平和，更平添一种寂的氛围。但青蛙跃进池水中，发出扑通的响声，猝然打破这一静谧的世界，读者就可以想象，水声过后，古池的水面和四周又恢复了宁静的瞬间，动与静达到完美的结合，表面是无穷无尽无止境的静，内里却蕴含着一种大自然的生命律动和大自然的无穷奥秘，以及俳人内心的无比激情。

　　这说明芭蕉感受自然不是单纯地观察自然，而是切入自然物的心，将自我的感情也移入其中，以直接把握对象物生命的律动，直接感受自然万物内部生命的巨大张力。这样，自然与自我才能在更高层次上达到一体化，从而获得一种精神的愉悦，进入幽玄的幻境，艺术上的"风雅之寂"也在其中。

　　还有，芭蕉旅行奥州小道，来到山形藩领地的立石寺，置身于景色佳丽而沉寂的意境，心神不由地清净起来，作句一首，以慰藉他的孤寂悲凉的旅心：

一片静寂中
蝉鸣声声透岩石

这一句的俳谐精神与《古池》是相通的，都是具现了芭蕉的"闲寂"的典型佳句。芭蕉以"闲寂"为基础，将自然与人生、艺术与生活融合为一，达到"风雅之诚""风雅之寂"。这个"诚"与"寂"，较之物质的真实，更是重视精神的真实，是作为精神净化的艺术的真实，从而创造了俳谐的新风。

芭蕉热爱大自然，对自然美的感动，成为他追求的"风雅之诚""风雅之寂"的原动力。他的"风雅"，不是风流，也不是物质和官能的享乐，而是一种纯粹对自然景趣的享受，向往和憧憬闲寂的意境。这种意境既包含了孤寂、孤高、寂静和虚空，又内蕴单纯、淡泊、简素和清贫。

在旅次，芭蕉不止一次地说过："若死于路上，也是天命"。旅中病倒，大概他已预感死期将至，临终前四日，还切望于闲寂的风雅，写下一首辞世名句《病中吟》：

旅中罹病忽入梦
孤寂飘零荒野中

据其弟子其角记载："师悟道：'荒野之行，心中涌起梦般的心潮，正因为执迷，切身感到病体已置于风雅之道'。"可以说，芭蕉的俳句展现了一种闲寂美、风雅美，这种美是在永恒的孤绝精神之中产生的。而这种孤绝的精神又是在自然、自然精神和艺术三者浑然一体中才放射出光芒。

芭蕉一生写了千首俳句，他在创作实践中发现"风雅""闲寂"之美，开拓了一个时代的新俳风，完成了创造一个时代的日本美。芭蕉在俳句方面对传统美的传承与创造，的确是个"登峰造极者"，世人尊称他为俳圣。

芭蕉不仅在俳句创作方面，而且在俳论方面也做出了巨大的贡献。他既扬弃贞门、谈林俳论只注重"俳言"和"滑稽"的旧风，以及超越贞门、谈林俳谐的观念性，又摄取上岛鬼贯从新的视点来思考"真实"（まこと）文学论的生命，以及运用禅学"本来无一物"的哲理思想，继承和创造性地发展了鬼贯的"诚"的俳论，在"诚"的自觉的基础上，探寻俳谐的艺术本质。

芭蕉的俳论是通过对上述传统俳谐思想的自觉和本人严格的艺术实践建立起来的。他在俳谐创作实践和俳谐理论两个方面，创造性地丰富和发展了闲寂、风雅的文学思想和美学思想。芭蕉生平很关注从理论上指导其弟子进行俳句的创作，但他生前未系统整理和发表过一册俳谐论著，大多数论述都是只言片语，散见于他的随笔、俳文、序跋、评句、书简中，尤其是集中反映在俳谐纪行文《笈小文》上。同时，他殁后由其主要弟子记录在自己的论著中，主要代表作有去来的《去来抄》、土芳的《三册子》等。芭蕉俳论包括俳谐的本质论和美学论，主要内容由"风雅之诚""风雅之寂""不易流行"三部分构成，是融会贯通，不可分割的。而且三者其本为一，都是建立在"诚"即"真实"俳谐思想上。三者之中，"风雅之诚"是基础，是根本。它不仅将自古以来的"真实"文学美学思想提高到一般艺术的真实性上，而且使这一时期的俳谐获得更高更深刻的艺术性，大大地丰富俳论的内容，形成当时俳谐的全新理念，成为一个时代的俳谐新趋向。革新俳谐便成为时代思潮的中心。上述《富家食肌肉，丈夫吃菜根，我贫》，就是他的真实论的重要艺术实践。可以说，芭蕉的"风雅之诚"是对人生的深刻思考的结晶，同时贯彻了写实的"诚"的俳谐理念。

作为日本文学传统基本精神的"诚"（"真实"），是流贯于各个时代的。芭蕉强调"风雅之诚"正是继承了这种传统的"真实"精神，但他并没有把"诚"（"真实"）精神绝对化，而是与时俱进，提倡"风雅之寂"。这是在禅思想和老庄思想的导向下，在全面参与的关系中，深化"风雅之诚"，从而使"诚"的内涵获得更大的延伸。因此，芭蕉的俳论同时主张"风雅之寂"，强调风雅与禅寂相通，具有孤寂与闲寂的意味。

芭蕉在《笈小文》中强调"风雅乃意味歌之道"，写道："西行的和歌，宗祇的连歌，雪舟的绘画，利休的茶道，其贯道之物一如也。然风雅者，顺随造化，以四时为友。所见之处，无不是花。所思之处，无不是月。见时无花，等同夷狄。思时无月，类于鸟兽。故应出夷狄，离鸟兽，顺随造化，回归造化"。

从芭蕉这些论述来看，芭蕉俳谐的风雅精神，首先是摆脱一切俗念，"出夷狄，离鸟兽"，回归同一的天地自然，采取静观的态度，以面对四时的雪、月、花等自然风物，乃至与之相关的人生世相。其次，怀抱孤寂的心情，以闲寂为乐，即风雅者也。文中所说"顺随造化"，"回归造化"的"造化"，就是"自然"，是"以四时为友"，人与自然的调和。芭蕉认为心灵悟到这一点，一旦进入风雅之境，就具有万般之诗情，才能在创造出"风雅之诚"的同时，也创造出"风雅之寂"来。

换句话说，风雅本身，就是孤寂，就是芭蕉的所谓"俳眼"。从这点出发，以静观自然的心情静观人生，则人生等同于自然，达到物我合一，真实的初心与纯粹的感情相一致，即入物才能得"物之心"，达到"物我一如"之境而显其真情，这样才能把握物的本情。

然而，自然是随着四季推移而变化的，所以把握自然的本质，不应是眺望原来的自然，而是要将凝视自然所获得的本质认识，还原于原来的自然之上。这样凝视物象所把握的东西，就是"闲寂"（さび）。"闲寂"就成为芭蕉观照自然的根本。"闲寂"是当时流行的美理念，它是继古代写实的真实（まこと）、物

哀（もののあはれ）和中世纪的幽玄"空寂"（わび）之后，而成为中世纪后期流行的新的文学理念和美学理念。

上述芭蕉的名句《古池》，就是通过"闲寂"的独特表现力，产生艺术性的风雅美、余情美。换句话说，"风雅之寂"的精神基础是"禅俳一如"，以禅作用于自然之美和艺术之精神。他在旅次以"四时为友"，"顺随造化"，通过对自然的观照，自觉四季自然的无常流转，进而感受到"诸行无常"。因此他竭力摆脱身边一切物质的诱惑，以"脑中无一物为贵"，"以旅为道"，以及以大自然作为自己的"精神修炼场"，在俳谐思想中培植"不易流行"的文艺哲学思想。从这个意义上说，"不易流行"成为其"闲寂"的思想结构的基石。

芭蕉俳论的"不易流行"是芭蕉风雅观即"风雅之诚"与"风雅之寂"的中核。

关于"不易流行"说，按芭蕉本人的解释是："万代有不易，一时有变化。究此二者，其本一也。"土芳在《三册子》中按其师的本意作了如下的说明："师之风雅，有万代不易的一面和一时变化的一面。这两面归根到底可归为一。若不知不易的一面，就不算真正懂得师之俳谐。所谓不易，就是不为新古所左右。这种姿态，与变化流行无关，坚定立足于'诚'之上。综观代代歌人之歌，代代皆有其变化。且不论其新古，现今看来，与昔日所见不变，甚多令人感动之歌。这首先应理解为不易。另外，事物千变万化，乃自然之理。作风当然也应不断变化。若不变，则只能适应时尚的一时流行，乃因不使其心追求诚也。不使其心追求诚者，就不了解'诚'之变化。今后不论千变万化，只要是发之追求诚之变化，皆是师之俳谐也。犹如四时之不断运行变化，万物亦更新，俳谐亦同此理也。"

由此观之，"不易"是万古不变的东西，即现象千变万化，然其生命是万古不易的。在文学美学思想来说，也是流贯于日本文学美学历史长河的"真实"（诚，まこと），这是有其传统的。而"流行"是随时代推移而变化，自然也是随着四季流转而变化的。所以，把握自然的本质，不应是眺望原来的自然，而是以凝视自然所获得的本质认识，还原于原来的自然之上。

芭蕉的结论是：

> 句，有千载不易之姿，也有一时流行之姿，虽为两端，其根本一也。之所以为一，乃是汲取风雅之诚也。不知不易之句难以立根基。不知流行之句难以立新风。（去来·许六记录，《俳谐问答》）

可以说，芭蕉主张的不易的"诚"与流行的"寂"，正是根基与新风的关系。穷究芭蕉俳论都归为这两者，而这两者又归于同一根源，就是不易的风雅之道。这样，松尾芭蕉从根本上解决俳句不断革新的理论问题。芭蕉这一俳谐的根本文学理念和美学理念，带来了俳句的重大转机，在近古俳谐史、文学史上建立了一座丰碑。

选自《日本文学史》

芥川龙之介生命的完结

　　每个作家的思想都具有时代的特质。它是受到个人的境遇和社会、阶级的制约的。同样，每个作家的作品所表现的思想，也是受到历史、时代、阶级的制约。芥川充分认识这一点。他说过：

　　　　我们不能超越时代。不仅如此，我们也不能超越阶级。我们的头脑里已被打上阶级的烙印。（中略）我们与在各自不同的气候下、各自不同的土壤上发芽的草一样不会变化。同时我们的作品也是具备了无数条件的草的种。若从神的眼光来看，我们的一篇作品，恐怕可以显示我们的全部生涯。（《文艺的、过于文艺的》）

　　　　他生活在"时代的不安"下，个人接触到许多不合理的实际，自然地流露对社会上的利己主义不满，对资本主义的现实不满，感到周围的现实都充满不调和，加上患神经机能障碍症，精神和肉体都受到折磨，产生一种厌世的思想。进而对社会和对人生感到幻灭，认为"周围是丑恶的，自己也是丑恶的。人凝视眼前这些东西而活是痛苦的。然而，人又强迫自己这样活着"（1915年3月28日致恒藤恭书简）。

　　由此引出他对生的态度的三部曲：首先以为肯定生，必然地要肯定丑。在他看来，善与恶不是相克，而是相关的。因此，生是建立在不合理的基础上的。所以"若是始终贯以理性的话，我们就必须满腔地咒诅我们的存在"。其次主张善与恶永远地背负争斗的命运，因为征服了恶，善才能成立；对善的反抗，恶才能成立。没有恶，也就没有善。征服恶之后而来的和平是美的。因此，最后，在他的眼里，"恶也好，同恶的斗争也好，都属人生的必要。这样，已经将同恶的斗争名为善，为什么不可以将恶本身称为善呢？另一方面，将恶称作恶者，为什么不能也将善叫作恶呢。"（1914年1月21日、1915年3月28日致恒藤恭书简）

他这样从理论上理解"生"和观照"生"。然而现实是人生的善恶是相克的，只有抑恶才能扬善。在现实碰壁之后，他对社会和道德的怀疑与日俱增，不能自拔，于是企图逃避生、逃避现实。所以，他要竭力追求另一个观念性的理想主义的世界。但他不是个消极主义者，而是冷静的旁观者。他曾经这样自问自答：

> 你为什么攻击现代的社会制度？
> 因为我看见资本主义产生的恶。
> 恶？
> 我认为你不承认善恶的差别。那么你的生活？

这说明他不能不冷眼观察现实和审视人生。不过，他虽然努力去寻找时代和社会的病根，但却没有力量去解决现实的丑恶问题。于是，他企图调和现实与理想之间的距离，从现实寻找理想的可能性，企图从艺术中拂去不调和的人生。

芥川龙之介的人生观的形成，一方面是由于上述的个人和家庭的遭遇，另一方面，也许是更重要的方面，由于他的成长处在如前所述的昭和末期到大正时期充满激荡与平和、闭塞与明朗对立的历史时期，面对的是"时代闭塞的现状"。个人、家庭、社会三方面的境况，使他陷入人生苦恼的深渊，同时他又不堪忍受现实的丑恶，作为人生的旁观者，为了埋头观照现实，他又不得不从精神上用合理主义武装自己，期望使自己成为一个"精神上的强者"。他出于对资本主义体制、道德和现代社会的种种束缚不满，因而对马克思主义抱有一定的兴趣。但他不相信通过与资本主义斗争可以改变人的命运。

可以说，他的人生观是基于个人主义的合理主义的基础。对于社会和人生采取一半肯定，一半否定的态度。他一再解剖自己的世界观，在《一个傻子的一生》一文中既承认"看到了资本主义的罪恶"，"攻击现代的社会制度"，但却又"害怕他们所蔑视的社会"。所以他强调"最光明的处世方法是既蔑视社会的因袭，又过着与社会的因袭不相矛盾的生活"。他为此常常苦恼于宿命，他在《侏儒的话》中表示"一半相信自由意志，一半相信宿命；一半怀疑自由意志，一半怀疑宿命"。"古人将这种态度称作中庸。中庸就是英文的soodsense。我相信，如果没有soodsense，就没有任何的幸福。"可以说，以中庸之道来统一自由意志与宿命的矛盾，是芥川人生观的核心。

芥川人生观的这种"败北意识"的思想弱点——近代世纪末的时代思潮，在描写他的半生的《大导寺信辅的半生》已露端倪，到了晚年的《侏儒的话》《一个傻子的一生》等更典型地体现了出来。他谈及这个问题时还说过这样一段话："遗传、境遇、偶然——主宰我们命运的毕竟是这三者"（《侏儒的话》），所以决定他的命运的，"四分之一是我的遗传，四分之一是我的境遇，四分之一是我的偶然——我的责任只是四分之一"（《暗中问答》）。换句话说，他只有四分之一的能力来主宰自己的命运，实际上他已不能主宰自己的命运，于是企图笃信基督教来寻找精神的寄托，但现实的压迫使他受到更大的折磨，他无法再相信上帝能再创奇迹来解救他的不幸的命运。他的"临终的眼"已流泻出悲怆的光。于是他在"落寞的孤独"之中，写下了遗书《给一个旧友的手记》，披露了一个自杀者的心理：

> 我痛切地感到我们人类"为生活而生活"的悲哀。如果甘于从痛苦中进入安眠的话，为了我们自身，即使不幸福，但无疑也是平和的。不过，我什么时候能勇敢地自杀还是个疑问。对这样一个我来说，唯有自然比什么都美。你爱自然的美，你会笑我想要自杀的矛盾吧。然而，自然的美是映现在我的临终的眼里。我比别人更发现、更爱且更理解美。仅此，就是在双重的痛苦中，我多少也满足了。

最后他表明：

> 我有义务对任何事实都必须老实地写。我也解剖了我对将来的漠然的不安。

芥川致久米正雄的这封遗书，说明自己"对将来的漠然的不安"之后，就抱着"希望已达之后的不安，或者正不安时的心情"（鲁迅语），于1927年三十五岁上，服下致命的安眠药，结束了风华正茂的年轻的生命。

岛崎藤村在《芥川龙之介君的事》一文中说："芥川君的苦恼的怀疑，是我们同时代人的怀疑。他的苦闷，也是我们同时代人的苦闷。对于那么恼于苦恼的人，我们需要寄予哀惜之情。"

宫本显治在《败北文学》一文指出："一是他闭锁在旧道德的氛围，一是他在精神上有耻于自己既承认资本主义，又安于生活在其中。（中略）这样，芥川氏将他生理的、阶级的规定所产生的苦恼，来替代人类永恒的苦恼。"

唐木顺三在《芥川龙之介论》中道出："芥川是时代的牺牲者，他一身背负着世纪末的渊博学问，不堪忍受旧道德的重荷，在新时代的黎明中倒下了。"

　　总之，正如日本文学史上评价他的："他的一生是失败的一生也。他的历史是蹉跌的历史也。他的一代是薄幸的一代也。然而，他的生涯却是男子汉的生涯"。"他的赤诚是他的生命也。他临死犹如抱着一团火似的赤诚，火似的赤诚遂使他与其爱的北陆健儿一起从容而死。虽死犹生。应该说，他的三十一年的生涯，始如斯有光荣，有意义，有雄大，有生命。"的确，"死于人而静，死于人而粉黛。死于人而肃然正襟也。卒然与生相背，遽然与死相对，本来的道心动于此，本然的真情现于此"。

　　芥川龙之介不满社会对自我的重压，又无力抗争，企图在调和两者的矛盾中来实现自己的人生，最终失败了。

　　综观作家的短暂的一生，他在忧郁、苦恼、怀疑与不安中，以吞吐古今东西方、和汉和洋艺术的胸怀，展示了一个丰富多变的文学世界，为日本近代文学做出了多方面的贡献。而他的特殊的人生阅历、波折的生活根基、全面的艺术修养，正是构筑他的艺术金字塔的宽厚地基。芥川龙之介的生命的完结，是时代不安的象征。然而，芥川的事业却是"男子汉"的事业，是不会完结的。

　　芥川龙之介以其不朽的业绩，为近代日本文学画上了一个清晰的句号。

选自《日本文学史》

田山花袋的大胆忏悔录

田山花袋（1872—1930）是日本自然主义文学的鼻祖，他宣告日本文学一个新时代的开始。

从爱好文学开始，田山花袋就倾倒尾崎红叶和幸田露伴，其后与岛崎藤村、国木田独步相交，受到他们的影响，舍弃空想而重写实，此时，田山花袋转向倾心法国小说，特别是左拉和莫泊桑的作品。他读了莫泊桑的十一卷短篇集英译本共一百五十余篇后，深受冲击，"仿佛被它当头一棒，觉得自己的思想上下完全颠倒了"。他在感想集《西花余香》中写道：

> 这种自然、忠实地描写自然，以作者的狭隘的主观之情来描写，这是自然的原原本本，是赤裸裸的、是大胆的。因此他的作品自然受到某一时代的道学先生所斥责。然而，他却为此而获得不朽之名。

> 欧洲大陆的自然主义暴露人性的极端，是否毫无借鉴之处，这是属于审美学上的大疑问。虽然没有论及，但我们应该承认从这些所谓不健全的作品中，还可以发现其惊人的人生真理的发展，不得不令人愕然胆寒。

从以上可以看出他初步的自然主义观，不单是左拉的客观性的自然主义，而且是莫泊桑带主观性的自然主义，并且试图以此作为自己的文学的目标。他在《野花》的序文中，批评了当时日本文坛的作者由于"小主观"而牺牲自然的现象，同时指出莫泊桑、福楼拜的某些作品虽然有某些不自然，表现了自然派某些恶弊，但他们由于没有夹杂作者的小主观，总会在某些地方可以窥见大自然的面影，着实地显示了人生的趣味。因此他大声疾呼：

> 希望明治文坛今后少些色情，随意写些人生的秘密，恶魔的私语也好。这样即使朦胧，但自然的面影也可以显现于明治文学吧。

接着他写了《露骨的描写》年，成为日本自然主义理论的第一声。他在文章中主张日本文学要像19世纪革新以后的欧洲文学，如易卜生、托尔斯泰、左拉，特别是妥思托耶夫斯基的《罪与罚》那样"大胆的描写""露骨的描写"，并且指出"事愈俗文愈俗，想愈露骨文愈露骨，这是自然的趋势"，作为技巧就是要"展现隐蔽的东西"。他以再现自然的无技巧主义为理想，为日本自然主义的诞生大声呐喊："露骨更露骨，大胆更大胆，让读者不禁战栗"。这篇文章可以看作是花袋的自然主义的宣言。1906年花袋担任《文章世界》的主笔之后，更以此杂志为阵地，大力鼓吹日本式自然主义，发表《事实的人生》一文，进一步主张"依照事实的原本，自然地描写事实"。从整体来说，田山花袋主张的自然主义，在强调以"露骨的描写"，作为实践其随意写些"人生的秘密""恶魔的私说"的一种手段；同时，又超越于纯客观，混杂主观的要素。从这里孕育着日本式自然主义的独特的性格。

田山花袋作为日本式自然主义文学的先驱之作的《棉被》，就是在这种情况下完成的。《棉被》描写一个中年文学家竹中时雄收留了一个十九岁的女弟子横山芳子，时雄为她艳美的容姿、温柔的声音所倾倒，对她产生了爱慕之情，但为其妻子所嫉妒，且遭芳子的父亲所反对，时雄只好把自己的爱欲强压在心头，终日郁郁寡欢。芳子离去以后，时雄独自走进芳子的卧室，并躺下来盖上芳子的棉被，埋头闻着棉被上留下的芳子的余香，一股性欲、悲哀和绝望的情绪马上袭上心头。这是田山化袋本人的一段实际生活的原本记录，时雄实为田山花袋本人，芳子则是其女弟子冈田美知代的化名。美知代很早就认识田山，爱读田山的作品，多次给田山写信表示崇敬之意，而田山正厌倦与妻子生活，很快就对美知代产生了特别的感情，但他拘于道德的束缚，未能向弟子表达自己的爱，就沉溺于空想与感伤之中，采取了这种近乎变态的举动，来表达自己对女弟子的爱欲、不安与绝望的情绪。这种无所顾忌地暴露自己生活中最丑恶的部分，大胆而勇敢地违反明治的伦理道德，使舆论哗然，文坛受到了很大的冲击。

但是，自然主义评论家岛村抱月马上做出肯定的反应："这一篇小说是有血有肉的人、赤裸裸的人生的大胆的忏悔录。在这方面，明治有小说以来，早在二叶亭、风叶、藤村等诸家就露端绪，至此作就最明白且有意识地呈露出来。自然派的一面是没有矫饰美丑的描写，并进一步倾向描写丑。此篇无憾地代表了这一面。所谓丑，是难以自己的人的一种野性的声音。而且它与理性的一面相照应，是赤裸裸地向公众展示不堪正视自我意识的现代性格的典型。"正宗白鸟也说：《棉被》对人生的态度和创作态度都是划时代的，"是这个时代的代表作品"，"如果没有《棉被》，就不会出现像近松秋江、岩野泡鸣那样有趣的小说"。

《棉被》打破了一般小说通常的表现手段，没有着重以事件为中心来安排小说结构，而完全按照作家本人所主张的"舍弃小主观""露骨的描写"的精神，来展现主人公之恋的心理径路，以反映作家本人的生活、思想和吐露自己的主观的感情。《棉破》这种写自己的感情的自然和写自己最直接的经验的定式，对日本自然主义文学的发展方向产生了决定性的影响，它与岛崎藤村的《新生》一起形成日本独特的"私小说"模式，推动了以"私小说"为主体的日本纯文学的发展。

可以说，渲染人的动物性和肉欲的本能，是田山花袋文学一个主要特征。作家长期脱离社会，完全沉浸在自我之中来"暴露现实的悲哀"。这里所谓"现实"，既包括一些平凡人物的卑小行为，也包括赤裸裸的兽性的丑。他们作品往往把自己的隐私，自己内心的卑鄙、龌龊，甚至在家族亲友面前也难以启齿的丑恶，都暴露在光天化日之下。他将自己的丑恶灵魂和行为暴露在读者面前之后，就进行所谓"忏悔"和"告白"。正如上述，《棉被》就是把时雄对女弟子的畸形爱欲等等丑事赤裸裸地暴露出来，然后公开"忏悔"，企图以此来拯救自己的丑恶灵魂，净化个人的心灵。

的确，田山花袋的文学既是"露骨的描写"，"恶魔的私说"，也是作家赤裸裸的人生大胆的忏悔录！

选自《日本文学史》

川端康成的感情生活

川端康成的同性恋

康成从小就失落了爱，他对爱如饥似渴，即使是对同性的爱。也就是说，他抱有一种泛爱的感情祖父在世时，一次带他走访一友人家，他同这家的两个男孩一个比他大一两岁，他称之为哥哥，一个比他小一岁，他称之为弟弟，一见之下，就马上显得非常亲密。他觉得仿佛是对异性的思慕似的，心想：少年的爱情大概就是这样的吧。从此他像从与祖父两人过去的孤寂生活中摆出来似的，无时不渴望与这两位少年相会，特别是夜深人静，这种渴望的诱惑就更加强烈了。加果多时不见他们，仿佛有一种失落感。康成后来回忆起这件事时，把这种感情或者情绪称为"心癖"，也就是天生的倾心。但是，他认为这还不是同性恋。

他上茨木中学五年级的春上，学校寄宿的同室来了一个叫小笠原义人的低年级同学。当这个小笠原第一次站在他跟前时，作为宿舍室长的他睁大那双从小养成的盯视人的眼睛，惊奇地望着小笠原，觉得是他有生以来第一次看到这样"举世无双"的人。尤其是后来他知道小笠原本来体弱多病，受到母亲的抚爱，就马上联系到自己不幸的身世，心里想：世间竟有这样幸福的人吗？恐怕世间不会有第二个这样幸福的人了吧？他觉得小笠原的幸福，正是因为他有温暖的家庭，有像母亲这样的女性的爱抚，所以他的心，他的举动都带上几分女人气。这就是康成与这个年方十六的少年邂逅的第一印象。

有一次，康成发高烧仰卧在床上，下半夜两点多钟，迷迷糊糊之中，听见小笠原振振有词地吟诵什么。他微微地睁开了眼睛。小笠原和另一位室友来到他床边，他赶紧闭上眼睛，又听见小笠原喃喃地念着什么。康成心里想，如果让小笠原知道自己在听着他祈祷，就会像触及他的秘密似的，让他害羞，所以一动不动，装着睡熟的样子。不过，他的脑海里还是泛起这样一个问题：难道小笠原在信奉一种自己所不了解的什么教？小笠原替康成更换额头上的湿毛巾时，康成才有气无力地睁开了眼睛，独自苦笑。后来康成试探着问小笠原他念的什么，小笠原若无其事似的笑着说，这是向你所不知道的神做祈祷，所以你的病才痊愈。他接着对康成大谈起自己所信奉的神来。谈话间，康成没有弄清楚神的奥秘，便向他提出一连串问题。小笠原被问得走投无路时，就托词他自己也说不清楚，回家问问父亲再说吧。康成尽管不相信小笠原信奉的神，但对小笠原为自己向神祷告这份情感动不已。

　　从此，他们两人变得非常亲近，几乎是形影不离。康成总是与小笠原同室，而且别人占有他贴邻的床位，他都誓死不让，一定要安排小笠原睡在他的邻铺。他有生以来头一次体验到生活的舒畅和温馨。于是，他决心"在争取从传统势力束缚下解放出来的道路上点燃起灯火"。

　　寒冬腊月的一天，东方微微泛白，宿舍摇响起床铃之前，康成起床小解，一阵寒气袭来，他觉得浑身发抖，回到室里，立即钻进小笠原的被窝里，紧紧地抱住小笠原的温暖的身体。睡梦中的小笠原睁开睡眼，带着几分稚气的天真的表情，似梦非梦地也紧紧地搂着康成的脖颈。他们的脸颊也贴在一起了。这时，康成将他干涸的嘴唇轻轻地落在小笠原的额头和眼睑上。小笠原慢慢地闭上眼睑，竟坦然地说出：

"我的身体都给你了，爱怎样就怎样。要死要活都随你的便。全都随你了。"

康成在日记这样记载着：

> 昨天晚上我痛切地想，我真得好好地亲我的室员，让我更真诚地活在室员的心里，必须把他更纯洁地搂在我的胸前。
>
> 今天早晨也是这样，我的手所感触到的他的胸脯、胳膊、嘴唇和牙齿，可爱得不得了。最爱我的，肯把一切献给我的，就只有这个少年了。

从此他们每天晚上都是如此，亲昵于温暖的胳膊和胸脯的感触。康成觉得他真的爱上小笠原了。他情不自禁地对小笠原说："你做我的情人吧？"小笠原不假思索就说："好啊！"他们相爱了。实际上他开始了与小笠原义人的同性恋。川端后来回忆说，也许可以说这就是"初恋"吧。他甚至觉得小笠原比少女具有更大的诱惑力，他要和这个燃烧着爱的少年编织出更加美好的爱之巢。

当时同室的另一个男同学对小笠原也有爱慕之情，甚至在康成不在室里的时候，就钻进了小笠原贴邻的康成的被窝里，与小笠原套近乎，还将手伸进小笠原的被窝里，轻柔地抚爱小笠原的胳膊，想干出那种"卑贱的勾当"。但小笠原不理睬他，并严厉加以拒绝，他只好回到自己的床上。事后康成知道后，尽管他很妒忌，心里不是滋味，但他不想向小笠原提问此事，小笠原却主动告诉了康成，并大骂那个同学不是人。康成听着，内心不能不受到很大的震撼。他觉得这是小笠原对他的信赖和爱慕，他油然生起一种胜利感，激动得紧紧拥抱着小笠原的胳膊进入了梦乡。因此他对小笠原的爱和对那个男同学的恨迅速朝两个极端发展。最后对那个男同学的愤怒越来越强烈，甚至到了要和他断交的程度。

在中学寄宿期间，康成与小笠原一直维持这种同性爱的关系。康成企图以这种变态的方式得到爱的温暖和慰藉。不管怎么说，他多少拾回了一些人间的爱，它深深地震动着这位失落了爱的少年的心灵，康成在茨木中学毕业后离开了故乡，到东京上了第一高等学校，即大学预科一年级之后，平时他们唯有依靠书信来维持彼此的感情。他接到小笠原的来信，仿佛听到长廊上响起麻里草鞋的声音，小笠原就站在他跟前似的。他不仅把小笠原的每次来信读了又读，而且完全进入了恍恍惚惚的精神状态。一次小竺原来信写道："我和你分别之后，一想到从此以后的路需要我一个人单独走才行的时候，就觉得一片茫然似的。真是迫切希望哪怕与你一起再多待一年，再依赖你一年该有多好啊！"康成读到这激动处，甚至情不自禁地尽情亲吻对方的来信。

很久以后，他们的爱恋仍给康成留下一丝丝切不断的余韵余情。他写了一篇二十页书信体的作文，其中一部分写了怀念与小笠原那段深情的爱恋生活。同时，他将这部分寄给了小笠原，以表露自己的心绪："我想和往常一样亲吻你的胳膊和嘴唇。让我亲近你的纯真，你一定以为这不过是被父母拥抱着那样的吧。也许如今连那样的事全都给忘了。但是接受你的爱的我，却不是你那样一颗纯真的心。"他坦露他自己从幼时起就游荡在淫乱的妄想之中，从美少年那里得到一种奇怪的欲望。这是由于他的家中缺少女性的气息，自己有一种性的病态的毛病。

文中还写道：

我眷恋你的指、你的手、你的臂、你的胸、你的脸颊、你的眼睑、你的舌头、你的牙齿，还有你的脚。

可以说，我恋着你。你也恋着我。你的纯真的爱，用泪水洗涤了我。

康成在文中还写道，在他们两人的世界里，他的"最大的限度"就是愉悦对方的肉体，而且在无意识中发现了新的方法。对方对他的"最大的限度"没有引起丝毫的嫌恶和疑惑，而且天真无邪地自然接受了。他感到小笠原是他的"救济之神""守护神"。他还说，小笠原是"我的人生的新的惊喜"，与他一起生活，"是我精神生活上的一种解脱"。

小笠原中学毕业后，没有升学，就进入京都大本教的修行所。但他不是为了要排解心中的苦恼和忧郁而求神；而且从他一度的反抗来看，也不是甘拜在神的脚下，大概是因为他父亲是大本教的重要人物，他从小受到家庭的宗教教育，顺从了父亲的安排的吧。康成去了东京，随着时光的流转，小笠原像变了一个人似的。头一个假期，康成回京都时，还去修行所所在地嵯峨探望他。当时身穿深蓝色裙裤留着长发的小笠原正在修行所二楼专心阅读经书以及教祖撰写的解义书、祈祷书，听说康成到来，十分高兴地相迎。他让康成与他一起住在二楼，有时对康成宣讲"镇魂归神"的教理，还充满信心地谈论大本教的奇迹。康成听他讲解时的心情，就像幼儿园的孩子听老师讲童话故事的心情一样。有时他去拜殿作晨祷，康成或在床上静听朗朗的祷经声，或呆呆地读大本教的书。他觉得大本教作为宗教，是没有深度的玩意儿，但对一些人来说，它的教义具有很强的刺激性，是会使人兴奋的。

在嵯峨期间，康成访问嵯峨无人不知的小笠原家。小笠原又谈了许多神的奇迹，还让康成看了一种"土米"，并介绍说，所谓土米，是根据神示，从秘藏于山中"灵地"的一种像粟粒的天然土粒，是神赐给大本教教徒的，每天吃上两三粒便可充饥。众所周知，当时由于日本发动侵略战争，给各国人民造成深重的灾难的同时，也给日本国内人民带来极大的苦难，人们正受到饥荒的威胁，于是大本教制造了这样一个神话。康成是不相信的。但碍于旧日"恋人"之情，他咬着牙根，苦苦地吞下了四五粒像是药丸大小的"土米"，一股土味立时涌上心头，难受至极。他觉得也许他不是信徒，他的肚子还是饿了。康成虽然没有接受这些教理，然而他觉得自己显然与小笠原这个"神"已经成为一个姿影，但这个姿影的一半分离在远方，自己的心也已碎裂，内心底里充满了自己亲手制造出来的空虚。康成还目睹修行所的其他青年人大多带上一副沉郁的脸，而小笠原仍然天真无邪，一家人都是一副明朗的脸，而且寂静的喜悦之情流溢全身，他也就宽心了。

在嵯峨停留期间，康成看见小笠原与一伙修行的少年在山涧瀑布和谷溪中斋戒沐浴的情景，只觉得奔泻下来的瀑布飞溅的水花打在自己爱恋着的少年身上，他身体周围白蒙蒙地画出了一个不可思议的圆晕，恍如在他身后罩上的后光。少年被瀑布濡湿了的脸带着柔和的颜色和丰富的法悦，一副天生的近乎无心的自然状态。他生平第一次亲眼看到可以说是灵光的东西，觉得简直就像一尊慈悲平和的像。这时，康成心旷神怡，觉得在瀑布下的小笠原简直像是换了另一个人似的。他肉体美与精神美达到了完美的统一。小笠原离开瀑布，来到了康成身旁，似乎忘记自己的脸被瀑布的水花打湿，向康成张开微微的笑脸。康成后来这样描述当时他的心境：

> 清野以前不是归依于我了吗？但是，表现在以瀑布飞溅的水花为后光的他的身体与脸上的精神境界之高，我是无法与之相比的。我惊愕了。很快我就产生妒忌。

康成在嵯峨与小笠原共同生活了三天，小笠原除了向他宣讲教义之外，没有就彼此的感情生活好好畅谈过，他实在再待不下去了。他离开嵯峨的时候，小笠原坐在一块大岩石上，静静地目送着康成远去。康成返回东京，回忆自己在大本教修行所生活几天，简直使他透不过气来。小笠原信教的心，并不令他羡慕，也不使他嫉妒。之后小笠原给他的来信，很少谈及他们之间的事，而大谈特谈大本教的预言，什么"天地之先祖如不出现并加以守护，整个世界将成为泥海"，什么"天地之神为了不使这个世界毁灭，已经经受了很久的痛苦"云云。他读小笠原这些信时，没有感到压迫，也没有感到理性的反驳，只认为这是无稽之谈。他觉得自己是个异端者，小笠原对他不信奉大本教的神很不理介。反之，他要将小笠原拉回到中学时代的心情是困难的。而小笠原想洗他的心也是不可能的。他们两人的感情逐渐拉开了距离，从此他就再没有见过小笠原了。

康成当了作家之后，在他的作品里提到与小笠原这段生活经历。尤其是《少年》《汤岛的回忆》更直接而详尽地描写了这段情缘。也就是说，这件事，他在中学时代写，在大学预科时代写，在大学时代也写。不过，在作品里，康成将小笠原的名字隐去，而用了清野的称谓。

但是，川端康成写了自传体小说《少年》之后，将《汤岛的回忆》原稿、旧日记和小笠原的来信统统付诸一炬。

康成落入同性的爱河，是他长期孤儿生活形成的一种变态的心理所使然的，这对康成思想、人生观的形成和创作生涯都产生了不可忽视的长期的影响。他自己是这样总结这段生活的："我原来的室员清野少年归依了我。由于他对我的归依，我才能够更强有力地使自己净化、纯正，考虑新的洁身慎行。（中略）莫非我不望着在归依这面镜子中所映照的自己的影子，自己的精神就会带上阴影?"（《少年》）

川端康成五十岁时所写的《独影自命》这样回忆道："这是我在人生中第一次遇到的爱情，也许就可以把这称作是我的初恋吧"，"我在这次的爱情中获得了温暖、纯净和拯救。清野甚至让我想到他不是这个尘世间的少年。从那以后到我五十岁为止，我不曾再碰上过这样纯情的爱"。

川端康成与四个千代的爱与怨

川端康成的生活道路是坎坷的。他自幼失去了一切家人和家庭的温暖，没有幸福，没有欢乐，自己的性情被孤儿的气质扭曲了。他需要得到人们的安慰与同情，渴望得到人间的爱的熏陶。他从小就充满爱的欲望，祈求得到一种具体而充实的爱，表现在他身上的就是对爱情如饥似渴的追求。他曾经说过："我没有幸福的理想"，"恋爱因而便超过一切，成为我的命根子"，对女性的爱也非常敏感，致使他对女性产生了泛爱。

康成上小学时，比他低一班的女同学宫胁春野的声音格外优美，他走过教室窗边，听到这位少女朗读课文的清脆悦耳的声音，便久久萦回在耳旁，内心不禁涌起一股友爱和欢情。在茨木上中学时，他与同宿舍的男同学小笠原义人发生过同性恋，企图以这种变态的方式得到爱的温暖和慰藉。这是川端康成长期孤儿生活所形成的一种变态的爱的心理。川端康成成人之后，一连接触过四个名叫千代的女性，对她们都在不同程度上产生过感情。

第一个名叫山本千代，是康成家乡女子学校的四年级学生。千代的父亲山本千代松曾借给川端的祖父一笔钱，川端的祖父刚刚故去，他便两次学校的宿舍找康成，不让未成年的康成争辩，硬要康成在借据上签字画押，将这笔借款改到川端康成的名下，甚至限定康成当年年底归还，并规定本息的数额。山本松做了这件不义之事遭到了川端家以及乡亲们的唾弃和指责，把山本千代松叫作"鬼"。川端家也就同他疏远了。山本千代松大概感到愧疚吧，他临终之前，叮嘱千代要还给康成五十元作为谢罪。千代根据父亲遗言，送还给康成五十元，并欢迎康成到她家中做客。于是康成便到老家久宿庄拜访了千代家，承蒙千代家的热情款待，并被挽留小住了三天。千代姑娘天真地对康成说："你就把我的家看作是你自己的家吧。随时都可以来！"康成听罢，心头涌上了一股暖流，一股在孤寂生活中没感受过的人间爱的温暖，在他的心灵上，自然激起一丝丝感情的涟漪。后来他才发现千代只是出于礼貌，别无他意，也就深为自己自作多情而愧疚了。

　　第二个千代，就是伊豆舞女千代。这是川端康成1918年上大学预科第一高等学校的时候，到伊豆半岛旅行途中结识的。那年康成已十九岁，已经感到需要女性，而且还颇为强烈。是年10月30日，他没向学校请假，也没告诉同学，就拿着山本千代归还的五十元钱，悄悄地离开学生宿舍，独自到离东京不远的伊豆半岛，做了"上京以后第一次可以称得上是旅行的旅行"。他走后，同宿舍的学友以为他"自杀"，便向警察局报告他失踪了。这位孤寂的年轻人，离开繁荣的城市，来到这个景色瑰奇的山村，从修善寺到汤岛旅途，同巡回演出艺人一行相遇，其中一个舞女提着大鼓，远远望去，十分显眼。他觉得她的眼睛、嘴巴、头发和脸部轮廓，都艳美得令人惊奇。他两步一回头地窥望她，产生了一股淡淡的旅情。当他听见有人喊这舞女叫"千代"，心中不由一愣，觉得虽属偶然，但颇奇异，委实有点不可思议。他刚摆脱第一个千代的影子，现在又遇上第二个千代，顿时产生了自己今生注定逃不出千代咒缚的宿命感。第二天晚上，舞女一行来到他下榻的汤本馆表演，康成坐在楼梯半道观赏在门厅翩翩起舞的舞姿，还得知这位舞女才十四岁。第三回，他们在天城山的茶馆又不期而遇，他不由自主地陪伴舞女等巡回演出艺人一行到了汤野。路上他听到舞女跟同伴说他是个好人，这对平素受人怜悯的康成来说，第一次得到这样的平等相待和赞誉，便感激不尽。其时，他同舞女一行人的交往中，又了解到舞女的身世，从同情而油然生起一种纯真的感情。于是，他们从修善寺、汤岛邂逅起，经汤野，同行五六天一直转辗到了伊豆半岛南端的下田港。

一路上，舞女说"好人"这个词清爽地深深留在他的心田上，给他带来了光明，他从汤野到下田，一直想他能够作为好人而同她们结伴旅行，这样就够了。他在下田客栈的窗际，仍陶醉在舞女所说的"好人"的自我满足之中。

恰巧是舞女的兄嫂的婴儿途中夭折第四十九天，他们做法事，也让康成参加，聊表他们的温煦之情。但是，康成的头脑里盘旋着的是"千代"。因为在法事会上，他的脑海里总是拂不去千代松的死这件事。翌日早晨，从下田港乘船返回东京，舞女坐舢板送他，还给他买了船上吃的和香烟等。他怀着依依之情，分外真切地喊了一声：千代！他上了轮船，依着凭栏，眼睛直勾勾地盯视着舞女，对吐出"你是好人"这句话的舞女倾注了感情，使他流下了愉悦的热泪。可以说，川端康成和舞女是由相互了解而同情，由同情而萌生了纯洁的友情。他们彼此都产生了朦胧的倾慕，淡淡的爱意，但无论是康成还是千代，都没有直接把这种感情流露出来，只是把它深深地埋藏在心中。在康成来说，他感到对一个刚认识的人竟表现出如此天真，这是他最幸福的时刻，他们分别时，他承受着悲伤，也承受着幸福。他说：尽管同千代分别使他感到悲伤，然而他这时候还打算在不久的将来去大岛舞女千代的家乡同她相叙，没有觉得是永久的别离。

他告别了舞女千代，回到学校当晚，一向落落寡合的康成一反常态，他在烛光下神采飞扬地向周围的同学谈起同舞女千代巧逢奇遇的故事，谈了个通宵达旦。他说：从此以后，这位"美丽的舞女，从修善寺到下田港就像一颗彗星的尾巴，一直在我的记忆中不停地闪流"。

舞女千代回到大岛不久，就结束了艺人的生活，随其父母在波浮港经营小饭馆去了。第一高等学校时代，康成同她之间还有过短暂的通信（有些文章，康成说"所谓'还有过短暂的通信'，是言过其实，实际上只是舞女的哥哥寄来过两三封明信片而已"），欢迎康成来大岛。康成在下田告别的时候，也是下决心寒假去大岛和她重逢的，但当时他手头拮据，结果没有去成。之后，他就再没有她的信息了。

川端康成对这两位千代恐怕还谈不上是恋爱吧。但是，她们对康成的生活和感情，多少留下了感情的涟漪。他为了从这两个千代的精神束缚中摆脱出来，便想移情于另一个少女白木屋酒馆的女招待。康成作了这样的记述：

> 那时在一高文科学生中间流行着这样的风潮，他们起劲地往三越和白木屋酒馆去会见女招待，我们也每天逛这些酒馆，在那儿喝咖啡、果汁，一坐就是两三小时。在这不宜久留的地方长待，只是为了"试试胆量"。十九号女招待有一双大而晶亮的眼睛，有着苗条的身材和质朴的品格。我把她比作纸牌上的西方少女，管她叫青丹。她是我们最喜欢的女招待。

这时，川端康成遇到了同班的学友与他竞争这个女招待。在事情开始之时，他与这个学友相约，不管怎样竞争，最后彼此都要通报结果。然而结果是，这个女子已经有了未婚夫。初时他们两人对此一无所知。学友冒冒失失地向少女求爱的时候，遭到少女很体面地拒绝。康成未贸然去碰这个问题，学友却将自己的冒失和失败的结果告诉了康成，并且带笑地咬着他的耳朵说："她叫千代！"康成在这之前没有探听过这女孩子的名字，当他知道这位少女也叫千代的刹那，一阵恐怖感袭上了心头，甚至想把这位学友当场痛打一顿，乃至想杀死他！也是这一刹那，他觉得周围天旋地转，简直像跌落了无底的深渊。从这一天起，他的心好像变得古怪了。

1920年，事有凑巧，刚上大学的川端康成同第四个千代相识、相恋，掀起了更加炽烈的感情波澜。这第四个千代，原名伊藤初代，初代（はつよ）的地方语音读作千代（はらよ），所以人们把伊藤初代也称作伊藤千代，川端康成便常把她叫作千代了。这个初代，出身于岩手县若松市第四普通小学的勤杂工家庭。由于家境贫寒，她只有小学三年级的文化程度。她的母亲过世之后，父亲伊藤忠吉就把初代带回老家江刺郡岩谷堂町去了。初代为了减轻家庭的负担，独自离开家乡，来到了大城市东京谋生，在东京本乡一家咖啡馆当女招待。川端同他的学友经常进出这家咖啡馆，一次极为偶然的机会，他同初代相识，彼此由最初的好感而达到进一步的了解，感情逐渐加深，两颗年轻的心直接碰撞在一起了。

不久，初代由父亲做主，给岐阜县澄愿寺的一个主持收作养女，离开东京到岐阜去了。翌年，即1921年，川端结束了大学一年级的学业，暑期回大阪省亲。9月16日返回东京途中，在京都站下了车，与学友三明永无一起到岐阜去会见初代。这是川端第一次到岐阜。到达目的地后，他们两人在站前旅馆租了一间房子，由三明永无去澄愿寺把初代叫到旅馆里来。初代时而同三明攀谈，时而又同川端搭话，显得落落大方，和蔼可亲，使川端康成初时的紧张心情很快就缓和下来。于是川端主动邀三明和初代到长良河畔一家饭馆用餐，席间他兴致勃勃地同初代攀谈家常。谈话间，初代流露了她在澄愿寺受人差使，厌倦那里的生活，很想离开岐阜的心情，并表示了对川端的爱慕之意。

川端心领神会，觉得初代有意委身于自己。他第一次有了爱，第一次体会到爱情的温馨，它像春天的细雨，滋润着这位青年创伤的心田。他带着初恋的喜悦心情回到东京后，马上奔走相告他的另外两位至好学友铃木彦次郎和石滨金作。陷入初恋的川端康成仿佛驱散了他生活中郁积的悒郁情绪，使他暂时忘记了寂寞，似乎真的沉醉在难得的幸福里了。他想到两人的感情已经成熟，应不失时机地同初代订立婚约。10月8日，川端康成便同三明第二次到了岐阜。在夜间的车厢里，他们挤在修学旅行的女学生当中。少女有的背靠背，有的把脸颊靠到贴邻少女的肩上，有的把下巴颏落在膝盖的行李上，在疲劳中熟睡了。康成心事重重，难以成眠，一个人睁开着眼睛，企图从这些妙龄少女的一张张睡脸中，寻觅到一张形似千代的面孔。他没有寻找到，心情有点焦灼，闭上眼睛，任凭脑子去搜索。可是，还是没有捕捉到。他就让思绪自由驰骋，上次访岐阜后返回东京的半个月里也是如此，因为非亲眼看见千代就不能捕捉到，所以急于寻找也无奈。他终于从想入非非的兴奋中，心情如释重负地渐渐平静了下来。

他和三明赶岐阜之前，他担心半月之内两次到岐阜，容易被初代的养父认为是不够稳重，所以他同三明商量好，先由自己给初代去信，说明自己到名古屋修学旅行，顺道来探望她，以此敷衍她的养父母。然后，川端康成由三明陪同，直接到了澄愿寺。可是，川端康成同伊藤初代一见面，就意外地羞愧起来，好像失落了什么。他自己不好意思张口向初代求婚，让三明替他先说，他自己到寺庙大院里同和尚下围棋去了。等川端再次同初代见面时，他劈头就问初代："你从三明那儿听说了吧？"说罢他叼在嘴里的烟斗撞击着牙齿，发出咯咯的响声。初代倏地刷白了脸，脸颊隐隐约约地泛出一片红潮，应了一声："嗯。"川端立即问道：

"那么，你是怎么想的？"初代说："我没什么可说的。如果你要我，我太幸福了。"就这样，川端康成同伊藤初代订立了婚约。这件事对于川端这样一位多愁善感的作家，无疑产生过激励的作用，增加了他对生活的希望和信念。

当天晚上，川端康成他们就泊宿在澄愿寺。翌日，他同初代合拍了一张订婚纪念相之后，便满怀喜悦之情，同三明一起返回东京。他马上给大阪茨木的亲戚川端岩次郎去信征求同意，不料岩次郎从门第观念出发，反对这桩婚事。川端康成愤然地说："不能说大学秀才娶大家兰秀就幸福，娶贫家姑娘就不幸福嘛！"康成待人接物一向随和，他对这件事如此激愤，是谁也不曾预料到的。这说明他对千代爱之深沉，也表明他在婚姻问题上的强烈的自主意识。川端康成下定决心，即使遭到亲戚的反对，他也要同初代结合。为了征得初代的父亲忠吉的谅解，他同铃木彦次郎、石滨金作、三明永无来到了遥远的东北农村岩手县若松，他们在若松第四普通小学出现的时候，伊藤忠吉看见四个大学生来造访，不禁愕然，了解了川端他们的来意之后，他才把他们领进了传达室。川端不谙东北话，由铃木彦资郎担任翻译。谈话间，川端不时地将袖管拉到掌心，然后把手伸进被炉里，因为他害怕忠吉看见他那双瘦骨嶙峋的手腕。同行人对忠吉隐瞒了川端康成的父母是患肺病死亡的事实，而是说川端父亲是在日俄战争中阵亡的。康成听后，倏地涨红了脸，苦笑了笑。他心里嘀咕：我这样弱不禁风，人家会将女儿许配给我吗？当伊藤忠吉看见康成和初代的订婚照片之后，热泪夺眶而出，颤抖地表示了尊重初代的选择。川端康成喜出望外。他回到东京的第四天，便高高兴兴地独自一人前去拜访了他的恩师菊池宽。用川端本人的话来说，就是"以年轻人求爱的气势请求他帮忙"。他告诉菊池宽说："我领了一个姑娘。"菊池宽摸不着头脑，问道："你领了一个姑娘，是指结婚吧?""哦,不是现在马上结婚。"川端刚想辩解,菊池宽带笑地抢着说:"瞧你,一块儿生活了,还不是结婚吗?"川端本来以为谈到结婚问题的时候,菊池宽会规劝他。菊池宽了解到他快要成婚,只说了一句"现在就结婚,你不会被压垮就好",便问了问姑娘的年龄和住所,便主动地表示自己即将出国访问一年,妻子要返回老家,可以把自己已经预付了一年租金的房子借给他结婚之用,还答应每月给他提供五十元生活费。川端康成去菊池家,原来只希望从菊池那里拿到一封介绍他搞翻译工作的信,岂料菊池如此厚待,完全出乎他的意料之外,因为他觉得就当时来说,他与菊池宽的交情,绝非已经到了能够听见这种亲切话语的程度。他简直像梦幻一般,几乎都听呆了。

之后,川端康成把他的几位好友邀到《新思潮》同人杂志的一位同人家中,当众宣布他将同初代结婚的事。当时石滨金作感到:"如同晴天霹雳!"在座在人马上做出决定,为川端举行一个"送别独身会"。川端康成激动得眼泪都几乎流了出来。 就在川端康成忙不迭地筹备结婚事宜的时候,也就是说在订婚不到半个月的一天,他接到初代来信说:她准备同一位遭受家里迫婚的姑娘一起出走东说,请川端给她寄汇车费。川端不愿意让那姑娘来,也不愿意这样草率结婚。于是他给初代回了一封信,表示了上述的意思。10月23日,初代回信仍然坚持原意,接着11月7日又来了一封"非常"的信,信中这样写道:

> 我虽然同你已经结下海誓山盟,但是我发生了"非常"的情况,我绝对不能告诉你,请你就当这个世界上没有我这个人吧!我一生不能忘记你和我的那一段生活,你同我的关系等于0!我很对不起你。

川端康成读罢这封"非常"的信，有如晴天霹雳，他心想：所谓"非常"的情况是指什么呢？是有了新欢还是有了什么不能明言的秘密？他像掉了魂似的立即跑到三明永无那里去，让三明替他筹措了一笔旅费，连夜乘上最后一班车赶赴岐阜。次日他一走下车，就径直奔向澄愿寺，看见在寺里的初代脸无表情，充满了痛苦的神色。当时，初代的养母就在他们俩身旁，初代对川端的谈吐不像过去那样亲切，而且显得十分局促。这次谈话，毫无结果。川端找了一家旅馆住下，给三明永无拍了一封电报，让三明赶来岐阜，他就昏昏沉沉地入睡了。次日三明到来，把他唤醒，他就伏案给初代写信，写了好几个钟头，足足写了二十多页纸。川端将信连同为初代准备好到东京的旅费一并给了三明转交初代。三明从澄愿寺回来后向川端报告：初代读信后，心情恢复了平静，她准备明年正月离开岐阜上东京。　川端回到东京不久，初代又来信，大意是：我写了那样一封信（指"非常"的来信），十分抱歉。我从三明那里听说一切了。我让你挂心，很对不起，我将于正月初一离开这里到东京去云云。川端满以为问题解决了，在失望之中又迎来了新的希望。于是又为初代备起嫁妆来。24日又接到初代的一封信：

　　你并不是爱我，你只是想用金钱的力量随心所欲地作弄我。读了你的信，我就无法相信你了。……不管你说什么，我也不去东京。即使你来信，我也不看。我把自己忘却，也把你忘却！我要老老实实地生活。我恨你的心！

伊藤初代连同川端给她的旅费也如数地退了回来。川端万万没有想到这样一个残酷的现实会落在自己的头上。他觉得遭到初代所不可理解的背叛，使他的心几乎都破碎了。

1922年3月初的一天，川端听说初代已经离开岐阜来到东京，先后在本乡的"巴黎"咖啡馆和浅草的"阿美利加"咖啡馆找过初代一次，她压根儿不予理睬。川端知道再接近她也无济于事。他的初恋像雷电一般一闪即逝。这年冬天，川端遭到了人所不可理解的背叛，很艰难地支撑着自己，心灵上留下了久久未能愈合的伤痕。

川端康成为了排遣胸中的郁闷和痛苦，多次乘火车外出旅行，还不时地眷恋着初代。他说："我这样做，并不是要把她忘却，而是为了坐在火车里，犹如腾云驾雾，使现实感变得朦胧，以求创造出有关她的美丽的幻想。她纵令在肉眼未能望及的世界里消失了，但他也并不感到失去了她，还幻想着有朝一日在漫长的人生旅途上的某个地方同她相会。""她即使这样破坏了婚约，我还是始终对她抱有好感。""我多么想使自己的这种心情毫无责备、埋怨、憎恨、轻蔑的心情，直闯进她的心窝啊！"伊藤初代单方面撕毁婚约的"非常"原因是什么？世人有着各种各样的估计和猜测。有人说可能是寺庙的养母打算将初代嫁给自己的外甥，所以在她面前讲了许多川端的坏话，强烈反对这门婚事。也有人说是由于门第、年龄的殊隔，或是川端的身体羸弱，其貌不扬等等。真正的原因是什么，川端康成当时没有弄清楚，恐怕一生也不曾弄清楚。这是一个永远无法解开的谜。

一连遭遇四个千代，最后落得如此不幸的悲伤结果，川端康成认为自己染上了"千代病"，呻吟于命运的安排，总觉得这是"千代松"的亡灵在"作祟"，是他的处女作《千代》在"作祟"。他甚至认为是自己家人的亡灵扶助他，让他邂逅千代的，也就是说千代都是幽灵招来的。这几个千代，"当然都是幽灵，至少是靠亡灵的力量驱动的幻影"。再加上伊藤初代又是丙午年出生，传说"丙是太阳的火，午是南方的火，火加上火就要倒霉"，因而他也认为是"丙午姑娘"在作祟。川端从此下决心以后不再同名叫千代的女子相恋了。后来他写了《处女作作祟》在《文艺春秋》1927年5月号上发表，开头一行就写道："这像是假，其实确是真的"。后来收入全集版和文库版时，他把这一句删掉了。他"本人仿佛要从千代的咒缚中摆脱出来似的"。

川端康成经过这几次的失意，心中留下了苦闷、忧郁和哀伤，留下了难以磨灭的伤痕。这份伤痕经过了多少岁月，仍然未能拂除，而且产生了一种胆怯和自卑，他再也不敢向女性坦然倾吐自己的爱情，而且自我抑、窒息和扭曲，变得更加孤僻，更加相信天命了。

这一"非常"事件之后两三年，关东大地震，几乎大半个东京被熊熊的火舌所吞噬。康成第一个想到的是千代，担心千代能不能逃脱这一劫难。一周里，他天天带着水壶和饼干袋落魄地沿街寻找，希望以锐利的目光，在几万惶恐不安的避难者中寻找着一个千代。在本乡区政府门前贴着一张广告的每一个字清晰地跳入他的眼帘："佐山千代子，到市外淀桥柏木371井上家找我。加藤。"康成一见其中的"千代""加藤"两个名字，他很快联想到加藤其人是小伙子吧？千代是不是已经和他结婚了呢？于是他就感到步履格外沉重，不由得蹲了下来。他承认他得了"千代病"，只要一提起千代这个名字，他就会涌上一种无以名状的特别的感情。

他在《处女作作祟》里是这样详细地叙述他与第四个千代的爱与怨：

> 一两年后，我又新恋一位少女。她叫佐山千代子，但是与她订婚仅两个月，这期间连续出现了不祥的激变。我乘火车去告诉她准备结婚，这趟火车轧死了人。在这之前我与她

相会的长良川畔客栈，在暴风雨中被刮倒了二楼而停止营业。千代子凭依长良桥的护栏，凝神望着河川对我说："最近一个与我同龄的、身世与我相似的姑娘，从这里投河自尽了"。归途，我服用了近乎毒药的安眠药，从东京站的石阶滚落下去。为了取得她的父亲的同意，我一到东北的镇子上，就遇上这个镇有史以来第一次流行伤寒病，小学停课了。回到上野站，看到了原敬在东京站被暗杀的号外。原敬的夫人的生身故乡竟是千代子父亲所在的镇子。

"我家前的伞铺的小姐和店铺的年轻男人相恋，但刚一个月前，这个男人就死了。小姐发疯了，说话渐渐变成那个男人的腔调似的，昨天也死去了。"千代子来信这样写道。岐阜市六名中学生与六名女学生破天荒地集体私奔。为了迎她，刚迁到租来的房子，房东就让我看晚报，报道横滨扇町的千代子因是丙午年生而悲观自杀、千代太郎在巢鸭自杀了。我把装饰在我房间壁龛上的日本刀拔了出来，闪闪发光，我马上联想起岩男的女儿落地的手指。岐阜下了六十年来罕见的大雪。还有，还有……

尽管这等事接二连三地发生了，我的恋情却变得愈发炽烈。但是，千代子还是走了。

"这里很阴郁，还是到有前途的地方去吧。"

我这样想。然而，她来到东京一家咖啡店当女招待，那里是暴力团滋事行凶的中心。我经过那家咖啡店，泰然地目睹有的人被砍流血，有的人被摔伤身骨，也有的人被勒颈勒得昏死了。千代子茫然地站立在那里。此后她两三次从我的眼中消失，我又不可思议地两三次找到了她的住处。

两三年后的大地震时，我目睹大半个东京市都被火浪所吞噬后。首先想到的是：

"啊，千代逃到哪里了？"我拎着水壶，带着饼干袋，在街头徘徊了一周。发现区政府门前贴了一张启示，上面写着"佐山千代，来市外淀桥柏木371井上家。加藤。"我看了以后，腿像麻木似的变得沉重，我就地蹲了下来。

我得了"千代病"。一提起名叫千代这个少女的名字，我就有几分迷恋了。今年是不见佐山千代第三个年头，我从秋天到冬天一直住在伊豆的山上。当地人说要给我找对象。是东京文光学园高等部的才女，文雅秀气，容貌百里挑一。眉目清秀，聪明伶俐，淳朴可爱，还是造纸公司课长的长女。丙午年生，二十一岁。佐山千代子。

"丙午年的佐山千代！"

"是啊，是佐山千代。"

"愿意，当然愿意。"

两三天后，东京友人来告诉我，佐山千代又出现在咖啡店里。

"如今千代子已经二十一岁了。脸庞稍胖，个子长高了，像一个美丽的女王。喂，你有没有勇气再到东京与那个女子周旋呀？"

此后我听说她读过我的一篇短篇小说，看了根据我唯一的一个电影脚本拍摄的电影。友人煽动我的情绪以后，补充了一句：

"她说：我的一生是不幸的啊！"

不幸是在情理中。她也被我的《处女作作祟》缠身了。

他痛苦地承认，"穿越了情感浪潮的顶点，我不能不接受这种心灵上的变化"，并且把他与第四个千代的爱情失败归咎他的处女作《千代》在作祟。其后四五年，川端仍未能从心中拂去这第四个千代的影子，他们的订婚纪念日的故事之发生，就是最好的明证。事情是这样的：

川端投稿某一报社，报社发表时，想配上一张作者像。川端自以为其貌不扬，平时很讨厌照相，所以并没有单独的个人相，记者来取相片时，他就将与千代合拍的订婚纪念相剪下自己的一半交给了记者，叮嘱用毕务必交还，可是报社最终却没有归还给他。他一看见剩下的另一半的千代的相片，还总觉得她美极了，实在可爱。在他的一生中，他没有信心还能找到这样的女子。他便遐想起来：如果她在报上看到刊登的他的相片，一定会自问同这样一个男人谈过恋爱，纵令是短暂的，自己也是暗自悔恨的吧？如果报上将两人的合影原封不动地刊登出来，她会不会从某处飞回自己的身边呢？现在他最美好的纪念、最珍贵的宝物全毁了。他这才从幻想中回到了现实，他清醒过来，明白至此一切都宣告完结了。

他们的命运之绳，终于被切断了。可是此后很久，他们彼此还是依恋着。千代从岐阜出走时将川端康成给她的信随身带走。川端康成每次听到"阿美利加"咖啡馆的名字的时候，每次到浅草的时候，每次想要写作的时候，尤其是每次想到女人和恋爱的时候，无端漂泊的思绪就总归结到千代，千代的影子长久地留在他的心里，他不无慨叹：怎样才能把在自己心里继续活着的她拂去了呢？

结婚与成家

川端康成从东京帝国大学毕业不久，1924年5月就遇上了征兵。他身体本来就很瘦弱，同伊藤初代的婚约破裂之后，终日郁郁寡欢，身体健康每况愈下。他自幼就有虚荣心，爱面子，不愿在人前认瘦，更不愿意征兵体格检查不合格，耻笑于人。于是，在征兵体检之前，他到伊豆温泉疗养了近一个月，每天吃三个鸡蛋，以加强营养。还特地提前两天赶到设置体格检查站的镇子去静养，以恢复路途的疲劳。但是，检查时，他的体重仍然不超过四十公斤！军医检查他的体格后，严厉地叱责说："文学家这种身体，对国家有什么用！"这种奚落，大大地刺伤了他的自尊心。康成身体瘦弱，加上其貌不扬，多次失意，在恋爱问题上也产生了一种自卑感，总觉得爱是朦胧的、不可捉摸的、可望而不可即的。同伊藤初代决裂一年多来，他一直沉溺在失恋的哀伤之中。在这失意之余，1926 年 5 月，一次极为偶然的机会，川端康成在《文艺春秋》社的菅忠雄家里，第一次遇见了当年十九芳龄的松林秀子。阿秀是青森县人，她的父亲松林庆藏是该县三户郡八户町的一个鸡蛋商，阿秀兄妹长大成人之后，他就赋闲在家，一杯清茶一份报地打发着日子，后来当了消防队的小头头。一次，他在抢救邻村的一场大火中，以身殉职。庆藏死后，阿秀迁到伯父家。但伯父家也烧得只剩下一个仓库。所以男士住在仓库里，女士和孩子们住在伯母的亲戚家。这时候已在东京的长兄，让他们举家迁到东京，依靠长兄生活了一两年。一次《文艺春秋》社招募职工，阿秀去应考，监考人见她年轻，了解到她的身世，连一个安身之地也没有，甚是可怜，便介绍她住进菅忠雄家，一边工作一边替菅家料理家务。就是因为这个机缘，她才同川端邂逅。他们第一次相会时，川端头戴灰色礼帽，身穿和服外衣，眼睛炯炯有神，给阿秀的第一印象甚佳，秀子觉得他为人诚恳，非常亲切，是个爱读书的人。此后他们有过多次接触。是年夏天，川端还特地邀她一起到逗子海边欣赏大自然的风光，倾诉自己对秀子的爱慕之情。正巧这时候菅忠雄得了肺病，搬到镰仓疗养，他在征得秀子同意之后，让潜居在汤岛的川端康成回到东京，也住在他家，为他看家。川端迁进来时，行李家什非常简单，除了带一床祖母家徽的棉被、文库版的书和一张折叠小桌之外，还有六七具祖父母视为至宝的佛像和先祖的舍利。秀子对康成如此敬重亲人十分感动。川端迁来以后，就与秀子朝夕相处，有了更多的接触机会，加深了了解。一年后，他们由恋爱而结合了。

他们的结合，遭到了菅忠雄的反对，理由是川端康成是书香门第出身，又是最高学府东京帝大毕业，且已小有名气，前途无量，而秀子无论门第还是学历都不及川端，担心秀子父亲不会同意。因为菅忠雄本人有过这方面的不幸的生活体验，不想川端他们重蹈自己的路。但川端康成他们义无反顾，并且得到了挚友横光利一等人的积极支持，也得到恩师菊池宽的谅解，并马上馈赠二百元礼金，作为他们旅行结婚之用。川端本来喜欢购物，觉得秀子身无一物。拿到这笔钱后，就为秀子采购，从和服、腰带、白麻布蚊帐到太阳伞、木屐，而且都是选购高级品。手头的钱都几乎花光了，原来准备夏天到日光旅行的计划也只好取消了。

这样一个几乎是一无所有的家，也突然遭到小偷的光顾。那天晚上，川端在铺席上还没有入梦，朦朦胧胧地听到从旁边的屋子里传来了脚步声。他起初还以为是住在楼上的尾井下楼来了。说时迟那时快，铺席那边的拉门已经被悄悄地拉开了。川端屏住气息，心想：难道是尾井想偷看人家夫妇的卧态吗？但细心一看拉门那边，正站着一个连衣服也像是"蹭满了米店里的白面粉"似的小伙子，在搜了一下挂在拉门上边的外套的内口袋。他马上明白过来：是小偷！他不敢言声，心里嘀咕：要是把外衣拿走就糟糕了，明天穿什么呢。这时，小偷一个箭步走到了他的枕边。他的目光与小偷的目光猛烈地碰撞在一起，小偷小声冒出了一句话："不可以吗"，便掉头逃跑了。这时候，川端才起身追到了大门口，妻子秀子也被吵醒了。他们检查的结果，只被偷去了外衣内口袋里的一只钱包，但是里面没有多少钱，却虚惊了一场。也许可以为他们穷困的生活增添一件意外的回忆吧。

他们两人共同生活以后，川端的挚友横光利一、片冈铁兵、池谷信三郎、石滨金作都成为他们每天的座上客。他们有时闲聊文学，有时各自写稿。秀子忙里忙外，有时为他们做饭，有时外出用餐，她感到这简直成为"梁山泊"。尤其是川端不会理财，月月收不敷出，最后把秀子的存款都取出来用了。秀子夫人在《回忆川端康成》一文说，她和川端的"生活"就这样热热闹闹地开始了。他们就这样没有办理结婚手续，就在菅忠雄的家同居了。

北条诚注意到在川端家谱中没有康成的结婚纪录，就问康成什么时候结婚的？康成似笑非笑地说：是啊，什么时候呢？以前的事都忘了，说什么时候都可以吧。实际上，川端康成和秀子是先同居了一段时间才办结婚手续的。秀子后来解释说：用现在的结婚形式来谈我们当时的结婚就不好办了。我们是自然而然地结合的。按一般惯例，要举行仪式和办理手续。但是，当时并不那么严格，我们两人不受这个框框的约束。同时康成讨论去官厅，嫌办手续太麻烦。后来还是一次偶然的机会，大宅壮一委托我们当监护人，照顾一个从他家乡来的小学生，当监护人需要有户籍，这才委托康成的表兄田中岩太郎办理登记，田中让我们在结婚登记表上登了字，差人送到区公所，很快就办好了。秀子说："早知道办理结婚手续如此简单，我们早就登记了。"直到他们两人结合六年之后，到1931年12月2日才办完结婚手续，5日正式入了户籍。按日本人的习惯，入籍之后，妻子改称丈夫的姓，阿秀也称作川端秀子了。

他们两人迁出菅忠雄家，光靠川端的一点稿费，经济十分拮据，生活难以为继。他们每月都为房租水电费用而伤脑筋，常常交不起房租，少时拖欠一两个月，多时拖欠四五个月，不知来回搬了多少次家。大概也可以称得上是"搬家名人"了吧。

据说，两人婚后三四年间，川端夫人多次流产，后产了一女婴，只有川端见了一面，秀子连见也没有见一面，幼婴就夭折了。川端当时没有工作，靠写作生活，手头拮据，还是池谷信三郎典当了他的妻子的宝石戒指等物，帮助结算了秀子的住院费。他们两人后来一直没有生育子女，只收养了表兄黑田秀孝的三女政子为养女。

表兄原来的家在淀川边上的一个村庄里，这村庄也是川端母亲的老家，祖母也是这个家的人，而川端的祖父是养子，所以从这时起川端家的血统实际上已经断绝，现今是延续着祖母和母亲的血统。从这个意义上说，连这回领养的政子，黑田家有三代女人进了川端家。孩子的母亲也以孩子和川端之间的血缘关系为重。这孩子落户川端家也就是很自然的事。

领养之时，政子已是十二岁。川端夫妇亲自赴大阪黑田的家领回收养的孩子，但他们比约定的时间迟到了两个多钟头，政子上电车站接了三次都没有接到，有点焦急了。当她一听见他们夫妇踏进门槛的脚步声，就哇的一声哭出来向川端扑将过去，紧紧地抱住了他。此时此刻，他和政子完全沉浸在一种甘美的平静之中。孩子对他这样深厚的感情，这是他压根儿也没有想到的。因为他与孩子的母亲谈定领养这个孩子，才见过这孩子三四次面，而且时间很短暂。川端是重感情的人，他听说是孩子自己决定愿意离开母亲而做他们的养女，对于幼小的心灵来说，并不是能轻而易举地下得了决心的。他十分珍视孩子这份淳朴自然的真情，心中暗想：将来我们和孩子之间的关系无论发生什么龃龉，我都必须跳越过去，而不能忘记感谢她。

政子到了镰仓川端家，立刻就与养父母亲密无间，时而缠住他们，时而向他们撒娇，不仅从没有让他们受过领养孩子应付出的操劳之苦，而且给这个孤寂的家庭带来了乐趣，带来的新鲜的气息。秀子夫人时时禁不住高兴地说："真是个好孩子!"但是川端却表现得非常随便和轻松。他说："这次领养孩子，我也没有认为这具有改变我情绪的意义"，"它好像也直率地表明了我独自的属于我本人的生活态度"。

自幼失去家庭，总算结束了自祖父病逝后近二十年的只身漂泊的生活，第一次有了自己的家，第一次得到了爱。

选自《冷艳文士川端康成传》

谷崎润一郎的放荡感情世界

死火山里燃烧的爱

谷崎润一郎自幼就萌生着一种怪异的感情。他从七八岁就潜藏着喜欢同性爱这种意识。当时他的母亲带他去看少年歌舞伎，他就对出场的少年演员颇为动情。这里有这样一段背景：日本歌舞伎诞生之初，由歌舞伎的鼻祖阿国演出"女歌舞伎"，青楼女子群起效仿演出"倾城事"，所谓"倾"（日语"倾"，读作"かぶき"，汉字写作"歌舞伎"）即自由放纵好色之意。她们将由于江户儿的现世思想而产生的好色风俗彻底舞台化。当局以这种"女歌舞伎"影响人伦道德和社会安定为由，禁止"女歌舞伎"，女角改由美少年演员扮演，于是出现了"少年歌舞伎"，但这仍不失"女歌舞伎"的青春魅力。当局又取缔了"少年歌舞伎"，让年纪较大的男演员来扮演，并且让他们把前额至头顶的头发，剃成"月代头"，以减少肉体的魅力。

幼小的润一郎过早地就为这些"少年歌舞伎"的青春与肉体的魅力所吸引。同时对小学时代同班的美少年、浅草公园杂耍场上表演踩球的美少年，都为之动情、陶醉。乃至在东京文京区团子坂看见用菊花装饰的木偶的假美脸和假肉体，也会引起他一阵激动，木偶的脸、木偶的肉体都长久地留在他的脑海里。这种怪异的性欲，准确地说，这种怪异的同性欲已经在七八岁的小孩子身上萌动了。

按照谷崎润一郎的说法，这还不算是"初恋"的经验，他真正有了像是初恋的情感，应该是在读高等小学到中学三四年级，与某位美少年交往的时候。即使这样，也只不过是一种朦胧的憧憬，没有产生什么深刻的影响。换句话说，他正要步入而尚未步入同性恋的误区。

十一二岁上，他与两个年龄与他相仿的女孩子玩耍时，嫌对方妨碍了他，便对女孩子使了个坏心眼。女孩子很委屈，一边瞪大眼睛盯着他、咒骂他，一边逃离了他。后来谷崎润一郎写回忆文章《关于我的〈少年时代〉》时，自以为："恐怕那是我'性觉醒'的行为吧。"

润一郎真正的初恋，是1907年在北村家当学仆的第五年，与这家的侍女、纯洁而美丽的福子邂逅以后的事。他们相知相爱，彼此通信，互赠照片，共赴温泉，尽情地享受初恋的快乐。他曾赠情诗给这位少女，诗曰："奥州温泉共浴时，吾妹肌肤如凝脂"；"吾妹同游箱根地，秀发芳香沁心脾"。不幸，好景不长，他与福子的情书被主人发现，遭到了解雇，他一度与福子到了福子的故乡箱根。不久，这位少女在自己故乡某温泉疗养地，因心脏病（一说肺病）离开了人世，永别了她的情郎谷崎润一郎。这对于初尝爱情滋味的谷崎润一郎的打击是很大的，使他的心潮久久难以平复。很久很久以后，他还惦挂着在她常随身携带的背包里，一定还保留着自己给她的照片，一定还保留着自己给她的情书。因为这位初恋的少女给他的照片和情书，他一直保留在自己的箱子里。后来他在《死火山》一文中，动情地写道："这爱恋，像在死火山内里温暖地燃烧着一样，我应将它凄楚地封住在意志的铁壁里。"

在放荡生活中第一次结婚

谷崎润一郎是个放荡不羁的人，他也自白：他自己"生来便有着病态般的性欲"，他"只想为自己的快乐而生存"，是"为了充实自己的快乐而跟女人谈恋爱"。因此，他在放荡的生活中，虽曾与两三个女人有过"交往"，但也不过是affectation（矫揉造作），自己未曾感受过真正意义上的恋爱，原因是他认为真正的恋爱是带几分精神性的。换句话说，他的恋爱，重视"崇高的精神"更多于"崇高的肉体"。

这时候，中止多年的放荡生活回到父母家中的润一郎，在父母家中生活，又感到很不自在，很不安逸，总想回到昔日的放荡生活。可是，他对过去的放荡生活也有几分厌倦，转念又想，总不能如此生活下去，应该有个属于自己的家，自己的书房，安下心来从事自己的创作。于是，他产生了要建立自己的家庭的意念。他在写给其弟精二的信中，就作了这样的忏悔道：

> 我要放弃无意义的放荡生活。那种生活，不能为艺术而带来三文钱的利益。我痛切地后悔自己。认识"女人"是重要的。但是，普通的玩女人，是决不能深刻认识"女人"的。我长期放荡之后，体验了这一点。
>
> ……不能这样下去了。好歹我得建立自己的家庭，暂时闭锁在书斋里，潜下心来，静静地思考。这就是说，作为建立自己家庭的道具之一，就是娶个妻室。

就是在这种茫然中，谷崎润一郎于1915年5月与艺妓出身的石川千代结婚了。是年润一郎三十岁，千代二十岁。润一郎成家之后的一段时间，大约是十个月吧，他认识到有了妻室、有了家庭，应该约束和纠正自己过去的恶习，于是完全自觉地终止了放荡的生活，让父母也放心了，自己的良心也得到了某种慰藉。可是，另一方面，有了家室，他又觉得是个累赘，产生一种"被投入桎梏之中的感觉"。

在这种新的矛盾环境下，谷崎润一郎一方面认为，如果他的恶魔主义倾向在这种家室的拖累中得以改变是件好事；另一方面又觉得，如果能够打破这种拖累的束缚，获得一种依靠迄今的（恶魔主义）倾向的力量也未尝不是好事。换句话说，谷崎润一郎的这次结婚的目的，其一是为了给自己的放荡生活画上句号；其二是建立自己的家庭，给自己的艺术创造带来一个"转换方向"，即带来一个转机。

于是，谷崎润一郎自白："我的大部分生活，是完全为我的艺术而努力。我的结婚，终究也是为了更好更深化我的艺术的一种手段。"然而，这种只为达到自己艺术追求的目的、将妻室作为自己家庭的"道具"的、没有爱情的婚姻，注定会带来双重失望的结果。

他结婚一年后，他的弟弟精二结婚的时候，他就对他的弟弟说："就我自己的结婚来说，目下后悔不已。不仅是结婚问题。就我自己作为艺术家的立场来说，也是处在极迷茫和悲哀之中。"这时期，他一连写了《花魁》《亡友》《美男》《恐怖时代》等几部"有伤风化"的作品，遭到禁止发行。此时连《中央公论》也将他定为"需要注意的人"，对发表他的作品非常慎重。

润一郎与千代结婚翌年 3 月 14 日，他们生下了长女鲇子。千代是一位温顺、贤淑的妻子，非常细心地照顾谷崎润一郎的父母。但在结婚两年后，润一郎已与妻子分居了。究竟是什么原因，众说纷纭。一说是与妻子千代同居，不堪忍受在闭锁的家庭里，没有创作的气氛和激情。用谷崎本人的话来说，就是："对我来说，她的存在，成了一种悲哀的音乐。我之所以越来越疏远她，也许这是一个原因吧。为什么呢？对那时候志向于色彩强烈的、没有阴翳的、华丽的文学的我来说，她奏出的悲伤的音乐

——实际上是一种无聊的、单纯的、催人莫明落泪的调子——，是禁忌的。我不是对她生气，而是对这种音乐生气。有时我感到我不甘愿被它打败。"（《给佐藤春夫谈过去半生书》）；一说是千代的妹妹静子经常出入谷崎家，她非常纯真，谷崎认为自己应该培养她成为理想女性。小姨静子的出现，使谷崎觉得妻子的存在，是一个"障碍"。他甚至说："就一般女性来说，我还是颇能评头品足的，可是谈到妻子，就立即产生一种无从谈起的心绪。"（《谈谈荆妻》）

于是，他将妻子和女儿送到了父亲家里，自己与静子开始过着同居的生活。转年就传来了昔日的情人福子逝世的噩耗。他仍未能忘怀初恋之情，为了散心，便决心访问中国。岂料出发前夕，发生了一桩意外的事，那就是十七岁的静子，突然离他而去，当了艺妓。谷崎访问中国北京、汉口、九江、庐山、南京、苏州、上海、东北等地两个月，回到东京后，仍心系静子，多方劝说静子回到自己身边。于是，静子再次回到了谷崎在曙町的家中，与恢复同居的妻子千代、女儿鲇子、妹妹伊势和二弟终平等六人同住。谷崎润一郎与千代、静子姐妹同住在一个屋檐下，毕竟是无法"和平共处"的。尽管妻子千代对他们的关系仍蒙在鼓里，但在谷崎眼里，妻子是个"障碍"，每次回到家里，对妻子千代十分冷淡，有时甚至残酷，比如妻子不留心，找不到衣服柜子的钥匙，他就借题发挥，动手殴打自己的妻子，俨如一个"暴君"。

这期间，谷崎润一郎发表了推理小说《被咒诅的戏曲》《中途》，它们的共同主题是杀妻的故事。因此，平野谦敏锐地感觉到这些作品"介入了谷崎润一郎的现实的事件"（《昭和文学私论》）。此前，谷崎写过题为《已婚者与离婚者》，宣称追求"理想的离婚"，而"不能忍受寻常离婚的条件"。那么，谷崎润一郎究竟想干什么呢？他二度与妻子千代分居。在他的脑子里，正在对离婚进行探索性的思考。

让妻事件

谷崎润一郎在曙町只居住了十个月，于1919年12月，他就离开繁荣的东京，迁居交通不便的神奈川县小田原町。表面理由是长女鲇子患了气管病，需要有一个气候温暖的环境疗养，同时他的前辈、曾激励过他的北原白秋也住在小田原，彼此有个照应。深层的原因是否是在家庭生活陷入低谷的时候，想到与初恋情人踏遍了足迹之地——小田原，来寻找昔日的激情，对文学创作进行新的探索呢？这点文献无记载，只是个猜测。

事实上，正是在此时此地，发生了日本文坛有名的"小田原事件"。什么是"小田原事件"呢？就是有关自然主义作家正宗白鸟与妻子章子、谷崎润一郎与妻子千代和唯美派作家佐藤春夫的三角关系。事件的起因和经纬是：当时外界盛传正宗白鸟之妻章子与一记者发生不伦关系，章子访问谷崎家，谈到决意与正宗白鸟离婚的事。谷崎力表赞同她与白鸟离婚。白鸟犹豫，有点依依不舍。而谷崎仍让章子坚持离婚。白鸟对谷崎这个态度甚为不满，最后与谷崎绝交。

这一事件发生后不久，章子访问谷崎家，将谷崎润一郎的妻子千代一直蒙在鼓里的谷崎与静子的事，告诉了千代。千代抱怨谷崎，而这时谷崎正在为他担任剧本顾问的"大正活映株式会社"拍摄自己编写的电影《雏祭之夜》，本人亲自操纵剧中剧的木偶，十分忙碌。接着又拍摄他的电影剧本《肉块》，一时找不到饰演剧中混血女子的角色，谷崎看中了静子，认为静子美貌，肢体丰满，是很适合担当这个女角色的演员，于是便起用了静子，取艺名为叶山三千子。他们两人双双在拍摄现场，更是形影不离，长时间不在家中。

　　恰巧此前，佐藤春夫与女演员川路歌子婚变，与女演员米谷香代同居，岂料其弟与米谷香代又有染，婚姻并不如意。佐藤家就在小田原谷崎家邻近，于是他为了排解胸中的积郁，天天上谷崎家安慰千代，表达对谷崎的冷酷态度的不满。并且由对千代的同情而产生了爱情。佐藤春夫在一首题为《感伤风景》的诗中，这样吟咏道："两人乐融融的，闪烁的目光碰在一起了。啊，恋人的目光，多么美的宇宙！"从这首诗可见春夫与千代两人情爱之深了。佐藤春夫为了逃避围绕千代问题与谷崎润一郎产生纠葛的苦恼，到中国台湾和福建旅行去了。从中国归国后，佐藤春夫叩访了小田原的谷崎宅门，本想解决两人的矛盾，却没有料到谷崎向春夫提出了"让妻"的建议。春夫将谷崎这一建议告诉了千代，千代也同意了。一说千代听了春夫的话，最初十分生气，后来也认同了。谷崎给佐藤春夫的书简坦承，他之所以给佐藤春夫"让妻"，"最初的动机，是她的存在妨碍我的恋爱生活"，"她是可怜的，愿你能给她幸福"。润一郎和春夫达成了口头让妻的君子协定之后，谷崎与静子很快就离开小田原，到了箱根去。但是，谷崎在从箱根回到小田原之后，突然翻案，取消君子协定。为什么润一郎突然取消这一口头君子协定呢？一说是谷崎与静子的恋爱没有成功，谷崎又恢复对千代的爱欲，被称为一件"悲壮的差事"。在谷崎取消协议后，春夫一怒之下，给谷崎写了一封表示"我要永远和你争下去"，"直到成了白发人，我也要争到千代！"的信，他接着又写了一封信，连同给谷崎的信一起寄给千代，声言"这是我给谷崎的绝交书和挑战书"，由此"你我也成为敌我了"。就这样，佐藤春夫于1921年3月，宣布与谷崎润一郎绝交了。

　　春夫与谷崎绝交之后的心情，从春夫在《我们的结婚》一文中可以窥其一斑。他在这篇文章中这样写道："我与千代的感情最白热化之时，谷崎的想法改变了。对我来说也好，对千代来说也罢，这都是相当悲伤的事。本来我祝愿千代的幸福，是建立在夫妻之间。可是，千代有时考虑孩子，有时考虑丈夫的希望，以泪洗面，这也是她不得不舍弃对我的感情的原因。因此，我一边鼓励千代，一边激励自己，试图从这旋涡中逃脱出来。"

春夫怀着失恋的悲伤心情，写了小说《受伤的蔷薇》，并将他从事十年的诗作，汇集出版了处女诗集《殉情诗集》，序文这样写道："在人生的路途上，来到爱恋的小小阴暗的树影下，我的思绪愈发落寞，我的心犹如败落在棚架下的蔷薇在呻吟。心中的事，眼中的泪，意中的人，儿女之情，极其困扰着我，多少让我偶尔成诗。"

作为诗人佐藤春夫的人生路途的不幸，给他的创作带来了机运。《殉情诗集》收入的初期诗作，表现其哀婉的痴情。他的诗采用七五或五七为主调的传统诗体，又融会了近代的思想感情，内中有的诗纤细、委婉而幽怨地咏唱了恋爱失意的悲伤心情，他的《水边月夜歌》就咏道："恋爱的苦恼，让月影的寒冷渗入我心。正因为知物哀，才面对水月兴叹。即使我觉得虚幻无常，但我的思绪却非泡影。我尽管卑微，但也要驱散哀愁，为了你。"

佐藤春夫在《秋风一夕话》中评论文坛及诸家现状，还涉及对谷崎润一郎的评价，提出了谷崎润一郎"伪恶观"，主要论点是：（一）文坛有人提出谷崎润一郎是"有思想的艺术家"还是"无思想的艺术家"的问题，他指出："即使是唯美主义、官能主义，也是一种思想。于人生，以美作为第一价值，或主张认识人生唯有尊重官能而不能尊重官能以外的其他东西，这种态度怎么能够不是思想呢"。因此他的结论是，"润一郎决不能称为无思想的艺术家"；（二）论述构成谷崎润一郎文学的悲剧的两大要素"恶"与"爱"，强调了没有罪的自觉，就不存在恶的意义；只有将世俗的恶正当化，才会由此产生更高的善恶的意义。相反，没有自我解剖、自我省察，就没有思想；（三）论述润一郎的艺术特点就是极度的夸张，并且指出其新浪漫主义的夸张，不是格外内在性的暗示性的东西，乍看可以发现勇敢的反道德的精神，但仔细地看，作为对社会挑战，决不是强有力的，只能是一个伪恶家。艺术家的伪恶，与宗教家、政治家的伪善是一样的。

谷崎润一郎与佐藤春夫因"让妻"事而绝交。这期间，春夫一直提议"掩饰的和解"，试图恢复两人的友谊。润一郎于1923年连载小说《神·人之间》，将这一事件小说化，作品人物添田、积穗、朝子，分别是谷崎、佐藤、千代的化身。故事讲述朝子当艺妓时，为一老爷子当了小妾，不久老爷子故去，添田与这个朝子结了婚。但标榜恶魔派的添田虐待了她，让她想起了三者的关系。然而到了最后，危笃的添田向积穗忏悔就死去了。与朝子结婚的积穗也自杀了。只有在两人之间徘徊的、拥有一颗纯真之心的朝子还留在人间。透过这个半真实半虚构的故事，不是也可以窥见谷崎润一郎在绝交的状态下的心境吗？但是，他们的绝交的状态，一直延续至1926年9月，最后由佐藤春夫主动提出，两人才实现了和解，相好如初，谷崎将妻子"让"给了佐藤，前后达五年半的时间。这就是成为日本文坛笑谭的"小田原事件"的始末。

谷崎润一郎早已言说："我的心想到艺术时，我憧憬恶魔的美。我的眼回眸生活时，我就受到人道警钟的威慑。""小田原事件"，不就验证了谷崎润一郎的预言了吗！事实上，事后相隔多年，谷崎发表了对爱情的一番议论，说什么"处女中光彩照人的美人，多数在结婚不久，她的美就会犹如梦幻一样消失了"。（《恋爱与色情》）透过谷崎润一郎这种恋爱观，不也从中找到这一事件的答案了吗?！

最后润一郎和春夫两位文豪还挥毫写下和歌以警醒：

津国木桥长又长
相思河啊桥难渡　　润一郎

纵令河流有涸时
不问鸳鸯河深浅　　春夫

世态无常鸳鸯河
沧海桑田诚可厌　　润一郎

人妻和服垂双袖
兜短情长多可怜　　春夫

他们的"离"与"合"经过磨合，得到双方亲人和子女同意后，于1930年8月18日，由谷崎润一郎、千代、佐藤春夫三人连名签订了这样一份正式"让妻协议书"，给挚友上山章人见证：

我等三人合议，达成千代与润一郎分手，与春夫结婚，润一郎之女鲇子与母同住。双方和好如初，并在上述谅解的基础上进一步增进深厚的情谊。……

世人恐怕少有这样的离婚和结婚的形式吧？谷崎、千代、佐藤三人就以这样少有的形式：谷崎与千代离婚，千代与佐藤春夫正式结婚了。世人评说：长达十年的三人心中的纠葛，终于解决了。恐怕可以说，这是佐藤和千代的纯粹爱情的胜利，同时也是谷崎和佐藤的深厚友谊的胜利吧。谷崎润一郎与佐藤春夫又恢复了密友的关系，其后谷崎还将长女鲇子许配给春夫的外甥竹田龙儿，成为亲戚呢。

所谓"小田原事件"，就这样以谷崎润一郎、千代、佐藤春夫三人的戏剧性转变而圆满落幕了。但是，事情还未完全结束。这样前所未有的事，当然是一件大新闻，自然引起大小报纸的报道，它们大多用了"从烦恼走上新路"，"谷崎润一郎夫人与佐藤春夫结婚"，"夫人既离婚，就联名通知亲友"等醒目的大字标题。文坛大多数人同情谷崎润一郎，而批评作为女性的千代，指责"这是不伦的行为"。矫风会的女士甚至提出"应当坚决痛斥千代的行为！"谷崎润一郎十分不愉快，给佐藤春夫发去一封电报，表示"有许多客人频频来拜访我，关西人大多都认知这是个人的事，看法公平。但是，东京以及其他远方则有许多同情者寄来慰问信，表示对此事无法理解，使我感到困惑。如此，千代是可怜的。我也很感伤，（略）这种不合理的同情，使我甚感不愉快也。"佐藤春夫也无奈，仅表示："就算以为合理的事，只要它是不同于习俗，仅此就会惹起世俗的议论啊！"这件事，还殃及谷崎润一郎的长女鲇子，她就读的圣心女子学院以不能容纳这样不伦家庭的子女为由，勒令她退学，或者住校监督，态度非常强硬，没有折中的余地。他们只好让鲇子退学，跟随佐藤春夫和千代迁到东京，就读东京私立女校去了。佐藤春夫为了这次"小田原事件"，他一度异常苦恼，整天嗜酒，最后患了轻度脑溢血。

女性崇拜者的再娶与再离

谷崎润一郎与千代离婚以后，他迁居关西，经友人介绍，认识了好几位女子，据说介绍人与这些女子，都是与文坛无关的人。当新闻记者追问他再婚的问题时，他提出了"再婚七条件"，即：一，是关西女子；二，是留日本发型；三，尽可能是业外人士；四，是二十五岁以下的初婚者；五，虽不够上是美人，但手脚是奇丽的；六，是不追求财产与地位的人；七，是老实的家庭妇女。新闻记者都觉得这是很普通的条件，这可能是谷崎放的烟幕弹，而他心中肯定还隐藏着不愿告人的理想爱情与婚姻吧。

这时候，谷崎润一郎聘请了有一定教养的浅野游龟子、江田治江这两名关西年轻女子，当了他的助手，用谷崎的话来说，是"方言顾问"，协助谷崎将当时创作的《卐》改成大阪方言。这期间，一位名叫古川丁未子的大阪女子专科学校（今大阪女子大学）英语专业的学生，曾与浅野游龟子一起去访问过谷崎润一郎。过了不久，浅野游龟子因结婚而辞职。谷崎找了几个大阪女学生，成立一个小组，继续做这项工作。此时，二十五岁的古川丁未子也作为小组的一员，经常出入谷崎家。古川丁未子毕业后，愿望是当新闻记者，这时正好文艺春秋社的《妇女沙龙》杂志征聘女记者，于是她通过谷崎向当时文艺春秋社社长菊池宽推荐，最终实现了自己的志愿。不久，丁未子辞职，来到谷崎家当了润一郎的私人秘书。于是，两人朝夕相处，还外出鸟取地方旅行，度过快乐的时光。古川丁未子对谷崎十分感激，而谷崎对古川丁未子则产生了爱恋之情。他情不自禁地给古川丁未子写了一封表白自己心扉的情书，情书写道：

目前，我有自信我的艺术不负于任何人。我写的东西，即使一时得不到社会的承认，但也相信后世会承认的。但是仅满足于此，我有点寂寞。我过去虽有两三次恋爱的经验，但未相遇到一位无论在精神上或肉体上能真正奉献一切而足以令我爱的女子。这是我唯一的不满。直白地说，我需要的，是与我的艺术世界中的美理念一致的女性，她将成为我的实际生活和艺术生活完全一致的爱。（中略）从更高深的意义上来说，我被你的美征服了。我期望你的存在的全部，成为我艺术和生活的指南，作为我光明的愿景。

作为少女，古川丁未子被谷崎润一郎这番甜蜜的话语打动了。她与谷崎润一郎终于在1931年4月24日正式举行结婚典礼。婚礼在谷崎家举行，仪式很简单，只有润一郎、丁未子、证婚人冈成志夫妇和丁未子的一位亲戚参加。新婚后，谷崎为偿还债务，将自己的房子卖掉，夫妇借住在高野山龙泉院内的泰云院古寺里，谷崎从早上6时起床，到夜半12时，都埋头伏案创作《盲人的故事》。起初丁未子与作家一起生活，日子过得还快乐，有时去参观寺庙的斋戒生活，有时去听僧侣诵经，没有觉得不自由的样子。可是，润一郎达到了追求"实际生活和艺术生活完全一致"的时候，新妻丁未子在这座圣山的大寺庙中却觉得孤寂无聊，征得谷崎的同意，丁未子写信给她的女友，请她的女友来高野山陪住。润一郎在《倚松庵随笔》中也说他与现在的丁未子夫人的生活，"处在应是互相满足的状态"，他自己仍如往常一样，没日没夜地伏案写作。可以说，谷崎对他和丁未子的婚后生活，还是十分满意的，他认为自己开始体味到真正的夫妻生活，是一对"实际生活和艺术生活完全一致"的夫妻。然而，也就是在这时候，他已经意识到自己比新妻年长二十七岁，年龄相差太大，是一个问题。但是，这不是一个关键的问题。关键的问题，也许是他以为自己与丁未子的结合，最后未能完全达到激发他"更大的艺术创作热情"吧。

事有凑巧，谷崎在《盲人的故事》付梓之际，画家北野恒富画卷首插图时，谷崎让画家以根津清太郎的夫人松子为模特儿，谷崎让松子在封面、扉页上题字，以这样的形式表达了对松子的思慕，这又勾起了他多年前与这个津根松子的邂逅往事的回忆。

谷崎润一郎认识根津松子，是在1927年通过芥川龙之介来大阪参加改造社的讲演会时介绍认识的。当时润一郎与龙之介两人在谈论文学，松子默默地侧耳倾听，并被润一郎的文学才华深深地吸引住了，而松子给润一郎的第一印象：她是个美女，十分亲切。他不仅写小说时常常浮现出松子的形象，小说中不断出现松子的形象，而且新婚不久的他，在脑子里唯一翻来覆去涌现的女性，就是这个松子。而松子呢？她参加谷崎润一郎和新妻丁未子、佐藤春夫和新妻千代一起到道成寺赏樱后所写的一篇文章就透露："三十年前看见的这些樱花的风情和色香，映现在我们两人眼里仍未能消逝。樱花盛时又相遇，这时的心情，也是格外适合这种情景啊！"在这里，松子所言的此前映现在他们两人眼里的风情和色香云云，不也表明如今她对谷崎仍未能忘怀，眼下的现实又激活了昔日她对谷崎的深深的感爱之情了吗？而且根据松子回忆，那天晚上，"在昏暗中，（她）与谷崎拥抱、接吻了"。这是松子告诉她的友人稻泽秀夫，并嘱咐稻泽秀夫在她在世时不要公开。这是稻泽秀夫于1992年撰著的《秘本谷崎润一郎》（限定百本）里透露出来的。

入秋后，天气渐寒。谷崎润一郎夫妇下高野山，没有购买房子，通过根津松子的帮助，准备搬到松子丈夫开设的根津商店店员宿舍里暂住。在他们下山之前，润一郎接到松子来信，说有些不愉快的事，想与他面谈。什么麻烦事，信中没有言明。一说是她的丈夫是个放荡家，另有了情人——松子的妹妹信子，松子已与他分居，成为有名无实的夫人。当时，丁未子不了解这一情况，曾对她的友人高木治江说："根津家有点麻烦事，松子多次写信给润一郎，信中流露她很寂寞、很苦恼的情绪。我曾劝润一郎会见她一次，听听她怎么说。"高木治江听罢，马上产生一种不祥的预感。因为她看见谷崎读松子来信后那副不开心的样子，回顾谷崎过去的爱情与婚姻，注意到谷崎要求于丁未子的，不仅是做个良妻，而且比起要求美丽的、可爱的、可亲的来，还要求"能给予自己光辉精神的、崇高感激的"妻子。这时候，恐怕丁未子也不曾意料到，这会成为自己与润一郎"事实上离婚"的问题吧。

谷崎润一郎在小说《各有所好》中写道：他要"不断创造新的女性美"，"实际上是再娶与再离，这就是女性崇拜者的做法"。他还表示："妻子既不是神，也不是玩具。"实际上，他是将"妻子"既看作是"神"，又看作是"玩具"。正如永荣启伸所说的："既是神又是玩具的妻子，是（谷崎润一郎婚姻）续存的条件。"（《谷崎润一郎评传》）野村尚吾更直接地写道："谷崎想通过与丁未子结婚，使其作风发生变化。然而其作风的变化，不是由丁未子，而是完全由另一个女子——松子的影响而触发的。生活的表面，一点也看不出来，一点现象也没有表现出来。但是，内里看不到的泉水，结果却以强大的力量在涌动着。对新婚的丁未子来说，甚是不幸而悲哀的事态，在高野山的生活中已悄悄地发生了。……谁也没有注意到，恐怕连当事人也没有预料到，这种（在高野山的）幸福生活，只不过是一个在薄冰上舞蹈的幻影。"（《谷崎润一郎传记》）

在这里，不是也可以窥见在谷崎润一郎的眼里已经存在"能给予自己光辉精神的、崇高感激的"根津松子的影子了吗？事实上，谷崎润一郎与丁未子结婚翌年即1932年7月初，早已将自己的书斋雅号称作"倚松斋"，来寄托对松子的依恋。9月2日谷崎给松子的书简中也公开吐露了自己这样的心扉："这四五年来，托你的恩泽，开辟了我的艺术道路！对我来说，没有我崇拜的高贵的女性，我就难以进行创作。……今后托你的恩泽，我的艺术天地一定会变得更好，更丰富。就是你不在我身边，我一想起你，就涌起了一股无尽的创作力。"

就这样丁未子给谷崎扔下了"为了你的艺术，那就分手吧"一句话，就搬到自己的妹妹家里，谷崎通过她妹妹，每月按时付给她生活费。丁未子就成为谷崎的恋爱与文学观下的牺牲品。谷崎结束了与丁未子尚不到两年的夫妻生活。上述说谷崎与丁未子"事实上的离婚"，乃因为当时两人只是分居，丁未子过着独身生活，而润一郎与松子早就同居了。直至1934年4月，松子与根津清太郎协议离婚后，恢复原姓名森田松子。森田松子于翌年1935年5月3日才正式办理入谷崎家户籍的手续，改名谷崎松子，算是正式结婚了。谷崎后来总结说：

> 我发现要求创作家过一般的结婚生活是不合理的。我也有与C子和T子两次婚姻的失败，体会到了这一点。其原因是：艺术家虽然会不断梦见自己憧憬的、远比自己高超的女性，然而，当她成为自己的妻子以后，一般的女子就会好像剥掉了那层镀金，完全成为比丈夫平凡得多的女子。因此，不觉间他又要寻求另外的新女子了。（《倚松庵随笔》）

谷崎与松子结婚后，松子有了身孕，谷崎担心有了孩子，会走第一个妻子的路，他们美满的艺术家庭就会崩溃，他的创作欲望就会衰退，因为他想象着松子产子后会产生的纠葛，就不寒而栗。所以，他反复动员松子堕胎，松子不忍割舍，一时难以下决心。但结果，松子为了谷崎和谷崎继续保持艺术创作的热情，还是听从了谷崎，做了人工流产。谷崎润一郎不无感叹地说："她比起对腹中子的爱来，对我和我的艺术的爱更深。"（《雪后庵夜话》）

谷崎润一郎在生活上"脱胎换骨"，与松子相亲相爱，度过了晚年。在文学上也"脱胎换骨",开始新的创作转折,因为他认为通过与松子的爱,他涌现了更大的艺术创作的激情。当然,这是以牺牲丁未子、牺牲松子的腹中子作为代价的。这就是谷崎润一郎在实际生活上和艺术上的"异端者的悲哀"!

选自《插图珍藏本谷崎润一郎传》

加藤周一的眼睛

"我害怕加藤周一那双检察官般的眼睛。他每说一句话，我就觉得自己像顽皮的学生在教员室里听老师的训斥一样。"这是作家三岛由纪夫在战后一次文学座谈会上，与加藤周一先生邂逅的第一印象。乍看加藤的眼睛在盯视人的时候，的确是瞪得很圆很大，就像检察官的眼睛，带着一种威慑的力量。但十余年前我第一次看见加藤先生这双瞪圆的眼睛时，却没有留下害怕的感觉。相反的，他那双眼睛就像主持正义和公道的检察官的眼睛，充满睿智的光。尤其是与他讨论学术问题的时候，你与他那双眼睛一接触，就仿佛从那里可以得到启迪，得到智慧和力量。加藤先生的眼睛圆大，但却非常深沉。他是医学博士，他的眼睛像检测肿瘤的 HX 微电脑，也像新型的"长眼睛"的光学手术刀。他巧妙地将医学家的眼睛与文学家的眼睛做了最科学的调适，用它来审视社会与人生，观察人与自然、人与人纷繁的纠葛，并且通过自己独特的定式表现出来。

近两年来，我们用了一部分时间翻译加藤先生的经典著作《日本文学史序说》，从书中的每一句话、每一个字里，都可以感受到那双经过调适的眼睛透射出来的光芒。具体地说，加藤先生将他特有的医学与文学的眼光聚焦到最适当的位置，来审视日本文学的历史。众所周知，当今时代，是科技高度发达的信息时代，随着边缘学科的出现，文学与其他学科，比如哲学、美学、宗教学、伦理学等人文科学，自不用说有着不可切割的血脉联系，而且与相距甚远的医学、生物学等也有着互补作用。加藤先生正是在文学与边缘学科的对应关系中，找到了最佳的接合点，从而发挥他那双"文学眼"和"医学眼"的重层作用。比如，他在一定限度内发挥文学与边缘学科之间的对应与互补的效用，不仅将哲学、宗教学、语言学、历史学等，而且大胆地将医学、生物学的"杂种优生"和"进化论"的原理引进文化论和文学论，创造性地提出了"日本文化的杂种性"的理论，同时，以这种理论指导日本文学史的研究。即研究日本文学史上的本土思想（加藤周一先生称为土著世界观）与外来思想的相互对立与调适、变质和融合，从而形成日本文学的民族特质。

换句话说，加藤先生摆脱了狭隘的文学概念，将文学与诸多边缘学科作为一个合成体，一个相互作用、补充和融合的有机合成的整体，来建立其文学史研究的科学理论，并且以这种科学理论作为基础，创造出一种文学史研究的方法论，从而构建起独自的文学史研究体系。

作为独创的文学史研究的理论和方法论而结晶的《日本文学史序说》，突破固有的带惰性的单一研究模式，在史的结构框架内，以思想史为中轴，纵横于文学的社会性、世界观的背景和语言及其表述法等几个互相联系又不尽相同的环节中，并有重点地切入作家和作品，进行多向性的、历史的动态分析，通过纷繁复杂的文学现象，来把握日本文学发展的根本规律。这样，可以从宏观上准确地把握文学整体内涵的文学思想，对其深层的文化思想做出历史的解释。也只有这样，才可以从微观方面对各种文学现象、各个作家和作品，做出更符合客观实际的分析。

记得十年前，同加藤先生就这部文学史交换意见时，由于对其特色和意义体会不深，发言带上几分感想式的和随意性的色彩。加藤先生没有言语，只是将那双曾令三岛由纪夫害怕的眼睛向我直接逼将过来，仿佛对我的发言要打上负一百分似的。但是，我没有像三岛那样觉得"害怕"。相反地，我从他那闪烁的目光中，看到了一种既严厉又慈祥的批评。因为那双眼睛仿佛在说：再好好思考吧。事隔十年，通过学习与研究日本文化与日本文学的关系，以及写作《日本文学思潮史》时对文学思潮史研究的"立体交叉"研究方法论的思考，再读《日本文学史序说》，尤其是多次在北京、东京，乃至京都与加藤周一先生就建立真正的文学史研究体系进行了无法计时的长谈，对加藤周一先生的文学史研究的指导思想，就有了进一步的自觉认识。1993年我们访日时，加藤先生又重提《日本文学史序说》在我国翻译出版的问题，因为它已被译成英、法、德、意四种语言出版，韩国学者正在翻译韩语。所以加藤先生当时最期待的是出版汉译本和俄译本，并且向有关机关申述："作为这部著作的译者，叶、唐两先生是最为难得的合适人选。"我还记得，加藤先生与我们探讨这个问题的时候，那双又圆又大的眼睛也是直勾勾地逼视着我们。可以看出，这是对我们的期待，也是对我们的信任。

可以说，这部专著是加藤先生那双敏锐的知性的眼睛长期观察的结果，加藤先生走上文坛伊始，就开始思索日本文化与文学问题。他与中村真一郎、福永武彦合著的《文学的考察——1946》，通过与欧洲文学、文化和思想的比较，对战时的日本社会文化进行激烈的批判，同时对日本文化和文学的传统与现代充满了理性的思考。尤其是加藤先生经历过一个艰难的思索过程。战后初期他出于对日本天皇制绝对主义的憎恶，在批判以其为代表的封建文化的同时，将西方文化等同于民主主义，从而提倡全面学习西方文化，存在将传统文化全盘舍弃的倾向。但他留欧之后，将西方文化作为参照系数，用一只眼睛看西方，一只眼睛看日本、也看东方，重新调整了焦距，他的视点自然就落在一个新的方位：首先肯定西方科学技术和民主主义的普遍意义，其次自觉认识日本传统文化及其再创造的不可或缺，传统文化也是有着不可忽视的特殊意义的。从而，他的眼睛在两者的碰撞中找到了调适焦点的所在。上述的"杂种文化论"就是通过这双眼睛的长期审视，从日本文化的一元观转向多元观的结果。

正如加藤先生在《日本文化的杂种性》一文中指出的"明治以来，一兴起企图使日本文化全盘西方化风潮，便产生了主张尊重日本式的东西的反动。这两种倾向的交替，至今似乎依然没有停止。切断这种恶性循环的出路，恐怕只有一条，那就是完全放弃企图纯化日本文化的愿望，不管是全盘日本化还是全盘西方化。"也就是说，加藤先生在"杂种文化"的理论中，既承认"西方文化已经深入滋养日本的根"，同时又肯定使西方文化思想体系发生变化的"这种力量的主体是土著世界观"，即传统文化，从而揭示了和洋文化的冲突变化（广言之，包括和汉文化冲突变化）的基本结构特征。其后加藤先生写了《杂种日本文化的希望》等十二篇文章，结集出版了评论集《杂种文化》，继续探讨日本与西方社会文化的现象，更明确地提出日本文化的基本特征是日本固有的与外来的西方这两个文化要素深深的交融，并结为一体。加藤先生以其锐利的理性的目光直视这个事实，进一步肯定"杂种文化"的积极意义。这一观点成为加藤先生的文化观、文学观的核心，是他观察一切社会文化现象的坐标轴。这种观点，在其后的文化、文学理论和创作中被加以延伸和深化。上述的《日本文学史序说》就是这一过程的最终成果。加藤先生这双经过历史磨炼的"批评眼"，变得像新型手术刀上的"光学眼"，穿透病人的组织层来观察病灶并使用锋利的手术刀来切割病根一样，无情地透视病态的社会和病态的现代，解剖日本社会和文化的不合理现象，从批判天皇制、军国主义，到呼唤人性的回归、正义的伸张。而且用这一"批评眼"透视日本现代化的历史经验与教训，分析了日本现代化过程出现的欧化主义与国粹主义思潮的弊害，以及只注意科技的现代化，而忽视民主主义的建设，忽视传统及其再生的现代意义，因而产生的历史大倒退。诚然，阻碍日本现代化的是天皇制和家长制的封建意识，日本建设现代化，技术文明是重要的，然而这也只不过是一种手段，如果没有民主主义体制上的保证，就很难实现这种手段。但是，如果日本现代化仅仅停留在这两个文化层面上，而没有立足于日本文化传统的创造性转化的基础上，以日本文化传统的合理部分作为根本并发挥其主体作用，那么要完成日本式的现代化也是困难的。即使在这两个层面上实现了现代化，也只能是西方式的现代化，即全盘西方化。所以，加藤周一先生在《现代日本文明史的位置》《现代化何以必要》《关于"赶上"先进国过程的结构——日、德现代史比较》等文章中，总结了日本现代化的正负面的历史经验，建构了日本现代化模式。"日本的现代化，只能采取民主主义原则、技术文明和日本文化传统相结合的形式。"可以说，提出这个问题本身，就是对日本文化思考的深化。

在现代化过程中解决传统与现代的关系，当然也包括文化、文学的传统与现代的关系。加藤先生的眼睛也没有放过这个问题。他非常注意传统的两重性，即传统文化存在非现代性的一面，比如非民主的体制和价值观，同时又存在与现代可适性的一面，比如风土、语言、艺术等。他强调传统文化应去除的是非民主的部分，而保留与现代相适应的部分。在这个基础上，他强调"日本的传统，对于日本来说是创造的希望"，在走向现代化过程中，"时代的变化越剧烈、广泛，创造优秀的艺术就越要在传统艺术的结构中完成"。

如果结合我国现代化过程产生的种种现象，深入思考加藤先生的上述论点的话，那么就不难感到日本传统文化、文学走向现代化，首先是确立对传统的自信，其次是对西方文化的自觉认识。也就是说，一方面，从传统中吸取有益的养分，增加现代文学的深度和多样性；另一方面大胆而善于吸收西方文化，特别是传统中所缺少的现代意识，在更高层次上对传统进行自觉的再创造。这样，传统才能发挥其内在的积极意义以及产生新的活力。

加藤先生以诗歌和小说创作起步而迈上文坛，一发而不可收地展开了丰富多彩的文学活动。他的诗歌在充分发挥抒情功能的同时，也非常注意注入知性与理性的因素。比如，他追求诗歌的抒情性的同时，又没有完全将精力放在诗的押韵上，而是深深地思考诗的表现密度和语感的微妙味道两者的邂逅问题，并且将其思考的结晶，凝聚在其诗笔之中。我们从他创作的短歌和现代诗中，不难发现它们既受到外来诗学理性主义的影响，又有日本歌学传统的自然感情和季节感觉的滋润，正是这二者的有机结合培育着它们的根干和枝叶。按加藤先生的观点，根干是土著世界观即本土文学思想，枝叶是外来文学思想。

他的杂文自不待言。他的游记，比如《意大利印象》《墨西哥谷地的古代》《印度问题》，也是作为旅行者的思想而不是作为一般游记记录下来的。所以，他的游记都是在感性的世界里，展开知性的思索和理性的批判，有着自己独到的风格。

他的小说特色，与以情为核心的传统模式全然不同，是以知性为核心的"知、情、理"结合体，也是文学与诸多边缘学科的复合体。比如，从他的短歌、诗到小说、自传体小说，在抒发爱情的时候，也带上几分知性和理性的思考。比如，长篇小说《在一个晴朗的日子里》，通过作家自己的战争体验，描写了医师土屋太郎、亲友之姐秋子、诅咒天皇制的反战论者荒木等几个人物在战争末期对生活的态度，抗议在枪口下的世界扭曲和扼杀人性的事实，以及描写了战败后人们打破沉重的枷锁所带来的解放感和对未来的期待感，其中穿插了动人的恋爱故事。自传体小说《羊之歌》是从叙述祖父辈开始，围绕着自己的经历、交友、恋爱以及自己的思想形成与发展的过程而展开故事的，其中贯穿了明晰的知性和理性的分析口特别是其中的《京都的庭园》一篇，从在京都爱上了"她"写起，联系到京都庭园的美，从日本的悠久文化又联系到西方文化。为了考察东西方文化的异同，告别了母亲，也告别了恋人，游历法国，寻求新的知识。但作者自己没有想到后来竟长期在欧洲生活，更没有想到随着岁月的推移，自己的生活发生了根本性的变化：自己亲自为之做过手术的母亲逝去了。回到京都的庭园，但没有回到自己相信是那么爱恋着的她的身边。这里写得非常真切，也非常动情。

　　总而言之，加藤先生处理文学的知、情、理的关系时，不失作为文学要素的情，而又充分发挥知性、理性在文学中的效用，非常巧妙地调适三者之间既对立又统一的有机联系，建构一个知·情·理的文学机制，从而形成加藤文学世界的独特性，并创造出辉煌成就。说到这里，我的眼前又浮现出加藤周一的那双眼睛，充满了情，显示了他的感情的丰富和生命力的旺盛；也充满了知与理，表现了深刻的观察和冷静的分析能力。加藤周一的眼睛，印在我的脑海里很深、很深……

1995年春于北京团结湖寒士斋

大江健三郎的父子情

世间许许多多的故事，有喜有悲，有悲喜交集，也有乐极生悲的，唯很少听说有悲极而乐的。但是，日本小说家大江健三郎的故事，却是悲极生乐，而且这不是小说家虚构的，而是小说家本人实际生活中一个真实的故事：他的脑功能障碍儿阿光听懂鸟类的语言了。我听了这个故事，心灵受到强烈的震撼，不由得提起笔，将这悲极生乐的故事写出来。

这个故事得从头说起：大江健三郎生于爱媛县一个森林覆盖的山谷间的小村庄，童年时代，就在那片大森里度过。林中自然的绿韵，成为哺育他的摇篮。当时，他最爱读马克·吐温的《哈克贝里·芬历险记》和拉格洛芙的《尼尔斯历险记》，从这两个历险的故事中，他感受到两个预言，一个是将能够听懂鸟类的语言，另一个是将会与野鹅结伴旅行，于是他便泛起一种官能性的愉悦，自己的感情也仿佛净化了。所以他说，这两个故事的预言，占据了他的内心世界。因而孩童时代的他为自己找到了合理的依据，时常在林木的悠悠的绿的簇拥下进入预言的梦乡。谁会知道，其后二十余年，他的绿色的梦果然成真了。他的听懂鸟类语言的预言，也在现实中出现了。

这就是大江婚后，他们的爱情结晶了。他的夫人怀孕近三百个日日夜夜，他们夫妻期盼着抱一个健康的胖娃娃。岂料孩子一生下来，就是脑功能障碍儿，处在濒死的边缘上。对大江来说，这确是有如晴天霹雳，其受到的打击是凡人都可以想象出来的。他每天守候着静静地躺在医院的特殊无菌玻璃箱里、面对那个毫无生存希望的亲骨肉，曾经在脑子里闪烁过：是放弃，还是尽全力让他的生命延续！这是死与生的抉择，是一个痛苦的抉择。在一闪念之间，望着孩子那个脑袋、那张脸，使他想起埃利德亚的一句话："人类生存是不可能被破坏的"。于是他产了一个坚定的想法"既生之，则养之！"几个星期过去了，孩子仍活着，他确实存活下来了。于是大江在直面痛苦的自觉之后，接受了孩子存在的事实。阿光的小生命虽然延续下来了，但他听不懂人类的语言，也听不懂世上的一切语言。

作家为了自己的生存，也为了尽一份社会的责任，埋头伏案写作的同时，还与爱妻分担一份抚育孩子的责任。一年过去了，两年过去了……阿光的脑功能障碍仍然没有什么变化。阿光来到人世的第六个年头，大江带着六岁的阿光回到自己孩提时生活过的森林谷间的小村庄作短暂居住。一天，他与阿光漫步在撒满阳光的林间，不停地传来百鸟的啾啁鸣啭，这鸟声又不断地传入阿光的耳膜里。阿光的脸部表情露出了喜色，他竟对鸟类的歌声做出意想不到的反应，第一次用人类的语言，结结巴巴地说出：

这是……水——鸟！

大江顿时抑制不住自己的激动感情，也不由得仰天脱口呼喊出：

儿子听懂鸟类的语言啦！

阿光生平第一次发出的断续的话声，大江情不自禁地发自肺腑的呼喊声，在谷间、在林中回荡，在整个天空久久地旋荡。它们像一首歌，动天地，撼鬼神，也搏击着作家自己的心。因为他看到了儿子阿光的希望，就好像在黑暗中看到一缕曙光。

从这时候起，大江感受到儿子为自己实现了自己幼时的能够听懂鸟类语言的预言。也从这时候起，他决心让儿子学习作曲，让他把鸟类的歌声与人类所创造的音乐相结合，走向巴赫和莫扎特的音乐世界。于是他与爱妻全身心扑在这项人类伟大的人文工程上，对这个"可悲的小生命"给予最大的人道主义的关怀。最后，他们终于成功了。阿光成为一位小有名气的作曲家，在人间谱写着他的小生命苦苦地存活下来的音符。

阿光这个"可悲的小生命"诞生的意外事件，以及从阿光的音乐中感受到的"阴暗灵魂的哭喊声"，成为小说家大江的文学生涯的一个重大转折。从阿光诞生的那一年起，大江多次赴广岛，亲眼目睹原子弹爆炸的受害者多年后仍然面临着死亡的威胁，在他的脑子里涌现一个个即将宣告死亡的"悲惨与威严"的形象。这一个个形象又与阿光的"可悲的小生命"的形象叠印在一起，使他品尝到藏在自己心底的精神恍惚的种子和颓废的根被从深处剜了出来的痛楚。于是他把两者命运的生与死有机地联系起来，进行"具有普遍意义的人性"的双重思考，以最大的爱心和耐心将濒死的幼小生命培养成一个很有造诣的作曲家，又以最大的热情和毅力投入全人类最关心的反对核武器的运动。可以说，从年轻时代的成名作《个人的体验》，到晚年获诺贝尔文学奖后问世的三部曲《燃烧的绿树》，都是聚焦在他与脑功能障碍儿之间、与原子弹受害者之间共生的感情上创造出来的。这是对人类生命的关怀。

我听了这个由极悲生乐的"听懂鸟类的语言"的故事，做这样的长考：人类应如何超越"生的定义"这一文化的差异而生存下去呢？

唐月梅作原题为《听懂鸟类的语言》

遨游文学

京洛古韵

　　东山魁夷先生写了随笔《京洛四季》，赞颂了古都的四季，尽抒京都春、夏、秋、冬四季风物之美，真是幸福。我没有享受到东山先生的这种幸福，但毕竟也在京都度过金秋，亲自抚触到京洛文化的悠悠古风韵，遍踏经过近千年后今仍留存的古典《源氏物语》的文学遗迹，也可以算是一种幸运吧。

嵯峨竹林

　　嵯峨位于洛西，傍依古都胜景岚山，《源氏物语》的主人公源氏的活动舞台之一，就在嵯峨。一天，我们专程寻访嵯峨。车抵嵯峨站，映入眼帘的是岚山的苍绿，在云气弥漫之下，仿佛罩上一层薄薄的轻纱，首先给人一种日本特有的朦胧美的感觉。下车徒步不远，就踏上一条由砂石铺成的神路，直接置身于茂密的竹林间。确切地说，神路周围一带都是大竹林，简直就是坐落在一片林海云气中。

　　日本人将这里的竹，称作"真竹"。竹身修长，竹节短小，竹子有的垂直，有的倾斜，短枝细叶，相交相叠，错落有致，显出微妙的层次，浓淡相宜地晕映着广漠的绿野。林间竹摇风起，处处觉着清凉。我不由得想起古代许多文人墨客都写过或吟过这里秋天的竹和雨。俳圣芭蕉的一首俳句，更是出色地形容了此种景象，句曰：

嵯峨绿竹多

清凉入图画

　　心中吟哦着这芭蕉句，我仿佛与绿竹、清凉一起也走进了硕大的自然画框里。走在竹荫的神路上，远近响起高低不同的滴水声，疑是降雨了。细察，却原来是被雾霭濡湿了的竹叶落下的水滴。这声音就像奏出秋竹、秋雨的交响，在我的耳际悠然地旋荡。可是又似一切归于空无，归于平静，让我冥冥幽思，悠然浮起物语文学鼻祖《竹取物语》中的竹姑娘辉夜姬的故事来。它叙述了伐竹翁在竹筒中发现一个三寸小女孩，盛在竹篮里抚养，三个月后成为艳美的少女，取名辉夜姬。从此老翁伐竹时常发现竹节中有许多黄金，成了富翁，许多皇亲贵族来向辉夜姬求婚，乃至皇帝亲自上门抢亲，辉夜姬都不应从。最后在皇帝的千军万马的包围之中，穿上天衣升天，回归月宫了。伐竹翁是否在这片大竹林中伐竹，辉夜姬是否在这里的竹筒里诞生，肯定无史可查，这个志怪传奇的故事和楚楚动人的人物也无疑是纯属虚构的。

　　但置身在这种清幽的意境中，还是尽情展开想象的翅膀，让它平添几分闲寂与幽玄的情趣。

野宫风情

　　穿过长长的神路，便是野宫，外面围着一道小柴垣。拾级而上，里面至今仍如《源氏物语》里所描写的，各处建筑着许多板屋，都很简陋。野宫门前立着一座用原黑木造的鸟居。鸟居者，类似我国的牌坊，所不同的是，它们最初是木造结构的。据说，这是日本的第一座木鸟居，材料使用很难得的柞木，日本人称之为"真木"。虽然现今每三年更换一次木材，但仍然保留着原木带树皮的鸟居的原始形式。

所谓"真木"，真者就是自然与真实，日本人自古以来爱自然，嫌人为，这是日本人对美的一种特殊感受。所以真木鸟居都含有丰富的艺术性。自远古王朝以来，许多男男女女为了摆脱权力纷争或爱情纠葛，大都躲避到嵯峨野来。这种犹存的古风韵又把我们带回到近千年前《源氏物语》的世界。源氏之妻葵姬与妃子六条彼此嫉妒，六条妃子为了切断与源氏的情丝，与女儿斋宫下伊势修道之前，来到这里"洁斋"。9月六条行将赴伊势之际，此时已痛失爱妻葵姬的源氏，又为六条妃子之事伤心，为了表达他的一片真情，于是不顾禁忌，擅越神垣，踏入野宫这块斋戒之地，在秋夜的野宫廊下隔帘与六条妃子相晤，两人愁绪万斛。加上其时凉风忽起，秋虫乱鸣，其声哀怨。此情此景，最好互相吟歌表达他们的情怀。源氏吟道：

　　　　从来晓别催人泪
　　　　今日秋空特地愁

　　六条妃子勉强答歌曰：

　　　　寻常秋别愁无限
　　　　添得虫声愁更浓

　　这赠答歌实是感伤至极。当我立在古朴真木鸟居前，原木的芳香扑鼻而来。神橱里的幽微的火光闪烁地映入眼帘，凄厉的秋虫声和竹风声盈溢于耳，不禁令人领略到那个时代的世态炎凉与无常。我边走边想着作者紫式部笔下所描绘的源氏与其妃子六条在这里幽会的缠绵悱恻的情景，仿佛还可以听见他们两人心灵的颤动。当年为悲恋而哭泣的六条妃子之所以躲到嵯峨的心情，也就不难理解了。

今天我们站在日本古代文学的遗址上，抚触到一颗流贯于悠久的传统文化的日本心，思索着它的源流，感受到野宫古风的余情余韵。

式部故居

清晨，秋雨刚止，天色放晴。打开窗户，极目眺望，远处岚山峰峦，经过一场夜雨的冲刷，浓淡有致地着上靛蓝色，洁净得可爱。我怀着极大的兴趣走访紫式部故居。

紫式部的故居遗址，据四辻善成著的《河海抄》记载：式部的旧址"正亲町以南，京极西颊，今东北院向也"。著者此书是于贞治（1362—1368）年初奉二代将军足利义诠之命撰写的，书名取自《史记·李斯列传》中的"河海不厌细流，故能成其深"。这是一本《源氏物语》的注释书，乃紫式部殁后三百余年所著，似应接近历史的事实。唯年代久远，物换星移，现今式部故居何在，考古学家和源学家众说纷纭。

如今根据考古学家角田文卫考证，推断的紫式部宅邸遗址是"平安京东郊中河之地"，即现在坐落在上京区寺町广小路上。也许就是当时《河海抄》所载之地吧。我们驱车按址寻访，来到了卢山寺前下车，走进寺院境内，穿过绿树掩映的小径，踩踏沙砾的脚步声，在幽静的天空清脆地回响。走不多远，就是一座高台木造结构的古老建筑物，古雅的灰白墙与境内杂木林参差的群绿，在雨后秋阳的辉映下，洋溢着一股秋的自然的清新气息，仿佛呼吸到的都是绿似的。我们抱着亲切的心情，走进了这位伟大的女作家生活和工作过的地方。

现在宅邸内陈列着据说是紫式部遗物的复制品、手稿墨迹复制品和《源氏物语绘卷》的断简等，展品十分丰富，很有史料价值。我们一边细心观看，一边认真做笔记。紫式部这位才女正是在古都这一隅写下了名留千古的《源氏物语》《紫式部日记》《紫式部集》，创造了平安时代文学和文明的辉煌。我立在这一隅，从中感受到了平安时代的气息，整个身心完全沉浸在紫式部的《源氏物语》所描绘的平安王朝的美的世界和光源氏那不朽的故事中。这瞬间，也只有在这瞬间，眼前展现出一幅悲哀的平安时代的历史画卷。也许这是由于出自占据着我心灵的、对紫式部和她的《源氏物语》那份情结吧。

展厅和院内一律禁止拍照，当管理人员知道我们是源学研究者，特别是知道我们是来自与紫式部文学有着血缘关系的一海之隔的邻国，便欣然破例地让我们在高台走廊上，拍摄了立在庭院花草丛中的"紫式部宅邸址"碑和"紫式部显彰碑"，以作为对这位于1964年被联合国教科文组织选定为"世界五大伟人"之一的文豪的纪念。

据考证，这座宅邸是紫式部的曾祖父权中纳言藤原兼辅卿（堤中纳言）所兴建，故宅名为"堤第"。紫式部原名为藤原，名字不详，一说为香子，是宫中的女官。因其父兄曾任式部丞，按当时的习俗，宫中女官往往以父兄之官衔为名，以示身份，故称为藤式部。后来她写了《源氏物语》，书中女主人公紫姬为世人传颂，遂改称紫式部。她的曾祖父、祖父、父亲都是歌人，父亲兼长汉诗，对中国古典文学造诣颇深。幼时的她，正是在这宅邸里接受家庭的文学的熏陶。后来孀居的她，应左大臣藤原道长之召，入宫当了天皇中宫的长女彰子的"侍讲"，教授汉文学，尤其是讲解白居易的诗。因而式部有机会直接接触宫廷的生活，对宫廷内幕和妇女的不幸有了更多的了解，孕育着她的文学的胚胎。这时的她，在这宅邸里以其神来之笔，撰写了世界最早的一部长篇小说，完成了古典的"物哀"日本美的创造，影响着一千年来自己民族的审美价值取向。我们怀着一股崇敬之情，用毛笔在留言册上写下这样一句话："紫式部是世界的伟大文学家，我深为她的《源氏物语》所感动"。然后依依不舍地离开了这诞生伟大作家和伟大作品之地。

谒式部墓

我们参观紫式部故居的翌日，乘兴拜谒了紫式部墓。紫式部墓之所在，《河海抄》也记载道："式部的墓在云林院白毫院之南，小野篁墓之西也"。我们穿过白毫院之南的喧闹的堀川大街上的一条不长的小巷，避开了尘世的喧哗，通过一扇小门，进入高墙围绕着的无人的静寂空间，紫式部墓就展现在我的面前。

紫式部墓只立了一块简素的墓碑，虽说是伟人的墓地，却是一堆土坟，由苍劲葱茏的长青松柏护掩着。据史籍记载，白毫院原是云林院的后院，寺院毁于应仁之乱（1467），天正年间（1573—1591）将墓前的一座十三层供养塔移至千本阁魔堂。据友人说，它如今还残留在千本大道鞍马口下西侧的这一寺院里。

这位冠绝古今的伟大女作家，超越历史的距离和时间的推移，静静地长眠在大和万古不变的风土中。正如古籍记载的，式部墓之西侧的确还并立着一块显示"小野篁墓"的墓碑。入门处摆放着留言册和柱香。我题写了"伟哉紫式部，名垂千古"几个字，点燃了一枝心香献在墓前。

立在紫式部墓前，面对这千古遗迹，百代盛衰，我思绪翩跹：一个在封建枷锁束缚下的弱女子，为什么竟能用她的笔，写下了如此众多妇女在爱情和婚姻问题上的如此悲惨的命运？它，又让我溯源到紫式部的青春时代。当一个已拥有几个妻妾和二十六岁的长子的筑前守藤原宣孝向她求婚时，她面对这个岁数足可以当自己父亲的男子，便决然地与赴越前任职的父亲一起离开了京城，逃避了她无法接受的这一现实。可是，当宣孝追赶到越前再次向她求婚时，她的芳心被打动了。婚后翌年，她生了女儿贤子，再过一年丈夫宣孝辞世，她的短暂的结婚生活，由于失去了爱的对象，而使她对现世的爱憎得到了净化。也许正是这种命运的邂逅，激发了她创作《源氏物语》的热情吧。

谒紫式部墓，我的心情久久平静不下来。回到住所，情不由己，又拾起携带在身边的《源氏物语》读了起来。紫式部在"宇治十回"写到浮舟受爱情困扰之时作歌慨叹："身如萍絮难留住/欲上山头化雨云"；"身生此世浑如梦/不赴古川看二杉"。读至此，紫式部的心与浮舟的心，在我的脑海里叠印在一起了。

我掩卷遐思，不由得透过二楼的窗，把视线投向掩没在屋宇与树丛之中的紫式部墓的方向，远方日头的阴翳掠过我的心间。我也恍若步入幻境，是宁静，也是激情。

残篇断简

日前我们造访龙谷大学的时候，承蒙该校文学系主任秋本守英教授的热情接待，并就《源氏物语》进行学术交流。我们谈紫式部的不朽的功绩，也谈《源氏物语》的世界地位和与中国文学的历史联系。

秋本教授知道我曾担任丰子恺中译本《源氏物语》的责任编辑，眼下在做《源氏物语》与《红楼梦》的比较研究课题，我们的谈话更投入了。突然间，他离席领来了图书馆馆长介绍给我们，让我们进入古籍书库。这个书库虽不大，但双重铁门，就像一个坚固的大保险铁柜，库中只收藏古籍。进库要穿上白大褂，戴上白口罩、白帽、白手套，要求俨如一个医生进入无菌的手术室一样严格。

我一步入书库，馆长立即从一个大保险柜轻手取出作为日本国宝珍藏的《源氏物语》的残篇断简，不紧不慢地放在一张铺上洁白桌布的大书桌上，由馆长亲手轻轻翻页。赫然面对，我暗暗称奇。馆长大概看见我的诧异神色，很快做了肯定的解释。的确，若非亲眼所见，是没有人会相信这真是近千年前紫式部的手迹！

我屏住气息，目览那残篇的迤丽手迹，那断简的古典密度的表现，仿佛透出哀伤的吟歌声和凄厉的哭声，合成一种不可名状的音调，久久地在我的心间回响。这时候，不由得让人心中浮起一个个物语的悲恋故事，以及展开一幅幅平安王朝的历史画卷。心想：假如没有作家紫式部的悲剧命运，假如没有封建时代一夫多妻制下千千万万妇女的悲剧命运，假如没有平安王朝盛极而衰的历史演进，会有紫式部笔下众多像浮舟这样的悲剧人物形象吗？我想：如果不懂得《源氏物语》的深刻的文化内涵和美学底蕴，就不可能正确解读这部世界上最早的长篇古典小说。这部影响着近千年间的日本文学的"物哀"精神和古典美，深深地渗透到我的内心底里。我还想：丰子恺先生如此传神把将它翻译出来，正是准确地把握了这一点，才能如此妙笔生辉。丰子恺先生在《译后记》将这一点写了出来，实是独具慧眼。

我们在古都探访了紫式部及其《源氏物语》的遗迹，还寻访了从平安朝的皇宫——御所、14、15世纪室町时代的金阁、银阁和历代的古刹，摩挲京洛的千年面影，我的心被这些古迹的魅力所感染，被这些不朽的古文化之美所震撼。结束这次京洛文化之旅，情不自禁地作试诗一首，以兹纪念。诗曰：

京洛文化古风韵
悠悠牵动旅人心

原载《扶桑掇琐》

宇治川的悲歌

在京都月余，天天为研究课题查阅文献、搜集资料，与有关学者交流学术，少有余暇。但寻访有关《源氏物语》的文学遗址也是我们的研究计划的有机组成部分。所以离京都赴东京前数日，我们集中走访了作者紫式部的故居，拜谒了紫式部的陵墓，参观了这部小说的大舞台——平安王朝的皇宫等。尤其令人不能忘怀的，是走访了宇治市与《源氏物语》有着密切关系的地方。

宇治市位于京都的东南，平安时代的皇室贵族在那里兴建了不少山庄别墅和游猎场。它又是与静冈齐名的日本茶产地。但我们向往的，是女主人公之一浮舟投河自尽的宇治川和源氏原型之一的源融氏的宇治山庄旧址。

访宇治市那天，一场秋雨刚过。我们仍按计划从京都三条站乘上京阪宇治线电气列车至中书岛，再倒一站车就到达宇治市。出站走不多久，便到了川流于宇治起伏丘陵间的宇治川和横跨两岸的宇治长桥。据记载，宇治长桥是由奈良元兴寺高僧道登兴建于大化二年（646），堪称日本第一桥，全长153米。我们站立在宇治长桥上，顿觉宇治川中水势汹涌，其声凄厉可怕，不禁勾起了对《源氏物语》女主人公浮舟的悲惨故事的回忆。当时浮舟曾经遥望着宇治长桥，抱着悲伤的心情，对将要遗弃她的人说："浮舟随叠浪，前途不分明。"浮舟之名也是由此而来的。

紫式部笔下的浮舟实是可怜。她是宇治亲王奸污了一侍女所生下来的，母女遂被亲王遗弃。浮舟长大后，在遭源氏的继承人薰大将和丹穗亲王的爱情作弄后，由于身份卑微，复被薰大将藏匿在荒凉的宇治山庄，然而仍旧摆脱不了他们两人的羁绊。一回薰大将来到宇治，浮舟满怀忧惧，薰大将赠歌安慰她曰："千春不朽无忧患/结契长如宇治桥"，然后说，"今日你可看见我的真心了吧？"浮舟答曰："宇治桥长多断石/千春不朽语难凭"。最终浮舟这个弱女忍受不了现实的无情，纵身跳进了宇治川流中。她意外得救后，隐居在小野草庵。她习字的时候，还写了一首歌："我欲投身随激浪/谁将木栅阻川流？"如今上游还有"宇治桥姬"的遗迹，相传那是守护宇治桥的女神化身。

踏上宇治桥头，首先想到桥姬的传说不知与浮舟的故事是否有什么历史的联系。宇治十回从桥姬写起至梦浮桥结束，一说浮舟从桥上跳水自尽。这样，桥就象征着生死界。守护宇治桥的女神桥姬与浮舟就有了联系的依据。一说桥姬是宇治桥下的守桥神，与山边的离宫神相恋，每天夜里离宫神悄然而来，与桥姬神相会，但时间短促，黎明的曙光，把宇治川上的浓雾驱散，男女两神只好悲伤地别离。宇治人很爱这个美丽动人的传说，他们觉得宇治川的流水声仿佛是离宫神悲哀别离而去的脚步声。因此人们认为如今黎明时分，宇治川流水声特别哀切和凄厉，也许是由于这个缘故。在这里也有一说，桥姬是浮舟，离宫是指薰大将和丹穗亲王两人。

如今在宇治川左岸还有桥姬神社遗址。传说兴建宇治桥时，从上游樱谷将濑织津姬请到桥上的三间处，开始在这里兴建了社殿。明治三年（1870）一场大洪水把神社殿宇冲垮，现在只有两柱黑木乌居悄然立在遗址的石堆上，还残留了昔日的孤寂和凄冷的神影。

记得早些时候与中西进教授交谈，他认为浮舟可以作为桥姬来考虑，其理由是《源氏物语》两次出现桥姬的名字，一次在"桥姬"卷，薰君给大君赠歌曰："浅滩泛小楫/滩水沾双袖/省得桥姬心/热泪青衫透"。一次在"总角"卷，丹穗亲王给中君赠歌曰："恩情无断绝/艳似桥姬神/恐有孤眠夜/中宵泪沾襟"。大君、中君相当于浮舟的姐妹，并以她们比喻桥姬，桥姬在这里的一生，也就是浮舟的一生。我补充了一点，中君对丹穗亲王的答歌"因缘长不绝/誓约信今宵/愿得恩情久/长如宇治桥"，也反映了丹穗亲王与浮舟在这里的一段情。丰子恺先生将这些歌译得非常美，准确地表达了人物的那份哀情。

宇治桥二百米的河川中央、昔日宇治山庄的东北方向，有一个叫橘岛的浮岛。《源氏物语》中描写丹穗亲王与浮舟常划小舟到这里幽会，丹穗亲王面对所谓绿色千年不变的橘树，吟诗一首曰："轻舟来桔岛/结契两情深/似此常青树/千年不变心"。可是，浮舟对这表白不无忧惧地答诗云："岛上生佳橘常青不变心/浮舟随叠浪/前途不分明"。我们立在宇治桥三间处，凭栏远眺，这小岛形似一大岩石，掩映着许多常青的橘树，在浓雾的笼罩下，迷迷蒙蒙，仿佛轻抹上一层薄薄的面纱，愧羞在人前露出她的庐山真面目。可是她的姿影倒映在水上，简直就美得像一幅淡雅的水墨画。

13世纪初镰仓时代问世的名著《平家物语》"宇治川夺魁"一节中，在叙述二武士于橘岛争当宇治川的先锋，也有一段对宇治川和橘岛的精彩描写，但我对这些武夫之争的故事毫不感兴趣，也无心去考究，还是溯宇治川而上，企图寻找到浮舟投川的地方。其实即使有浮舟这个人物的原型，但已经历了悠悠岁月，何况又经过小说上的渲染，谈何容易。川的左右两岸雄峙朝山、真尾山，峰峰没入苍茫的烟云里。不用说，蜿蜒起伏的丘陵也都深锁在云雾中。远山近川展现出一派日本式的朦胧美，真如《源氏物语》中所描写的一派"云探山峻兼秋雾"的景象。

我们愈往上游走，云雾就愈浓。灰白色的天空，一望无际。

长雨过后，宇治川的水量更丰，川面胧朦得也好像无边的境界。空气凝重，飘忽的细雨时下时止，可谓恍如苏东坡诗云"山色空蒙雨亦奇"之景象。立身此地，眺望着笼在远远两岸山峦上的蒙蒙雾霭，听见伴风飘来的凄厉的川涛声，以及空中飞鸟的悲鸣，凡人不免触景生情，还是会涌起一股无可名状的空寂感的。

我第一次看到雾中的景色是那样的空蒙，那样的忧郁，又那样的虚无缥缈，难怪有人说秋天会使人多愁善感，此刻自己仿佛也投身《源氏物语》的凄楚的故事中，陷入了淡淡的哀愁。我在川边流连徘徊，竟然泛起了苍凉的思愁。小说的浮舟是否会随着那段历史的终结而消逝？可以说，宇治川的流淌，见证了不灭的历史。一个近十个世纪前的女作家用敏锐的目光，以宇治川的确实存在，构建了这样一个楚楚动人的故事，并且展示了平安王朝一段盛极而衰的历史。那个时代即使相隔近千载，现在看到了这条川，仍然觉得女作家笔下的功力是非凡的。

宇治川左岸有块广阔的土地，据说是源氏的原型源融的别墅，也就是紫式部所写的"宇治十回"的舞台——宇治山庄。紫式部曾多次访问过这个山庄，并且从这里眺望过宇治川的自然景象，这就不难想象她之所以选择这里作为她最用心力塑造的浮舟的活动舞台了。其后阳成院将源融别墅改建了行宫，称宇治院。又其后成了藤原道长的宇治别墅，称平等院，一直沿至今日。我们也顺道前往参观了平等院。这是11世纪中叶的一座大庭园，据说占据了当时宇治町的一大半面积。这是平安时代遗下的唯一建筑物。园内建筑，以凤凰堂为主体，还散有各式院、堂、塔。它采用了借景造园法，以御堂、阿字池为中心，依托宇治川的清流和园前的群山作为背景，人造景物与自然景观浑然相融，真是美的极致。踏足其间，用心灵去感受，去仔细谛听，仿佛还可以听到浮舟的哀号，也还可以听到紫式部在絮语平安王朝那段历史的悲剧故事……

有关源氏的原型是源融的问题，与中西先生交流，他是持否定态度的。游平等院，却无心观赏它的古老建筑和秀丽的景物，而仍在遐想着源氏其人，那就是如果将这个人物分解的话，就会发现也不完全是虚构的。式部在《紫式部日记》中所列举的源氏的史实，与道长以及伊周、赖通等人的性格、容貌、言行、境遇乃至某些事件都是十分相似的。所以有一说源氏流放须磨，是以道长之长子伊周左迁作为素材的。思索这个问题，不仅在于追寻源氏这个人物的原型，而在于思考紫式部通过丰厚的生活体验，敏锐地观察到当时社会的世相，以这个社会盛极而衰的转折期为背景，以源氏的恋爱生活为焦点，从内面揭示了历史发展的必然趋势。所以这部古典名著的影响才得以超越时空，流传至今。

从宇治返回京都的列车上，回忆起数天前与硕学者加藤周一先生围绕日本文化与文学正式访谈时的一段话："一部优秀文学作品，无疑是反映问世时候的社会背景、时代精神，却又能超越历史，但同时也会受到历史局限。《源氏物语》通过男女的爱情生活，反映社会的变化，它不是肤浅的言情小说。"

的确，影响着近千年日本文学的《源氏物语》，有着丰富的文化内涵和很高的审美品位。如果不把握这点，是很难理解它的真髓的。

宇治的寻踪，学者的交流，一直在我的思索中延伸，在我的工作中继续。

原载《扶桑缀琐》

两宫漫步

在这里所说的两宫，是指京都的桂离宫和日光的东照宫。

一些人提起桂离宫，也许就会很容易地联想到它像颐和园、避暑山庄等中国离宫那样，首先也许会想象映现眼前的是一扇厚重的大门，围上一堵高大的红墙，显露出威严和豪华的气派。一位散文家访问日本后撰文称：来到日本，没有到过东照宫就不算是到过日本。这也许是一种误解。事实上，桂离宫和东照宫反映了和汉两种不同的审美价值取向。

桂离宫又称天皇的"无忧宫"，是智仁亲王兴建于1620年的八条宫家的别墅，花费三十五年的岁月才完成，位于京都近郊。1958年有机会随代表团访日，第一次游览桂离宫时，与我国的离宫建筑迥异，不禁愕然。但随团游览，走马观花，加上对日本人的审美意识一知半解，第一印象只是桂离宫虽是离宫，却没有丝毫的威严感和豪华感。

时隔四十年，我们经过系统学习日本美学史，作为学者重访桂离宫，就带着一种审美的情趣，一种中日美学比较的审视意识，漫步于这座简朴但占地约五万六千平方米的日本离宫，感受就大不相同。桂离宫的竹编的门，芭茅草葺的屋顶，连着大门的是一堵竹篱笆，与北面的穗篱笆相连，由纤细的竹枝和一劈为二的大竹组合，俗称桂垣和穗垣，是桂离宫有名的篱垣。它显现出一种不均衡的美。

走进里首，掩映着一片茂密的树林和竹林，仿佛进入了一派寂境，首先给人留下质朴、轻巧和清纯的印象。离宫中央，引桂川的水营造了一个"心"字池，池畔屹立着古书院、中书院、御幸御殿、月波楼、松琴亭、赏花亭、园林堂、笑意轩等建筑群，多集中在西侧，雁行式的配置。这些建筑物矮小，却十分精巧，是清一色的白木结构，草葺或树皮葺人字形屋顶，加上白墙、白格子门，排除一切人工装饰、涂色和多余之物，且布局简练，洁净利落，一切顺其自然，将其推向朴素、简明的极限。同时建筑物各异其趣，彼此相辅相成，使整个建筑群自由地融会结合，但各部分建筑又具不同样式，保持各自的艺术独自性。东侧主要是池与泉。庭园整体与外部自然景物达到了高度的调和。

作为桂离宫中心部的上述建筑群，与起伏的地形、水池、岛、桥、石、树等有机组合，使人工性与自然性极其巧妙地调和起来，融为一个完全不可分割的空间，使造型与空间浑然一体。创作者为了实现整座离宫的整体性，非常注意着力体现纯正清雅的精神；既表现皇家的尊贵又发扬简素的传统空间艺术美的特质；同时，充分发挥这样众多的建筑群的各自的机能性，如书院、御殿、茶室、观景台等等功能，使其各具实用性而又达到完美的统一。

时值秋季，红叶山的枫树，枝丫披上了红叶，漫天尽染红彤彤。与红叶山对峙的苏铁山上，凤尾松高耸，枝叶亭亭如盖，漫空笼翠。秋阳相辉，满眼是红又是绿。这种景观，更富于色彩的变化，给人一种红叶绿叶两悠悠的闲情逸致。尤其是园中简朴自然的建筑融入大自然的秋景中，当落叶纷飞时，使人涌现一缕缕淡淡的哀愁。这是符合日本人在秋的时节表现多愁善感的审美性格的。

我们漫步园中，深感它的明显特色是：质朴而近乎自然，非对称性而近乎不完整乃至残缺，且小巧而几近纤弱。这种审美情趣不重形式而重精神，是从禅宗"多即是一，一即是多"的思维方法的启发而产生的。它表现的平淡、单纯、含蓄和空灵,让人们从这种自然的艺术性中诱发出一种空寂与闲寂的效果,产生一种幽玄的美。当我们欣赏日本的建筑艺术时,也许只有把握它这种传统的美学精神,通过反复不断的观照,静静的冥想,才能进一步体味它在自然的简素中所展现的细部的精细美和内部潜在的精神美吧。如果只从形式来观赏,乍看就会觉得它实在平凡无奇,简单得恍如一户户农舍,绝对体味不到它在至简至素的状态中所显现的美的意境。

日本民间流传这样一个故事:兴建桂离宫时,日本建筑艺术又掀起模仿中国建筑艺术的第二波,尤其是权势者纷纷效仿中国建筑那种恢宏壮丽的建筑模式。可是当时承担桂离宫设计的建筑师小堀远州为了保证这座桂离宫体现日本建筑的艺术精神,竟敢冒天下之大不韪,向皇家提出"三不条件":(一)不能下达任何有关设计的旨意;(二)不能催促工程进度;(三)不能限制建筑经费。其实创作者的真正意图集中在设计精神上,即确保这一艺术设计的绝对的创作自由,以摆脱当时某些设计者屈从权势而建造宏伟、华丽的中国式皇家建筑风格,坚持运用日本至简至素的传统精神和传统技法,以图保证这一建筑达到最大单纯的艺术效果,最大限度地具现日本独特的传统美。

一位西方学者参观桂离宫后,将欧洲的宫殿与桂离宫对照,说:欧洲的宫殿,规模大的自不用说,即使规模小的,也以其奢华、艳丽而突出强调宫廷生活与庶民阶级的明显差距。日本的桂离宫虽然也有宫廷生活,但这里完全否认从欧洲建筑所看到的那种阶级差距,它比任何日本建筑更具纯雅的趣味和优美的结构。实际上,桂离宫最具庶民性。

桂离宫相承伊势神宫的古典建筑文化的传统,是一庭园与建筑的综合艺术,被称为"日本独一无二的天才建筑","冠绝文化世界的唯一奇迹"。在日本建筑艺术发展史上，是继伊势神宫之后达到的第二个高峰，它与伊势神宫珠联璧合，堪称为日本建筑艺术的精品。

与桂离宫的建筑模式相反，位于日光的东照宫（俗称日光庙）模仿中国皇家建筑的浮华模式，它既没有伊势神宫那种单纯的结构和高度的明澄，也没有桂离宫那简洁的设计和材料的质朴的美，而一味追求一种过度的装饰和过度的浮华的美。

东照宫兴建于1634年，是德川将军家的建筑。其建筑艺术思想是放在夸耀恢弘壮伟的内里所蕴含的权势高贵和威严力，是靠权势构建的艺术。整座东照宫沿袭了桃山时代的豪华色彩，到处都人工饰上金器，泥金画，屋檐瓦敷金箔，屋柱深赤色，屋顶斗拱也涂红、绿、蓝、黑、白、金等，墙壁、门扇上雕有龙狮花鸟，充满了富丽的色彩和华美的雕刻，显得金碧辉煌，代表将军建筑艺术的追求，但却有违日本自古以来形成的建筑艺术的传统美。

大概是由于受到观光宣传的误导，或者不大熟悉日本人的美意识本质的方面，有的外国游客参观东照宫之后，赞叹不已，以为它是代表日本建筑艺术的美。但是，在日本人的美意识中，只有伊势神宫和桂离宫才堪称代表日本建筑艺术美的双璧。我们到了东照宫，乍看东照宫会引起一阵赞叹，但它不堪冥想，一回味就什么也没有了。而面对桂离宫，如果没有思维，就什么也不能发现。也就是说，欣赏日本空间艺术，要用心去体味和感受，才能领略其美来。可以说，日本人对空间艺术美的追求，与其他文化形态的美的追求一样，强调精神而无视形式，努力在任何简洁的形式中寻求精神实质的东西，其美的价值和意义也在于此。

一位外国学者参观桂离宫和东照宫得出这样的结论：在同一时代，日本拥有两种绝对的对立物，呈现了一面世界上独一无二的镜子。也就是说，这里有以自由的精神创造的自由艺术，也有唯命是从的杂多因素的累积，而且这绝非限于艺术。日本的建筑文化要高扬的莫过于桂离宫，低下的莫过于东照宫。东照宫是未能消化的舶来品，与此相反，桂离宫是从精神上消化、吸收了当时存在的一切影响而产生的作品。

我漫步桂、东照两宫，深有同感。

选自《樱园拾叶》

秋来访庵舍

中秋时分，我们走访了芭蕉庵和落柿舍。这庵舍是芭蕉及其弟子去来曾居住之处，我们想到那里去直接抚触俳圣那颗闲寂风雅的心，去直接体味他及其弟子的俳句所表露的真情。

说起芭蕉庵，有深川和洛东两处。一处是中年的芭蕉不满金权政治横行于世，超然于繁杂的仕官，离开了喧嚣的江户，先到了江户郊外荒凉的隅田川畔的深川，甘于忍受着最底层的生活困苦，隐居草庵。正是从草庵的生活开始，他潜心作句，钻研俳论，开创了俳谐的一代新风——"蕉风"。芭蕉门下为表达对恩师的崇敬之情，在庵门前移植了一棵芭蕉树，长得茂盛，便起名芭蕉庵。门人在芭蕉叶下赏中秋明月，芭蕉写了《移植芭蕉词》：

> 新庵院内赏明月
> 月光洒满芭蕉叶

并吟咏此句以助兴。此庵两次毁于江户的一场大火。芭蕉为两度重建此庵又作了《二度建置芭蕉庵》：

> 身如古柏不凋零
> 闲寂草庵听雪声

我从这些句中切身领会到俳人的意境，对他的一生经历风雪而不屈不挠的人格更觉伟大，他的一生轻蔑名利的隐士生活更感动人心。

我走访的芭蕉庵是位于洛东佛日山金福寺境内的一处，原是铁舟和尚居住的草庵。芭蕉晚年，孤身到各地旅行，在漂泊的生活中进行艺术的探索。他来到洛东金福寺，结识了铁舟和尚，住在佛日山后丘的这间草庵里，与铁舟和尚谈禅，吟句，论闲寂风雅之道。两人情投意合，铁舟和尚遂将此无名的庵称作芭蕉庵。

此后过了七十年，崇敬芭蕉的俳人与谢芜村再访金福寺时，目睹此庵已经完全荒芜，十分惋惜，遂于安永五年（1776）重建，并于此处主持句会。这点，与谢芜村在金福寺的遗文《洛东芭蕉庵再兴记》中有详细的记载。这篇遗文是芜村学习了芭蕉的《幻住庵记》和《嵯峨日记》有感而作。这是一篇传世的名文，如今成为俳文学的教材之一。

芜村正是在这里继承芭蕉的俳业，写下了许多杰句，并在重建芭蕉庵三年之后，于六十四岁上画了一幅非常传神的"芭蕉翁像"，唱出"耳目肺腑铭感深/魂牵梦系芭蕉庵"的佳句，以寄托对先师芭蕉的敬佩和怀念之深情。可以说，此庵寄托了两代名俳人的诗情，是他们在艺术上达到圆熟的地方。

秋阳辉映，半掩在苍翠的古树下的芭蕉庵，虽经荒废而重建，且时移代换，但至今古风犹存。这间草庵面积狭小，泥墙、竹窗、木板门，立着几根原木的柱，支撑着芭茅草葺的庵顶。立在庵前，不禁忆起芭蕉清廉高洁的一生，仿佛芭蕉闲寂风雅的诗心搏击着我的心。我不由得深深感到芭蕉不是消极无为的隐士，相反他确保了自我，确保了精神的独立与自由，纯粹地献身于文学艺术。可以说，这是芭蕉对人生的一种积极的姿态。

我们还拜谒了建于佛日山后丘上的芭蕉墓，墓距芭蕉庵左侧数十步之遥。我们沿着碧绿森森的小径，走到芭蕉墓前。这是一座古朴的土坟，坟前立着一块同样古朴的碑，上面书写着"芭蕉翁墓"几个苍劲的字。此时我脑子里浮现出芜村的《芭蕉翁墓述怀》句:"我死葬碑旁/亦愿作枯芒。"这是芜村拜谒芭蕉墓之后的述怀,抒发了后生对这位俳谐先师尊敬崇拜的心情。我们在墓前献上一束素白的小花,也聊表对这位名垂千古的伟大俳人的怀念之情。

访芭蕉庵而不访落柿舍,是芭蕉文学游踪的一大憾事。于是我们马不停蹄地从洛东跑到洛西。

落柿舍是蕉门十哲之一的向井去来的家屋。据说,原先是一个名叫三井秋风的隐居地,去来是从他手里买过来的,位于洛西嵯峨小仓山上。现留下芭蕉《先手后手集》一文的真迹记载,它是坐落在"下嵯峨灌木丛中"。后人重建于1775年,编了一部《落柿舍日记》,记录了它的变迁。据云:菊亭家在庭院前发现了一块上书"落柿舍"三个字的匾额,便将它搬到嵯峨小仓山麓的弘源寺旧址,在那里再修建了落柿舍。去来留下了"落柿舍句"的墨迹,还有去来的《落柿舍手稿》和落柿舍句的短册。去来辞世后,每年在他的忌辰都修缮一次。

芭蕉结束奥州小道之旅后,经伊贺上野、奈良,漂泊京都期间,曾一度客居此舍,并继名文《笈小文》《奥州小道》《幻住庵记》之后,在此写了另一篇有名的俳文《嵯峨日记》,记录了自己隐居读书、作句,在这种清寂的自然环境下闲居的心境,以及与去来等高门弟子的共同的艺术生活中思考创新俳谐的实情。

芭蕉与去来这对师徒的关系是很不寻常的。芭蕉超越贞门、谈林俳谐的俳风,创立了"风雅之诚""风雅之寂"和"不易流行"新风。但芭蕉自己未发表过系统的俳论专著,他的观点只是片言只语散见于讨论句、俳文或书简里。他的创造性的俳论,都是通过他的高足著书论说而承传下来的。去来的《去来抄》是其中重要论著之一,它对于蕉风俳句的理论建设是重大的。

我们来到了嵯峨小仓山，那里散落着一户户古老的民家。山下一间简素而窄小的茅草屋舍，沐浴在秋阳之下。屋前舍后周围的柿树挂满了红色的果实，几乎把枝丫都压弯了。梧桐树、朴树、枫树、樟树、斛树、山茶花、梅花杂在柿树之间，万绿丛中，阳光辉映，柿子的鲜红与屋墙的灰白十分调和，显示出一种闲寂的美。这时，我想起芭蕉在他的《嵯峨日记》一文最后吟了这样的句：

> 梅雨连绵洇色纸
> 灰白壁面留痕迹

这俳句充分表达了芭蕉客居落柿舍时对自然与人生的彻悟的心境。据说，以芭蕉为首，当时的诸家俳人还写了许多有关落柿舍的发句和连歌，合集出版达数卷之多。可见落柿舍在俳人的心目中不亚于芭蕉庵。

"落柿舍"这茅草屋舍的名字，缘于江户时代某商人与舍主相约好买此庵前种的柿子，可是一夜之间一阵大风把几十株柿树的柿子全部吹落了，舍主故取此名。舍门还挂着一块原木的横匾额，书写着这一舍名。但这块匾额是否是菊亭家发现的那一块，则无从考证。不过还是给人一种古韵悠悠的感觉。眼下门前的灰白墙上悬挂着一顶斗笠和一件蓑衣。我不明白那具有什么象征的意义，询问了看守屋舍的人。他说，当时去来挂上这两物件是表示舍主在屋之意。

庭院围着一堵低矮的竹篱笆，院内立有去来的关于岚山的句碑。句曰：

柿子屋矮近树梢

苍翠岚山相辉照

　　落柿舍的情状与以附近岚山为背景的自然景象，正如句中所吟，浑然一体，尽闲寂幽玄之极致。庭院里立着俳人塔，还留下明宪皇太后的御歌碑和西行、高浜虚子等俳人、歌人的歌碑、句碑。如今许多游嵯峨的人，是为了写作俳句而专门访问落柿舍的，为此院内设置了一个投句箱，收集全国俳人的句。置身其间，如临歌境、句境，别有一番情趣。

　　从落柿舍走出来，穿过通向二尊院的曲曲折折幽静的小径，约百米处便是去来的墓，坐落在杂树丛中。墓碑是一块高四十英寸的自然石，上面只刻着"去来"两个字，简朴而素洁，比起那些皇帝的陵墓来，展现了俳人的俳格和人格的力量。

选自《扶桑掇琐》

拾得良宽一醉梦

　　诗僧良宽有两段美丽动人的故事深深地打动了我的心：一是与峨眉山下桥桩邂逅；一是与贞心尼的爱恋。对这两桩故事，过去略知一二，不闻其详。北大出版社约请我和月梅翻译柳田圣山著的《沙门良宽》，给我们送来了原作，开卷之余，我们深受作者笔下的宽良所动，不忍释手，挑灯夜读。

　　读罢，掩卷体味良宽及其诗的精髓，良宽的禅心与诗心是息息相通的，两者在内在情绪上达到了浑然的契合。读柳田文，译良宽诗，让我们摩挲到良宽及其诗的恬淡、幽玄和虚空的心，也抚触到良宽的让人神往的故事，留下了无尽的余情余韵。

　　第一桩是19世纪的往事：文政八年（1825），一根刻有"峨眉山下桥"几个篆刻字的木桥桩，长八尺七寸余，围宽二尺九寸，从四川青衣流到长江，沿江流向东中国海，经对马海峡、能登半岛，到达宫川滨。这桥桩从中国西南部漂流到日本，轰动一时。良宽是不是亲眼看见？现今无从考证。但他得知后，十分感动，确实乘兴作七绝《题峨眉山下木桥桩》一首：

　　　　不知落成何年代
　　　　书法遒美且清新
　　　　分明峨眉山下桥
　　　　流寄日本宫川滨

这段绮谭，在良宽之弟由之著的《八重菊日记》，以及川端康成写《雪国》时参考过的铃木牧之著的《北越雪国》里也曾记载过这件事和良宽的诗。一百六十余年后的今天，柳田圣三将良宽的这首七绝诗作了一块诗碑，从宫川滨按原来的水路，流还四川，立于峨眉山麓。这一往一来的故事，实在是像诗一般的美。

我们在京都拜访柳田圣三先生时，他还兴致勃勃地谈起良宽的这首诗。他说：他读了良宽的这首诗，马上联想起唐代李白的《峨眉山月歌》，所以他以为良宽一定是联想起李白这篇诗作，兴之所至而写了自己这七绝的吧。柳田先生当场吟李白这首"峨眉山月半轮秋/影入平羌江水流/夜发清溪向三峡/思君不见下渝州"的诗，然后解释道：日本人信仰峨眉山是普贤的圣地，那里的桥桩不期从彼岸漂流到锁国的日本人的眼前。他们的这种信仰与李白的诗叠合在一起了。李白是月的诗人，据说他在叫采石矶的地方，泛舟长江，欲捞映在水中的月，落水淹死了。可以说，这是李白漂来的。良宽同这样一位李白邂逅，感动之余，作了他的这首七绝。诗人兼禅学家柳田先生越谈兴致越浓，尽情地张开了他想象的翅膀，让它自由翱翔。他谈良宽从草庵到草堂，又谈草庵雪夜之作，仿佛把我们带到了一个五彩缤纷的诗的世界和爱的世界。

我们步出柳田圣山的研究所，他的助手、汉诗专家棚桥篁峰先生驾车送我们回住所。我们已从这种如幻似梦的诗心中，诱发了我们要从草庵到草堂去探幽的决心，以拾回对良宽与贞心尼那段动人的爱情的醉梦。结束了京都两个月的立命馆大学客座研究员的工作，到了东京，我们便做了一个寻访良宽文学之旅的计划。

我们来到了良宽写作《草堂诗集》的越后（今新泻）出云崎故里，草庵已不复存在，现在立了一个碑亭，并建立了良宽纪念馆。这里，也是良宽晚年与贞心尼相厮长守之地。这与川端康成所写的名篇《雪国》的舞台是同一个越后地方。据说，在良宽青年时代到过的、冈山西南郊的圆通寺内，仍保存着良宽草堂，遗憾的是无暇远去中国地方。良宽前半生在故里雪乡所作诗集取名《草堂诗集》，大概也是与李白的《草堂集》有关吧。事实上，柳田对良宽与李白的诗缘的分析，并非全无依据。良宽虽身为僧，但仍保持一颗春心。佛教东传，与本土的神道融合，佛教日本化，重视现世而不重来世，重视此岸而不重彼岸，所以日僧不是禁欲主义者。良宽也不例外，也是识人间烟火的。他写了以数百计的汉诗、和歌中，也不乏写美女的诗。他的《南国》之歌所颂的越后美人，与李白的《越女》赞少女的歌所流露的情感也是相似的。

良宽潜心修炼禅，他的心得到了净化，诗心也得到了升华。六十九岁的晚年良宽，当二十九岁的贞心尼在他面前出现时，偶获如此年轻的纯真的心，情不自禁地低吟起爱情歌来，歌曰：

望断伊人来远处
如今相见无他思

良宽还有一首作为绝命之作的歌永留人间，歌曰：

秋叶春花野杜鹃
安留遗物在人间

良宽写这首爱情歌，据由之的《八重菊日记》载：是良宽"弥留之际回赠寄子的恋歌"。据说，寄子是一饭馆女佣，与良宽有特别的交情，她向弥留之际的良宽索取遗物，以留作纪念。良宽遂留下了这一闻名遐迩的绝句。

川端康成获诺贝尔文学奖，在斯德哥尔摩瑞典文学院做题为

《我在美丽的日本》的纪念讲演，特别谈到良宽的这两首和歌是他之最爱时说：前一首，"既流露了他偶遇终身伴侣的喜悦，也表现了他望眼欲穿的情人终于来到时的欢欣。'如今相见无他思'，的确是充满了纯真的朴素感情"；后一首，"反映了自己这种心情：自己没有什么可留作纪念，也不想留下什么，然而，自己死后大自然仍是美的，也许这种美的大自然，就成了自己留在人世间的唯一的纪念吧"。川端这一解说，多么美，多么深邃啊。它充分表达了日本自古以来的传统的歌心，同时也准确地捕捉到良宽的禅心，使歌心与禅心达到天衣无缝的结合。

最后贞心尼还编了他们的赠答诗歌集《莲之露》，收入良宽年七十有四、日益衰老、不久于人世时所吟的绝命之作，一首贞心尼赠诗曰："禅师病情严重时/闻断饭药来吟诗/谓言无效断饭药/亲自等待雪消融"。良宽答诗："谓言贸然断绝饭/只为等待安息时。"这种一赠一答，说明他们在苦痛之中，彼此的心更加贴近了。

在良宽作诗之地，回味良宽的诗，也怦然心动，涌起一股诗情，试吟一句，以作结语：

　　　　身在越后草堂中
　　　　拾得良宽一醉梦

　　　　　　　　　　　　　　　　选自《樱园拾叶》

小林文学碑的呼啸

来到小樽小林多喜二文学碑前，小林文学碑的呼啸，使我胸中的热血在沸腾，心灵的深处在呼唤：小林多喜二啊！您的名字是永远那样光辉，永远和无产者联系在一起。

我学习日本文学，首先阅读的作品，是小林多喜二的《蟹工船》。我从事日本文学工作，首先翻译出版的作品，也是《蟹工船》。我一遍又一遍地阅读着《蟹工船》，一行又一行地翻译着《蟹工船》的时候，我的心随着书中情节的发展而震颤，我的脉搏随着小说人物的遭遇而跳动。我被蟹工船的悲壮斗争场面，被蟹工船上的"结巴""学生"等一个个劳苦大众的形象深深地、深深地吸引了。

青年时代，我读着这部书，给我上了《资本论》的活生生的形象教育的一课。读着这部书，激励着我在大时代的洪流中不断搏击与奋进。读着这部书，懂得了小林多喜二是那样生活、那样工作、那样追求伟大的理想，从中汲取了极大的教益和无穷的力量。

来到日本，自然要寻访培育小林多喜二成长的"故乡"。小林多喜二虽然出生在秋田县北秋田郡，可是四五岁上他就到了北海道，在小樽住了二十余年，养育他的故乡应该是小樽。小林多喜二也说："说实话，我也是把小樽看成自己真正的故乡。"来到小林多喜二的故乡，自然要遍踏"蟹工船"所在的舞台。

于是，深秋时节，我们来到了北海道的首府札幌。首先访问了昔日"蟹工船"事发地、北海渔业基地函馆。我们在当地最大的报社北海道新闻社函馆分社的记者矢岛先生的热情向导下，驱车到了函馆湾的一个码头。现在，那里泊满了一艘艘机动渔轮，充满了现代的气息。主人大概知道我是《蟹工船》的译者，准确地说，是第二代、第三代的译者，因为老前辈潘念之、楼适夷两先生曾经翻译过，便指着码头对我说：这里就是当年蟹工船停泊的地方。接着，他滔滔不绝地讲述起蟹工船的血泪史来了。

关于蟹工船的历史，日本小林多喜二研究家手冢英孝在《小林多喜二传》有过这样一段文字记载：蟹工船被称为北洋渔业的牢房。它是把拥有罐头厂设备的工船作为母船，把渔船上捕获的螃蟹在工船上的工厂内制成成品，实际上是一座座移动的罐头厂。从1920年开始试验，到1925年前后，规模逐渐扩大，变为大型的母船。蟹工船在1925年仅有9艘，1926年12艘，1927年达到18艘。船上的渔夫、杂役超过了4000人。产量也由1925年的84，000箱增加到1927年的330，000箱。当时北洋渔业的规模也在逐渐扩大，1927年已拥有汽船44艘，帆船72艘，共有47万吨渔船出海捕鱼，捕鱼工人达20，000人左右。在北洋渔业当中，蟹工船的劳动条件是最恶劣的。

如今，几十年过去了，函馆码头已经现代化。渔轮也已经现代化。昔日蟹工船的面影已经荡然无存，竟残酷地把这里的血、这里的泪都抹掉了。可是，过去的历史事实是永远抹不掉，人们还是记忆犹新的。矢野记者的解说，仿佛又把我拉回到《蟹工船》问世的20世纪20年代末。那时候，日本卷入世界资本主义总危机的旋涡之中。北海道的渔业资本家便利用这次危机所造成的工人失业、农民破产的严重情况，更廉价地雇佣劳动力，驱使他们到蟹工船上，干囚犯般的繁重劳动，对他们进行史无前例的极其野蛮、极其残酷的原始封建剥削。《蟹工船》实际上就是这段资本主义的剥削史的缩影，是形象艺术的记录。

我站在函馆码头，一边倾听矢岛记者的解说，一边把视线移向前方翻滚着波涛的海面，似乎不时盈耳的都是远处的津轻海峡的海潮声，我思绪万千。突然间，仿佛忽在咫尺，又忽在远处，传来了渔工的"喂！下地狱啰！"的凄厉的震天撼地的呼喊声。转眼间，仿佛时而眼前，时而远方，出现了一张张可怜巴巴的渔工的脸和漂荡着那艘破破烂烂的"博光号"蟹工船。于是我更是幻觉泉涌。"蟹工船"上的一桩桩泪汪汪、血淋淋的故事，又开始在我的脑海里汹涌起伏，又一次把我带回到小林多喜二半个世纪前写下的《蟹工船》的世界。

一个个函馆贫民窟的十四五岁的孩子被驱上了"蟹工船"，一个个老渔工像猪一样滚在狭窄昏暗的粪坑般的舱铺上，被颠颠簸簸的"蟹工船"带到鄂霍茨克海、带到堪察加海，面对着像玻璃渣子一样锋利的风浪，在渔业资本家的代理人监工的棍棒下、枪口下，干着牛马般的劳动，过着猪狗不如的生活。最后他们把自己的生命作"廉价"的赌注，进行着自卫的挣扎、搏斗。一个杂工被大浪卷走了，一艘满载四五百人的"秩父号"蟹工船葬身鱼腹，更多的渔工被殴打、折磨致残、致死。在资本家及其走狗监工的眼里却若无其事，他们轻巧而又不含糊地说："你们这号人，一两条生命算得了什么！"

这是多么凄凉和悲惨的世界啊！

哪里有剥削，哪里就有反抗。哪里有压迫，哪里就有斗争。颠簸在大海上的孤舟也不例外。特别是一些"蟹工船"上的渔工被风浪刮到苏联海岸，接受了"赤化"，他们回到"蟹工船"上以后，把无产者、无产阶级、无产阶级国家的道理宣扬开了。这像火种一样燃遍了整艘"蟹工船"，照亮了渔工们的心。他们行动了。他们在十月革命的影响下，由怠工而罢工，由自发斗争而进行有组织的斗争，终于把监工打翻在地。资本家却勾结帝国海军，把渔工的斗争镇压下去。但是，这不是尾声。觉醒了的渔工们知道"摆在眼前的是你死我活的搏斗",他们要"再来一次!"

这又是多么壮烈的伟大的世界啊!

我不知在函馆码头伫立了多久,但我想着想着,不由一阵悲愤压在我的心头,又一阵兴奋呼唤着我,要不是矢岛记者喊我一声"咱们该走了吧",把我的思绪打乱,也许我会落入更深的沉思与更久的默想。矢岛记者大概看出我对于"蟹工船"仍耿耿于怀,离开函馆码头之后,他把我们引领到一幢很有北方建筑特色的函馆图书馆,向一位年过半百的女馆长介绍了我们的来意之后,女馆长将该馆收藏的有关当年"蟹工船"的珍贵历史资料都拿了出来,让我随意翻阅。摆在我眼前的大正十五年(1926)9月8日的《函馆每日新闻》和《函馆新闻》,分别以醒目的大字标题:《"博爱号"蟹工船惊人的残酷虐待大事件、活地狱般的暴虐》《残忍的虐待渔工、从堪察加回来的杂工口中透露的事实》,详尽地报道了"博爱号"蟹工船上的渔工和杂工所遭受非人虐待的悲惨事实,以及两名警察殴打摧残两名渔工致死的经过。这报道的一个个字跳入我的眼帘,就像一根根针扎进我的眼睛。我悲痛,我同情,我更多的是愤怒!

大概是我脸上流露了这种感情的变化,主人特意用深沉的语调向我说明:小林多喜二的《蟹工船》就是根据这段报道,进行了相当周密的调查,乃至直接与蟹工船的渔工见面,听取了他们的生活和斗争事迹,还从渔业工会那儿获得了大量第一手具体资料然后写就的。

是啊!《蟹工船》不是虚构的故事,而是活生生的事实,是过去不久的历史。正如小林多喜二在《蟹工船》附记最后一句话所概括的,"这是资本主义侵入殖民地史的一页"。

小林多喜二在这部杰出的著作里,深刻地剖析了其根源之后,发出了无产阶级的呐喊:"不愿被宰割的人们联合起来!"这不是一句空泛的口号，这是无产阶级通过革命斗争实践总结出来的真理，是时代的最强音！

我记得，小林多喜二为第一个中译本、潘念之译的《蟹工船》作序时曾经说过："日本无产阶级在蟹工船上遭受的极其悲惨的原始剥削和从事因犯般的劳动，难道不正是和在帝国主义的锁链束缚下被迫从事牛马般的劳动的中国无产阶级一样吗！""中国无产阶级的英勇奋起，对近邻的日本无产阶级是一股多么巨大的鼓舞力量啊！"

我还记得，小林多喜二在一封信里谈及《蟹工船》的创作问题时，曾这样写道："无产阶级必须反对帝国主义战争"。"可是为什么要这么样？在日本能有多少工人了解这个问题？今天一定要弄清这一点，这是当前最紧迫的事。"

这可以说是小林多喜二写作《蟹工船》的动因，是《蟹工船》所以闪烁"不愿被宰割的人们联合起来"的光辉，是小林多喜二身上闪烁着的"全世界无产者联合起来"的光辉！

在函馆图书馆里，我做了这样的联想。回到旅馆里，心情依然久久不能平静下来。不断地联想、思考，思考、联想。我感到愤怒的震颤，也感到振奋的激动。我的思路仍旧停留在"不愿被宰割的人们联合起来！""全世界无产者联合起来！"的口号上。因为这是小林多喜二，不！这是千千万万无产者先烈用鲜血和生命换来的宝贵经验啊！它呼唤着我、你、他，呼唤着无产者光辉的未来！我们要珍惜它，发扬它，迎着它的呼唤而前进啊！

翌日，我们来到了小林多喜二生长、生活、工作过近二十年的小樽市，首先到了小樽山上的小林多喜二文学碑前。这座文学碑的碑面是用赭红色的大理石砌成，上面展开一本赭色大理石雕出的书卷，左书角上铸刻着小林多喜二的头像和"小林多喜二纪念碑"几个金光闪闪的字，右书页中央写着作家狱中日记的一段话。整座文碑巍峨宏伟，傲然屹立在小樽山上。我在日本各地，看过许多文学纪念碑却从未见过如此巨大的。地面是红土层，在漫天纷飞的红叶映衬下，碑身显得通红似火，仿佛是小林多喜二火红的生活和战斗把漫山映红，把整个天空和地面尽染成红彤彤的颜色。我随手摘取了一枝最美最殷红的枫叶，摆在书卷之上，默默祈祷，寄托深深的哀思，寄托我们对这位伟大的日本无产阶级文学家的怀念与敬仰。

我恭敬地默立在这座宏伟的小林多喜二纪念碑前，注视着这本巨大的书卷，仿佛《防雪林》《一九二八年三月十五日》《蟹工船》《在外地主》《工厂支部》《转折时期的人们》《沼尾村》《为党生活的人》等一部部不朽的巨著又浮现在我的眼前。不知为什么，那一瞬间我似乎听到小林文学碑的呼啸，似乎接触到了那在血泊中的伟大的小林多喜二的心灵。

秋日黄昏来得总是很快，不觉间红日西沉。山间变成了一片银灰色，文学碑上也披上了晚霞的彩衣，高高地耸立在剩下一抹残阳的茫茫天际上，像是给半天空镶嵌上美丽的五彩花纹。我的耳畔仿佛仍然回荡着"书卷"中最后的呼啸、最后的呐喊。

我久久地恭立在那里，直至天色完全昏暗了下来。

选自《樱园拾叶》

初秋伊豆纪行

9月，东京已有几分秋意。

抵达日本不几天，川端康成研究家长谷川泉先生邀我去做一次"文学散步"。他知道我爱川端文学，更偏爱《伊豆的舞女》，于是他放下繁忙的工作，拖着术后初愈的老躯，拄着手杖引我踏足川端度过青春时代的"第二故乡"、孕育《伊豆的舞女》的摇篮——伊豆半岛。

从东京坐了2小时10分的国铁东海道线电气列车，到了伊豆半岛的修善寺。长谷川先生的学生驾着小汽车来迎我们。我们的车子穿过汤川桥，也就是川端康成学生时代同舞女初次邂逅的地方，开始爬上了天城路，如今又称414号国有公路。伊豆之行就从这里开始了。

伊豆半岛位于日本中部东南、静冈县境内，东西分别濒临相模、骏河二湾，南面与太平洋相接，北面则依傍富士、足柄、箱根诸山，在406平方公里的半岛上，伊豆山绵延起伏，狩野川纵贯其中，依山而流。打开日本地图，可以清楚地发现，伊豆半岛状似一片巨大的绿叶，伊豆山峦的绿林像是密密麻麻的叶网，狩野川则是主脉，四散的支流、无数的溪涧是它的支脉。山峦、树林、苍穹的色彩，都是一派南国的风光，实在幽美极了。有人说，伊豆由山与水构成，确乎如此，一点也不夸张。难怪川端康成称伊豆为"南国的雏形"，是"有山有水的风景画廊"。

我是第二次访问伊豆了。第一次是在1981年夏末与月梅一起，由已故著名剧作家久保荣的女儿久保麻纱陪同前往的。但今次给我的印象，却依然像上回一样新鲜。

我们的车子沿着山路迂回盘旋，从车窗外飞过去的是山也是水。山，碧绿碧绿。水，湛蓝湛蓝。山水交相辉映，满眼是绿又是蓝，加上头顶碧空，仿佛漫天飞舞着悠悠的绿韵，简直像置身在一个绿色的世界里。我的头脑里，也恍如变成一泓清水，顿觉清爽万分。怪不得当年抱着生活创伤的川端康成，一来到这里就感到"身心洁净得就像洗涤过一样"。

车子翻过几座山岭，到达了旅行的第一站汤岛。汤岛是伊豆最出名的地方。汤岛温泉与箱根、汤河原齐名，同属富士火山带。这里的温泉水，量丰质佳，乃是温泉胜地。它由世古、落合、西平、汤端几个温泉组成，沿溪而布，露天的温泉浴场，星星点点，多得不计其数，不问昼夜，水量都是满盈盈的。在青山蓝天的自然色彩衬托下，是很有诗情的。这里历来成为文人墨客的来往之地。现代培育了像川端康成、中河与一、井上靖、尾崎士郎、宇野千代等众多名家，况且又是川端康成写下名篇《伊豆的舞女》的地方，孕育川端文学的摇篮。我虽曾造访过这里，但依然是神往的。

来到汤岛，自然是下榻川端康成的《伊豆的舞女》问世的"汤本馆"。安顿下来，刚过5点，不知是山间雾气太重、是露天温泉蒸气太大，抑或是初秋山间黄昏来得早，周围已渐次昏沉下来。眼前如烟似雾，迷离一片，恍如从天降下一幕轻纱。山的绿变成朦胧，水的绿也变成朦胧，尽管还残留着绿色的余韵，但柔和之色渐渐消退。一切景物都变得迷蒙，失去了它们的轮廓，开始分不清了。

我们刚放下行囊，长谷川先生就楼上楼下忙乎起来，时而摔掉拐杖，双手紧紧抓住楼梯扶手（我当然从旁用力搀扶），吃力地爬上二楼，走到川端当年撰写《伊豆的舞女》所在的、仅有四铺席半宽的房间，兴致勃勃地讲起川端文学如何从这里起步，创造出拥有独特魅力的美的世界。他时而又下楼，神采飞扬地指点着我观看楼梯半道，谈论当年川端坐在那里聚精会神地观赏舞女在门厅跳舞的情景。我们在门厅合照以后，他一边充满深情地娓娓谈起川端与舞女之间建立起来的真挚情谊，一边指着挂在墙上他题写的一幅字让我看，上面书写着："伊豆旖旎的景色，同川端文学的抒情融合在一起，从而在川端的文学作品中展开了拥有独特魅力的美的世界"。我告诉他，我写《东方美的现代探索者——川端康成评传》的时候引用过这句话，他又情不自禁地述说起川端与伊豆所结下的不解之缘来了。若不是学生来请我们共进晚餐，也许老先生的话头还止不住，在继续讲述川端与舞女这段动人的故事呢。

餐罢，汤本馆的女主人取出几张日本纸帖，恭请长谷川先生挥毫，他不假思索地挥笔写了"邂逅"二字相赠。然后，又苍劲几笔，写下"一草一花""柳绿花红"等川端句，让我从中选一，以兹纪念，很有情致。回到房间，两人促膝坐在"榻榻米"上，又闲聊了一会儿，话题仍然离不开川端康成。不过，这回主要是与长谷川先生商量为拙著《川端康成评传》撰写序文以及挑选川端照片作插图之事。等长谷川先生入浴时，我拿起他刚赠予我的《伊豆的舞女》初版刻印版，重读了一遍。此时此境，再次回味这篇美文，我不禁回想起上次在汤本馆同伊豆人交谈时，她介绍说：这位舞女现今仍活着，她觉得川端笔下的舞女形象太美了，如果让人看见自己如今的老态，有损于舞女的形象。也就不愿公开自己的身份了。几十年的岁月过去了，她的心地仍然像川端康成所描写的一样善良、一样富有人情、一样的美。1981年至今，又过去了五个春秋，她是否依然健在？我惦念着。此时，我完全溶进了《伊豆的舞女》的委婉而含蓄的抒情世界里。

也许是自然美、人情美给我留下的印象太深刻了，这一晚我净是做着绿色的梦、美好的梦。夜半醒来，迷迷蒙蒙，听见滴滴雨声，增加了一种说不出的甜美的感受。

清晨起来，打开格子门，走出阳台，凭窗凝视。昨晚以为是秋雨，却原来是一片湍湍急流声，如今像滂沱大雨，又像瀑布倾泻，以山壁为背景，回声之大，恍如千军万马在奔腾呼啸。加上秋虫唧啾鸣啭，彼伏此起，不绝于耳，构成一曲绝妙的大自然交响乐。我们住在二楼的房间，这道湍溪从窗下淌流，有如一条白色游龙，忽而急速泻下，忽而缓缓淌去，粗细有致。溪中多石，或大或小，或高或低，流水淌过，水石相搏，做成一股磅礴的气势，发出更响的更微妙的流水声，多么迷人啊！

日本近代唯美派诗人北原白秋曾以《溪流唱》为题赋，专门赞颂过伊豆的此番美景。我沉吟着北原的诗，抬眼望去，伊豆山峦与昨天乍到时所见迥异，它以鲜明的轮廓展现在眼前，在晨光照耀下，山峦、绿林远近层次分明，呈现出墨绿、深绿、浅绿、嫩绿、碧绿，并不时变换着颜色，泛出熠熠的闪光，与翻腾而过的碧绿溪水相连，给人一种无法形容的绿色的生机。我陶醉了。经老先生提醒，我才匆匆盥洗，吃早餐，赶忙踏上新的旅程。

下一站是汤野，也是川端康成与舞女有缘重逢的地方。小轿车在天城路向南行驶，中途参观了"昭和森林"，这里有雅致的博物馆、文学馆。文学馆里设有川端康成、井上靖这两位大文豪的陈列室，还摆有其他受过伊豆孕育的作家的陈列品。我们还参观了伊豆半岛最大的瀑布"净莲瀑布"，之后匆匆地爬上天城岭。道路虽经新修拓宽，但山路还是弯弯曲曲，贴近天城岭，满山遍谷万木苍苍，林木中有桧、榛、栎、栌、松、毛竹，还有许多叫不上名字的。其中尤以被誉为自古以来与日本人"共存"的杉树居多。杂木林亭亭如盖，漫空笼翠。在秋风吹拂下，枝丫轻轻摇曳，树叶沙沙作响。这些当年的"见证人"仿佛在向我低语着当年川端在天城山这二十多公里的山路上追赶舞女，与舞女一行结伴旅行的故事。

到了天城隧道北口，我们下了车。小说主人公"我"小憩的茶馆已经无影无踪。现今北口一侧修筑了一座很有意义的文学碑，成块碑石成半拱形，中间留下一条明显的自然沟痕，象征着主人公"我"同舞女之依依惜别。碑石左边雕有川端康成的头像，右边刻有《伊豆的舞女》开头一句话："山路变得弯弯曲曲，我心想快到天城岭了。这时骤雨白亮亮地罩在茂密的杉林上，以迅猛之势从山脚下向我追赶过来"。立碑者独具匠心，因为只有这段文字最能充分表达川端当时急于要见舞女的心境，仿佛连雨点也在催促着他去追赶舞女似的。这碑、这话，确乎增添了这座文学碑的抒情性。

为了照顾长谷川先生的腿脚不灵便，我们乘车穿过了天城隧道。我还记得，上回访问这里时，是撑着伞徒步"走进黑漆漆的隧道，冰凉的水滴滴答答地落下来。前面就是通向南伊豆的出口，露出了小小的亮光"，我们那时的心情，仿佛就踏着川端和舞女的足迹走过来似的。如今安然坐在车厢里，也就没有这种感受了。

出了隧道南口，就是南伊豆了。顺崖边围着一道白色护栏的山路行驶不远，通过河津七瀑布环形天桥，它高高悬在山谷之中，环行上下三圈，从一座山飞越到另一座山，蔚为壮观。据说，修建这座三层环行天桥，耗资四十五亿日元。驶过这天桥，转眼间就到了汤野。当年川端和舞女是翻山越岭，沿河津川的山涧下行十余公里才能到达这里的。

在汤野，我们本想在川端投宿过的福田家歇息、用餐，碰巧老板娘上东京去了，全天歇业。女招待看我们是远道而来，将我们让进店堂，用茶水招待。我偶然抬头，发现壁上挂着一幅字轴，书写着"天上人间再相见"几个字，落款是川端康成，没有记明年月。我问长谷川先生是哪年书写的？他说：大概是晚年吧。可见川端康成的多愁善感，对舞女的情思并没有因为时间的推移而有所消减。尔后，在女招待的向导下，我重巡福田家。这座纯日本式的楼房已有近百年的历史，虽然部分扩建，但全楼仍然保持着当年的风貌。庭园精巧幽美，布局雅致匀称，加上满院樱树，颇具日本庭园的特色。对着门厅处立了一尊姿态优美的舞女塑像，旁边辟了一泓池水，放养了十余尾鲤鱼，有红有黑，也有红白、黑白相间，色彩绚丽。时而将身子挺出水面，时而又成群向我脚边簇拥而来，勃勃有生气。日语里，"鲤"与"恋"是谐音，包含着充满恋情的意思。院里左侧立着一座川端文学碑，据长谷川先生介绍，这是最早建立的一块碑，显得十分古朴。像这样的川端文学纪念碑和塑像，在伊豆还有好几处。然后，女招待引我上二楼参观一间靠边的房间，对我说："这是川端先生年轻时住过、晚年时常来写作的地方。"她透过窗户，伸手指点隔着一条小河的斜对岸的一间小屋说："那就是当年舞女一行巡回艺人泊宿过的小客店旧址。"川端所描写的夜雨听鼓声一段经历，就是在这里发生的。那时候，缠绵的雨引起了他对舞女的无限情思。夜雨中他听见鼓声，知道舞女还坐在宴席上，心中就豁然开朗；鼓声一息，他就好像要穿过黑暗看透安静意味着什么，心烦意乱起来，生怕舞女被人玷污，表示了他对舞女关注之深沉，爱护之真切。汤野这家小客店曾经被大火洗劫，如今建筑物已面目全非，但风韵犹存，仍然飘荡着一种令人爱恋的氛围。

从汤野到川端与舞女分手的下田港，还有一段路程，因为要赶乘4时许的国铁伊东山手线电气列车返回东京，只好割爱不去了。伊东山手线是沿伊豆半岛东部海岸而行，面临相模湾。我早就读过德富芦花的名文《相模湾落日》《相模湾夕照》，久已向往相模湾黄昏之美。如今有机缘亲临其境，也可以弥补未能到下田这件憾事之一二吧。

我们是从河津站上车的，为人细心的长谷川先生安排我靠窗而坐，好让我尽情饱览一番相模湾的落日景象。列车一驶出车站，眼前便出现了波光粼粼的海面。放眼远眺，海天一色，相连之处，烟霞散彩，舞女的故乡大岛忽隐忽现地突现在海面上，罩上了几分神秘的色彩，使它像舞女一样更富有迷人的魅力。车行至真鹤，迎面一片红霞，太阳开始西沉了。相模湾此时的景色美极了，真如德富芦花所描绘的：天边燃烧着的朱蓝色的火焰，逐渐扩展到整个西天。一秒又一秒，一分又一分，照耀着，照耀着，仿佛已经达到了极点。天空剧烈燃烧，像石榴花般明丽的火焰，烧遍了天空、大地、海洋。……太阳落一分，浮在海面上的霞光就后退八里。夕阳从容不迫地一寸又一寸，一分又一分，顾盼着行将离别的世界，悠悠然地沉落下去。

此刻这派格外迷人的暮景，无穷地变幻着它的色彩，充满着自然的灵气，我不觉完全沉醉其中，与伊豆的山与水，与川端康成的《伊豆的舞女》融合为一体。可以说，这种与自然、文学的契合，达到了忘我之境地。黄昏的景色在窗外移动着。我的思绪也随着窗外流动的景物飘然远去，但却没有消逝……

选自《雪国的诱惑》

雪国的诱惑

　　"穿过县界长长的隧道，便是雪国。"

　　这是川端康成的名篇《雪国》开首的名句，它的美，川端文学的美，深深地吸引着我。记得多年前文艺大师曹禺先生出访东瀛之前，让我介绍几篇当代日本文学佳作。我试推荐几篇，《雪国》便列其中。诚如大师当时赐教云："昨日始读川端康成的《雪国》，虽未尽毕，然已不能释手。日人小说确有其风格，而其细致、精确、优美、真切，在我读的几篇中，十分显明。"

　　多年来我一直盼望访问《雪国》的舞台。最近为研究日本古典名著《源氏物语》访问日本，终于实现了这个企盼已久的愿望。

　　《雪国》的舞台是新潟县越后汤泽。埼玉县的挚友矢野先生知道我喜爱川端康成文学，尤其是《雪国》，便邀我们赴汤泽一游，并亲自驾车相伴前往。那天天空下起蒙蒙秋雨，车子驶上关越高速公路约莫三十分钟，进入群马县境，时而蜿蜒行走在蒙上烟雨的山间，时而又笔直地飞驰在平原上。沿途路经许多名川大山，诸如绿油油的荒川、利根川，碧森森的子持山、大峰山、迦叶山，并且穿越无计其数的长长短短的隧道。车窗外烟雨纷飞，整个车窗就像镶嵌上一幅幅不断变换着景物的山水画，其美无比。此时，《雪国》那段车窗玻璃上女人的实影和窗外自然景物的虚影之重叠、变幻的美文，不由得浮现在我的脑际：

　　　　黄昏的景色在镜后移动着。也就是说，镜面映现的虚像
　　与镜后的实物好像电影里的叠影一样在晃动。出场人物和背

景没有任何联系。而且人物是一种透明的幻象，景物则是在夜霭中的朦胧暗流，两者消融在一起，描绘出一个超人世的象征的世界。

如今这段受到称赞的美文，正把我们带去《雪国》的诗一般的抒情世界。

由于途中在吉冈町小憩，行车近两个半小时方才穿越川端康成所说的县界，即群马、长野、新泻三县交界的长长的关越隧道，据说全长 10962 米，新开凿于崇峻的谷川山。以前火车是绕山穿行于清水隧道，如今在这旧隧道旁已新修筑了三条公路、铁路隧道，余两条叫新清水和大清水，四条新旧隧道几乎是平行的。驶出关越隧道的出口，便是越后汤泽。如是冬季，就会展现出一派雪景。可现在是初秋时节，还没有川端所描写的那番雪国的景象。但隧道南北的气象却是迥异。隧道南侧仍是飘忽着蒙蒙烟雨，隧道北面这侧却是万里晴空。据同行人介绍，这是因为越后汤泽四面群山环绕，受到地势影响的缘故。冬天之成雪国，原因也在此。

汤泽虽是个小地方，却拥有悠久的历史。八百余年前源赖纲的家臣献给越后弥彦神社的地图上，就已经记载着汤泽的名字。源氏战国时代，这里是古战场。川端康成写作《雪国》时下榻的高半旅馆，也有八百年的历史。那时候，汤泽是一块未开垦的处女地，高半便成为从东北到关东的驿站。如今散布着众多的有名温泉浴场和滑雪场，夏冬季节游人如梭。川端从 1934 至 1936 年三年间，多次来这里搜集素材、体验生活和创作《雪国》，都有意躲开这两个时间，而固定在春秋两季。听当地人说，川端这样安排还有一个原因，就是这个时候，《雪国》主人公驹子的原型松荣不像旅游旺季那么忙，让她有更多时间陪伴他。

荣松原名小高菊，出身贫农家庭，一家九口，生活无着，她十一岁那年，自己什么也不知道就被卖到汤泽当艺妓。川端了解到这个受损害的少女的辛酸生活和不幸命运，在心中萌发了创作的激情，他笔下的驹子纯情悲恋的故事就是在这里酿造出来的。

我们找到了高半旅馆，主人热情地欢迎我们。据记载，原来这是二层木造结构，茅草葺屋顶，典型的日本式建筑。如今修建成多层洋式建筑物，形式全然现代化，风情已全非。可幸旅馆主人将昔日川端下榻的"霞间"还保留下来，而且还原于本来的面目，《雪国》的风韵尚存，让人感到仿佛川端与荣松在这里邂逅时那两颗年轻的心仍在跳动着。我看见了两张荣松的照片，一张是平常打扮，相貌非凡、淳朴自然，另一张艺妓装扮，带上几分妖媚，活生生地展现了这位少女的性格特征，不禁浮现出川端笔下的驹子两重性格的形象来。对《雪国》的驹子的评价，是不能用非此即彼的简单化模式的。我对她的遭际悠然泛起同情之心。

我们乘上可搭载166人的世界最大的缆车，到了海拔一千多米的汤泽高原。站在高原上，放眼眺望，近山的绿在柔和的秋阳照耀下，而远山的绿却罩在蒙蒙烟雾中，近处层次分明，远方却一派苍茫。绿色的亮度差、彩度差的变化，呈现出碧绿、深绿、墨绿、浅绿、白群绿，还有其他说不出来是什么绿的绿。悠然地徘徊在绿色的世界，面对远方那朦胧的北国隧道口，看到了三国岭那方和这边相距遥远的世界的另一个"超人世的象征的"世界。此时我再也不能抑制自己的思绪，不觉间仿佛进入十余年前对《雪国》艺术再创造的意境了。

选自《雪国的诱惑》

读《睡美人》的联想

世界文艺名作中，不乏以"睡美人"命名。唯川端康成的《睡美人》，其美的方程式比较难解。但是，难解并非不可解，问题是如何解。

记得一位日本学者说过一段话，大意是如果有慧眼的人，不必卒读《睡美人》，就可以知道里面没有写老丑的东西。否则，就只剩下老而不知丑了。

近读一篇题为《川端康成的无奈》的文章，评川端的《睡美人》，作者提出了研究的视点：不应过分关注它的表面情节，而要透过作品表面去探索其深处。我觉得作为探讨川端这部名作的基点和起点，这是十分必要的。

我之所以觉得有必要，一是长期以来，我们对待性文学大多是用"禁欲眼"来看待；改革开放以来，又或多或少地出现某种"纵欲眼"。如果用这两种眼中的无论哪一只来读川端的《睡美人》，都不可避免地会出现偏颇。如果同时兼用这两只眼来读它，就会一忽儿说川端写了女体美，很抒情，并让中国青年作家去模仿；一忽儿又说我国许多人被川端的女性美蒙蔽了眼睛，并斥之为"嗜痂成癖"，自觉不自觉地走进了批评的怪圈。出现这一种的现象，恐怕是缺乏"慧眼"。也就是缺少净化了的眼、平常的眼，也就是历史的、美学的"批评眼"。

另一是习惯于将文艺作为某种载体，采用单一的批评模式，从表面情节来分析批评，往往做出非此即彼的结论。文学，包括性文学，是文化的复合体，如果不从文化的深层内涵，包括各自的传统美意识来挖掘，就很难把握其真髓。对美结构比较复杂的《睡美人》更应从多视角来审视，才可能做出比较客观的评价。而且文学涉及许多边缘学科。比如性文学，至少涉及性科学、心理学、精神病理学、伦理学、美学等。它们之间有相应性、互补性，也有制约性，这就要求对诸方面的不同层次的立体交叉关系，做综合的分析和比较研究。否则就会简单化。

从20世纪70年代末翻译和研究川端康成文学开始，自己也有正面和负面的实际体验。举例来说，80年代初出版川端译作所写的译本序，对《睡美人》一类作品的批评，就曾陷入过误区。当然，这里有历史的客观原因，但主要是个人的主观因素，未能正确把握文艺的批评精神和方法。自1984年开始撰写《川端康成评传》的过程中，不断学习与探求，才获得文学上的初步自觉。对有关《睡美人》一章的《生的变奏曲》反复琢磨、推敲，做了多次修改，尚未尽人意。不过，在观念上是有所更新的。论著发表后，一位学者在著文做出肯定评价的同时，还指出"试图更新观念，恰是最难突破更新的"。

这一章关于《睡美人》的论点大致是：川端的《睡美人》从文学的角度，写了主人公江口老人面临找不到爱情与性欲的支撑点的苦恼，以及受到性压抑而落入的空虚、寂寞和颓伤。又写了老人常常因为强烈的欢欣的宣泄而被"潜在的罪恶"所困惑。因此，江口老人与睡美人的关系完全是封闭式的，没有任何精神和情感的交流。江口老人在睡美人的身边只是引诱出爱恋的回忆，忏悔着过去的罪孽和不道德。对江口老人来说，这种生的诱惑，正是其生命的存在的证明。作家一方面，着力挖掘老人从复苏生的愿望到失望，以及情感与理智、禁律与欲求的矛盾心理；另一方面，保持这些睡美人的圣洁，提示和深化睡美人形象的纯真，表现其一种永恒的女性美。作家为了追求精神上超现实境界的心理的泄露，便以忧郁、感伤、虚无和颓唐为基调，通过超现实的怪诞的手法，表现了生命的原始渴求、诱惑、力量与赎罪的主题。所以立论是，它既是生的主旋律，也是生的变奏曲。这两者既矛盾又有不可分割的联系，但在艺术上处理得当，也不是不可以调和的。川端康成正是在这一点上，做出川端式的思考和努力。

所以《睡美人》的确不是写老丑。人虽老，但本能的性意识并没有泯灭，既天性地要求享受性生活，又丧失性机能，这是一个很普遍而又很通常的性科学问题。川端康成只不过用文学做出反应罢了。川端的作品，也包括《睡美人》在内，是带上几分虚无与颓废的色彩，而且具有一定的自觉性。当然，也有他自己的解释。但川端写女性，只写女性的美丽与悲哀。这悲哀又是日本式的思考，即是继承了"物哀""风雅"甚或"风流"的审美传统。即使是写性文学，也是按照日本文学传统的"纵使放荡，心灵也不应是龌龊的"（井原西鹤语）精神，十分注意把握分寸的。他从来没有写女体，更谈不上写什么女体的抒情性。如果它真有"对女体的描写与风景的描写和人物情绪结合得非常好"，那中国青年作家大可不必就此点去模仿他来弥补自己的不足。相反，川端也从来没有写什么"不堪入目"的东西，大可不必怕"被蒙蔽眼睛"，用一种平常心态去读，去分析，辨别其优劣就是。

这使我联想到一个问题，就是如何对待川端文学的问题。川端康成无疑取得了伟大的文学成就，这种成就不仅属于日本的，同时也是属于东方的、世界的。但川端康成是日本作家，川端文学在日本文化土壤里育成，况且他的作品又是由复杂的美方程式构成的，有其局限性，所以学习川端文学，一是从宏观把握川端的文学定位，即他在东西方文化比较中寻找到日本文化的根，探索到传统文化再创造的理念和方法，并以此来确立自己的历史方位；一是从微观分析其文学思想、审美情趣、个人风格、作品主题和创作方法等。简单地说，就是从总体上来把握，才能涵盖川端文学全部深奥的底蕴，深化对川端文学本质的认识。

于是又很自然联想到川端康成在《日本文学之美》一文中，谈到日本吸收中国和西方文化的历史经验时说过的一段话："从一开始就采取日本式的吸收方法，即按照日本式的爱好来学，然后全部日本化"。

今天我们学习川端文学，也包括学习世界各国文学，不也可以做这样的思考吗。

选自《樱园拾叶》

翰墨因缘

学者之间彼此文字交往多了，共同语言多了，自然"同声相求，同气相应"。我们与加藤周一先生相交二十余载，正是结下了这种不解的翰墨因缘。广而言之，也许还可以说与中国学者和中国读者结下了很深的缘分。

我还记得二十余年前在东京上野毛加藤宅邸初次见加藤周一先生，他那双眼睛盯视你的时候，又大又圆，透露出几分威严的光芒。难怪三岛由纪夫战后不久第一次与加藤周一邂逅，与加藤的眼睛碰在一起的时候，觉得有点害怕。他说："我害怕加藤周一氏那双检察官般的眼睛。他每说一句话，我就觉得自己像个顽皮的学生在教员室里听老师的训斥一样。"我觉得加藤周一的眼睛是非常深沉的，充满了睿智的光。每次与他探讨学术问题的时候，他无论是静静地倾听我们的讲话，还是用深沉的声音对我们叙谈自己的见解，都是瞪大他的眼睛，直勾勾地盯视着我们的。我们仿佛从那里可以得到启迪，得到智慧和力量。

最早认识加藤周一，是读了他与中村真一郎、福永武彦合著的《文学的考察——1946》，又读了他的《日本文化的杂种性》《现代日本文明史的位置》《现代化何以必要》等文章，了解到加藤周一通过与欧洲文化、思想的比较，对战争期间集中表现出来的、以天皇制绝对主义为代表的封建文化、思想进行有力的批判，与此同时，却又将传统文化等同于封建文化，将西方文化等同于民主主义，从而提倡全面学习西方文化；但他留欧之后，在西方看东方，对日本文化的传统与现代进行了充满理性的思考。在传统与现代的摆渡中，提出了"日本文化的杂种性"的理论，他反对企图纯化日本文化，不管是全盘西方化还是全盘日本化，并强调必须切断这种恶性的循环。在这里，加藤非常注意维持日本传统文化的合理部分，同时吸纳和消化西方现代文化，来改造传统文化存在非现代性、非民主性的一面。他说过："日本的传统，对于日本来说是创造的希望"，"时代的变化越激烈、广泛，创造优秀的艺术，就越要在传统艺术的结构中完成"。他在其后的传统文化与现代化理论探索中，又将这一"日本文化的杂种性"加以延伸和深化，就现代化问题提出了"科技文明+民主主义+传统的再创造"的文化模式。我想：这对于走向现代化的国家来说，是具有普遍的意义的。这使我深为敬佩。

我就是从这里开始与加藤周一先生结下了翰墨之缘的。

改革开放之初，传统与现代的关系问题就引起国人的关注，成为学界讨论的热点。我写的第一篇有关传统与现代化问题的文章《日本文化与现代化》就提及了加藤周一这些独创性的论点，刊登在《人民日报》上；我指导的第一个研究生就选了《加藤周一的文化论》作为毕业论文，并取得了预期的成果；我主编的第一套丛书"日本文化与现代化丛书"全10卷，就将《日本文化的杂种性》作为其中一卷收入其中。这套丛书是与加藤周一先生合作主编，他给予"物心两面"的极大支持。这套丛书对于推动日本文化研究和现代化的理论探索，是起到了很大的推动作用的。我们的翰墨缘，就是建立在这种学术基础上的，这种学问的交流所培育出来的友情是深厚的。我每次访日，加藤周一每次来华，我们都相叙畅谈学问，进行心灵对心灵的交流。有一回，我们承蒙住友财团赞助到加藤先生执教的京都立命馆大学作访问学者，分别在京都和东京两地进行了难以计时的长时间对谈，内容非常广泛，从日本文化、文学的杂种性，到"和魂汉才""和魂洋才"的提出，第三世界文化走向世界等。尤其谈得最多的是加藤周一著的《日本文学史序说》，我们就此深入探讨了建立真正的文学史研究体系问题和学术规范问题。这不仅对于我们正在撰写《日本文学史》很有理论的参考价值，而且对于我国学界重写文学史、重写学术史也是很有现实意义的。这次的学术对谈录，整理在《世界文学》上发表了，很荣幸地受到同行的赞赏，认为这是两国学者真正对等的学术访谈。

对我来说，与这样一位硕学者结下翰墨因缘，受益匪浅。加藤周一以上述文化理论作为指导思想，撰写了《日本文学史序说》。这部上下两卷的巨著出版后不久，我访日的时候，加藤先生就将它惠赠于我。始读未尽，然已不能释手，我为其恢宏、精辟和深刻的论述所折服。我第一印象是：它摆脱了一般文学史就作家和作品论作家和作品的单一模式，将文学置于文化的大背景下，从和汉文学、和洋文学比较研究的视点出发，把握日本文学与外来文学的根干与枝叶关系问题，很有新意。其后在东京上野毛加藤宅邸或在北京团结湖舍下的寒士斋，仍继续就这一问题进行理论上的探讨，我进一步认识到它的深刻的文化内涵。过去的一般写文学史，是采取孤立的、静态的、单一的固定模式，很难准确地把握作为文学整体内涵的文学思想，做出历史的和美学的本质的评价，也就又很难把握文学发展的规律和文学本身的精髓。因此，《日本文学史序说》的重大意义在于突破了带惰性的固定模式，在史的结构框架内，以哲学思想史为中轴，纵横于文学的社会性、世界观的背景和语言及其表述法等几个互相联系而又不尽相同的环节中，进行综合的、动态的分析，并且运用了他独创的"日本文化的杂种性"理论，来阐释日本文学的本土思想，即加藤先生所称的土著世界观与外来思想的调适与融合，以此构建了新的日本文学史研究模式。

就是在这个时候，我应日本国文学研究资料馆之邀，出席了一个以日本文学史研究为主题的国际学术会议，正好由加藤周一以及小西甚一、美国研究日本文学第一人唐纳德·金主讲他们研究日本文学史的体会。听罢，在对这三位学者分别所写的、堪称三大日本文学史研究专著《日本文学史序说》《日本文艺史》和《日本文学史》的比较考察中，对加藤的《日本文学史序说》又有了进一步的认识，觉得其研究的成果，已经超出文学史的意义，还具有文化史、思想史的价值。我回国后不久，当时的《日本文学》杂志由中日两国学者组成编辑顾问委员会，并计划出版一套顾问丛书，加藤先生也是顾问，我们便建议将《日本文学史序说》列入顾问丛书的计划之中。可惜其后《日本文学》停刊，顾问丛书自然流产了。

后来，我知道这部巨著已经出版了英语、法语、德语、意大利语的译本，而这样一部与我国古代文学、文化和哲学思想、宗教思想有着密切联系，相当部分的篇幅反映了中日古代文学、文化交流的著作，虽经多年的酝酿，却仍未能在我国出版。我按捺不住了，可以看出加藤先生也着急了。我们就此交换意见时，我们的想法不谋而合。于是，加藤先生将目光投在我们身上，似是对我们的期待，也似是对我们的信任。他慢条斯理地说：韩国一对学者夫妇正在翻译成韩语，他也有让我们夫妇承担翻译的意愿，我们虽然手头还有日本文学史研究的课题，但我们觉得这是一项重要而有意义的译事，当然也乐助其成，并决心努力让它尽早与我国读者见面。然后，加藤先生以书面向日本有关方面申述两点：第一，这部著作的中译者，叶渭渠、唐月梅两先生是最为难得的适合人选；第二，这部著作业已出版了英、法、德、意语译本，现在我最期待的是出版中国语译本。

我一边翻译这部经典的日本文学史著作，一边结合我正在撰写《日本文学思潮史》的体会，从中找到了许多共同的文学观念、文学方法和文学语言，我们的墨缘更加契合，更加提升，几成了同气相应的素心人。我们见面一谈起学问来，就越来越收不住话头。一次我们在东京，恰逢过新年，加藤先生将我们看作一家人一样，邀请我们一起吃除夕饭。我们在上野毛加藤宅邸，饭前谈，饭桌上谈，饭后谈，话题都是离不开文学和与文学相关的社会文化问题。从除夕谈到新年的钟声快将敲响，加藤先生打开那个14英寸的旧电视，看过敲响新年钟声的画面后，就关上电视，继续我们的话题，直至谈到元旦凌晨快两点钟了，到我的住所已无公交车，加藤先生夫妇亲自驾车送我们回到住处。

　　大概是这次我们的谈话意犹未尽，过了一段时间，加藤先生又约我们到他府上，在征求我们的意见后，约了中村真一郎夫妇一起围桌交谈，从一千年前的《源氏物语》谈到了战后文学。加藤周一、中村真一郎是战后派的闯将和文友，他们合著《文学的考察——1946》，对战时的日本社会文化进行了激烈的批判，同时指出战后日本没有足以对抗外在现实的、完成内在力量充分成长的作品，并且呼吁必须进行民主主义力量的变革。在这种可能性变为现实、形成一个新兴流派的时候，中村真一郎就起用了法语ApresGuerre·Creatrice（创造性的战后一代）一词，来称呼二战后登上日本文坛的新一代人，日本文学史便将他们称"战后派"。在谈到战后文学的时候，我仿佛还听到他们抱着改革战后日本文学的极大激情发出的这一战后文学批评的第一声。

　　每次加藤先生来北京，无论访问日程多么的紧，他都要抽出一天时间到寒舍叙谈，我的恩师季羡林先生为我们中国社会科学院七学人出版的散文随笔丛书"七星文丛"撰写的总序中谈到中国文人的传统，引用了"嘤其鸣矣，求其友声"一诗，我觉得用它来表述我们与加藤周一先生的学问上友情也是非常恰当的。去年加藤周一先生夫妇率日本作家代表团来京，要到舍下相叙，而且团里的两位作家也通过接待单位向我们提出希望一同造访。我家住六楼的斗室，没有电梯，加藤先生已八十高寿，身骨子又不好，我实在不忍心让他老人家爬六楼，所以表示我们要去他泊宿的北京饭店拜访他。他不从，还是坚持登门造访。这不是出于一般"礼尚往来"的礼节思考，而是出于表达知己的真情，我们深为感动。但舍下除了寝室、书房和小小的会客室，在走廊上用餐容不下六人的座席，只好婉谢其他两位作家了。我看出加藤先生似不理解，这次我们交谈的话题第一次超出学术的范围而言及生活问题。我们的话题又很快地转回到对学问的探讨。我欣喜地告诉加藤先生，《日本文学史序说》中译本问世以后，在读者中反响很大。著名诗人、俳句翻译家林林教授著文称赞加藤先生这部著作"革新了传统文学的狭义观念，将文学史置于社会文化的发展全过程之中，涉及时代的政治社会情况，以及文学以外的整个文化情况，让作家和作品活跃在时代的大舞台上"，"这部文学史译本的问世，也许可以为我国学界重写文学史、学术史提供宝贵的经验"。人民文学出版社一位从事外国文学工作的老专家还特地设法找来译本阅读和研究。一位老教授读后给我们来信大加赞扬这部著作在日本文学史上的历史贡献，同时他估计十年八年后将会在工农中拥有读者。清华大学等多所大学中文系或外语系日本语专业将它作为日本文学教科书。谈着谈着，我们沉浸在共同的喜悦之中。

　　《世界文学》准备刊登加藤周一专辑，正在北京访问的加藤先生表示十分高兴，同时提出要由我们编选，我们欣然接受，与《世界文学》编辑密切配合，顺利地出版了。这就是前面谈到的刊登了我们与加藤周一对谈录那一期，内容还包括林林译的和歌俳句、唐月梅选译的代表作《羊之歌》，以及多篇散文，还有拙文《加藤周一的眼睛》等。这一期刊物出版后，很快罄尽。好几位外地学者来函索要。可见加藤周一的学术思想和文学创作的影响之一斑。

事实上，加藤周一不仅精通日本学，而且对洋学、汉学也颇有造诣。他的学术领域，不仅涉及文学，还涉及哲学美学、社会学、文化学等广泛领域。而且，他是医学博士出身，大胆地将医学、心理学、生物学的原理引进文学、文化学，充分地利用了彼此的对应性和互补性，创造了独自的学术体系。他在文学研究之所以能够如从容地置于社会文化大背景之中，他之运用"杂种优生学说"，创造了"日本文化杂种性"的独创性的理论，都是与他拥有广博学识分不开的。他做学问，是有着坚实的基础的。

作为一个学者、评论家兼作家，他的成就用著作等身来形容是名实相符，毫不夸张的，由著名出版社平凡社出版的《加藤周一著作集》至今已出版了24卷。平凡社编辑部约请日本海内外学者撰写解说，我也列在其中，写了一篇题为《加藤氏的文化论的普遍意义》的小文，阐述了加藤周一总结了日本现代化过程出现的欧化主义和国粹主义思潮的弊害，以及只注意科技的现代化，而忽视民主主义建设，忽视传统及其再生的现代意义，一度出现了历史的大倒退。他的"日本文化的杂种性"和"科技文明+民主主义+传统的再创造"的现代化模式，就是在总结日本的正负两方面的历史经验提出来的，对于正在走向现代化的第三世界国家建设现代文化和确立现代化模式是具有重大的意义和价值的。

如果结合我国现代化过程中产生的种种现象，深入思考加藤周一的上述论点的话，那么就不难发现，日本文化走向现代，首先确立对传统的自信，其次是对西方文化的自觉认识，也就是说，一方面，从传统中吸取有益的养分，增加现代文化的深度和多样性；另一方面大胆而善于吸收西方文化，特别是传统中所缺少的现代意识，在更高层次上对传统进行自觉的再创造，使传统发挥其内在的积极意义以及产生新的活力，以推进社会文化的现代化、国家的现代化。

加藤先生这套著作集，每出版一卷都亲自署名惠赠于我们，甚至我们旅美一年余，依然出版一卷就将一卷寄到我的旅居地。当我捧读的时候，沉甸甸的，犹存的墨香阵阵扑鼻而来。当然，我们出版了《日本文学思潮史》《日本文学史》《20世纪日本文学史》《日本文明》《日本人的美意识》等也相赠于他，求教于他。学者不靠别的，就是靠翰墨来传递信息，来维系情谊的。现在这全24卷著作集摆在我的案头，是我研究日本文化和文学的主要参考文献之一。我每次翻阅书卷，都由此想起一位日本友人曾对我说过的一句话：加藤周一有"日本文化上的天皇"的称誉。我觉得这是一种比喻的说法，在于说明加藤先生在日本文化上的权威地位和崇高威望。我掂了掂每一卷《加藤周一著作集》，确实是有这样一种分量。

现在加藤先生不顾高龄，正在为第三世界文化、文学走向世界而付出巨大的努力。他在平凡社的支持下，创刊了《库里奥》杂志，翻译和介绍包括我国在内的第三世界的文化和文学，除了日本学者外，还特聘了好几位外国学者任编委，我也名列其中，以尽微薄之力。他更奔走于中日两国之间进行学术和文学的交流，在北京大学、日本学研究中心的讲坛上，在中国作家协会的聚会上，都时常可以看到这位硕学者的身影。目前我编选的加藤周一的《日本文化论》《世界漫游记》已分别列入季羡林先生总主编的"东方文化集成"和我主编的15卷本"日本散文随笔书系"中，已付梓。

顷接日本福冈联合国教科文织组负责人竹藤宽先生的邀请

函，邀我参加"第11届日本研究国际研讨会——2000年"，主题是"世界的日本研究与加藤周一"，并让我作大会发言。我知道这个信息，更加相信：加藤周一的理论性和实践性两方面的启示作用，将超出日本，而在世界范围内得到充分的发挥。

与加藤周一先生结下了翰墨之缘，对我来说，是莫大的幸福。

我在小文《加藤周一的眼睛》是用这样一句话来结束的：

> 说到这里，我的眼前又浮现加藤周一的那双眼睛，充满了情，显示了他的感情的丰富和生命力的旺盛；也充满了知与理，表现了深刻的观察和冷静的分析能力。加藤周一的眼睛，印在我的脑海里很深，很深……

选自《扶桑掇琐》

知音

"人生得一知己足矣。"

我翻开挚友千叶宣一教授寄来的新作的扉页，这一行发自肺腑写出来的字，马上跳入我的眼帘。我掂了掂这几个字的分量，细细地捉摸着它在我与他十年交往中所蕴含的深深的分情。

我们结交在20世纪80年代末。当时他受日本国际交流基金之聘，前来北京日本学中心任客座教授，指导研究生。他讲学之余，还致力于个人研究课题。他在日本国内主攻的研究课题，一是日本与西方的现代主义的比较研究，一是日本文学在国际的评价。来到中国，自然将"日本文学在中国的评价"的课题列在他的研究计划之中。他谙汉文，在日本国内已读过不少我国的日本文学者的论著。来到中国，就马不停蹄地走访有关研究者，可是他花了很长时间仍找不到我，于是他给东京川端康成研究会会长长川谷泉先生打电话询问后才找到了，在舍下的寒士斋第一次相会。

我们的谈话，开始时是作为一个采访者和被采访者开始的，带上几分公式化的色彩。这是当初我的感觉。他需要了解在我国的日本文学译介和评价，我不带任何偏见，向他做了客观而全面的介绍。他听罢对我说，想不到你的介绍这么客观，此前我与某某先生交流，他在长长的谈话中只字都没有提到你们，并谈了寻我的经过。他侧了侧头，似乎觉察到什么，问了个中原因。我只谈了中西进先生在北京也遇到同样的事情，后来他访问沈阳，从辽宁大学马兴国先生那里才打听到我的情况。我至此打住，因为

"家丑不外扬"嘛。

他在北京日本学中心任教半年，我们来往多了。我发现这位富有激情、豪爽、侠义和倔强性格的、在北海道风土中培育出来的北国人，与我这个热情、直肠直肚和能刻苦耐劳的、在广东风土培育出来的南国人，是有许多相通的地方。此后他每次来我国，我每次到日本，我们之间的学问交流多了，感情交流更融洽了。有一回，我们在东京一家酒馆相叙，交盏欢饮，他向我吐露了他由于学术上做出一点成绩，引人嫉妒而被排斥，离开了北海道首府札幌，到了小市带广的经历。他谈着谈着，表面平静，但我透过他的眼、他的表情，似乎可以抚摸到他那颗在高大身躯、宽大胸腔内扑通扑通地跳动的心。我们"同病相怜"，彼此也谈到了在"孤境"中奋斗的苦与乐。

我以为学问是不能靠权术和投机做出来的。做学问的人需要老老实实去做，穷其一生精力去做，即使是短暂的一天也要从读书到读书，从写作到写作，就像老黄牛一样没有间歇的工夫。在学问上花费一分精力，就能取得一分成果。如果把精力用在学问以外的邪道上，就不会有好的结果。这是学术的规律，不以人的意志为转移。于是我告诉千叶先生，按学术规律办事，我的乐多于苦，而且其乐融融。所以，与千叶宣一、美国知名学者唐纳德·金两先生合作主编《三岛由纪夫研究》这部集子时，我在序文中引用了一位科学家的话："科学的创造并非来自投机取巧的做法，它是老实人的学问，容不得半点虚假"。

我们不仅在感情上知音，在学术上更是彼此知音。他非常关注中国的日本文学研究和翻译的信息并及时报道我国学坛、译坛这方面的新动态，以及对其成果做出切合实际的评价。给我印象最深的一次，就是他严厉批评了某些论者评论日本文学的随意性。他还以积极的态度支持我学界翻译和介绍日本文学，担任了从川端康成、三岛由纪夫到大江健三郎、安部公房等套书的中译本的编辑顾问。在三岛由纪夫文学在我国遭到了厄运时，他似乎察觉到什么，问了我一句：是不是有人在捣乱？我当时无法回答，后来才了解了实情。了解我国日本文学研究界现状的千叶先生，非常敏感，也许他的脑海里已浮现出捣乱者的嘴脸了吧？为此次事件，他回国后生了一场大病，还不忘对翻译和介绍三岛文学"做出巨大牺牲，付出大量心血"的我国学者表示了敬意和感谢，并十分关注21世纪三岛文学中的精华与糟粕将会遭遇什么样的命运。近几年，日本文学打破西方文学在中国译坛一统的局面而占有一席之地，是众多真正献身于此事业的中国学者、译者、编者、出版者共同努力的结果，同时也是与千叶宣一先生为此所付出的心血是分不开的。千叶宣一先生为中日文学交流架起了一座宏伟的桥梁。

千叶宣一是一位勤奋的学者，白天指导研究生，夜晚著书立说，还写写现代派诗。他从日本与西方的现代主义比较研究中挖掘无穷尽的矿脉，写了一篇又一篇、一本又一本有关论文和专著。他的忙碌到了极限。他对日本与西方的现代主义比较研究造诣颇深，对日本文学和西方文学都有着深厚的学术根底和科学的理论基础。我在编选他的《日本现代主义的比较研究》一书时，深深地感受到这一点，而且从他的研究成果可以看出：他做了前人所没有做到的独创性的研究。他的研究特点是：从解决文学的价值观和方法论入手。他引用了尼采的"史料说明一切，同时又没有说明一切"这句话，来说明进行史料研究的本质规定的是文学的价值观，同时注意文献学的合理价值和意义，强调了在确立研究的视点、方法、评价标准之前，在整理资料阶段完成遗产目录的系统化的必要性，给我们革新文学观念和研究方法以很大的启迪。

当我向中国社会科学出版社白烨、万小器两位先生推荐这部书时，他们独具慧眼，认为这是我国日本文学界首次译介这类学术专著，很快就欣然接受出版，且第一版印数就三千册，这在出版学术著作中是少见的。由与我和千叶先生有过多次合作的装帧设计的才女朱虹女士设计的封面，很有现代意识。这部大作受到学界和读者的欢迎。我们的老前辈林林先生不仅写了书评，而且给我打来电话，盛赞这部专著对于帮助我们了解日本文学走向现代化问题是非常有意义的。林老特别提到作者对川端康成评价的部分，在他迄今读过的川端康成论中最具创见的，这是本书精华部分之一。

上述那场大病落下了病根，最近千叶先生得了脑血栓住院，语言、手脚不灵便，他还用颤抖的手写了一封信给我们，乐观地戏说自己"从地狱回来了"，信中对我国的日本文学研究、翻译、出版的关心仍不减病前。病中的他在信末还惦记我们，叮嘱我们身体最重要。他的贤妻千鹤子教授在千叶先生患病期间，协助千叶先生为"架桥工程"而操劳着。我反复读着千叶先生的信，心情久久不能平静。

今天千叶宣一以自己的实力又从带广回到了札幌，以自己的意志从重病中站了起来。我也决心以自己的努力和余生面对现在和未来。的确，人生几何，得一知己足矣。

选自《扶桑掇琐》

重访北国探知音

　　1981年作为访问学者来到日本，曾经访问过北海道首府札幌，以及函馆、带广、旭川等地。今次应日本福冈联合国教科文组织协会的邀请，参加"日本研究国际学术会议"后，承蒙协会专务理事、秘书长竹藤宽先生协助安排，从福冈飞赴北海道札幌市探望病中的挚友千叶宣一先生。

　　千叶先生患脑血栓重病是否多少源于我们，多年来我是于心不安的。这话怎么说呢？那是多年前的往事了。我独自一人坐在飞往札幌的飞机上，想到他不顾多年前那次在武汉举行的国际会议的挫折，在沉重的打击中病倒，又坚强地站起来，依然如故地关注着21世纪三岛由纪夫文学中的精华与糟粕在中国将会遭遇到什么样的命运，于是浮想联翩。

　　那一年，中、日、美三国学者齐聚武汉，举行三岛由纪夫文学国际研讨会，岂料会议前夕，校方接到某非学术也非教育部门的某个处通知，要求会议延期，理由是其时中日关系正处在微妙时期，不宜召开这个会。当校方向中、日、美三方首席代表宣布此事时，我留意到作为日方首席代表的千叶先生神色凝重，嘴角抽搐，久久才反应过来，吐出了一句悲壮的话语："假如我有三岛由纪夫的勇气，我要切腹自杀了！"的确，这等行政干预学术的事，在特定的历史时期，对我来说曾是屡见不鲜，所以我很泰然。然而，对千叶来说，恐怕是头一回。之后，他仿佛察觉到什么，向我询问详情，我当时也不了解，无法回答。不料，千叶宣一回国后不久，大病一场。又不久，就中风了。从此卧床半年，不能动弹。我们通电话慰问，他说话也不利落了。

本来千叶宣一作为一位知名的比较文学学者每年都来北京讲学或参加学术会议，我们都有机会见面交流学术，畅叙友情。在小文《知音》中曾经谈到千叶挚友常常对我说："人生得一知己足矣。"的确，我们彼此是相知以心的。可是，病中的千叶恐怕短期内不可能来北京了。我也暂时无机会访日，他惦念的事，我已经弄清楚缘由，是人为引进政治干预学术的结果。虽然月梅到札幌讲学时，曾将实情相告，千叶似乎仍疑惑不解。千叶夫人千鹤子说，千叶与告密者也是好友，他在感情上无论如何也接受不了这一事实。这也难怪，千叶宣一是一位重感情的人，何况告密者自知学者干出此等事是不光彩的，因此对任何人包括与他很要好的伙伴也都不肯承认是自己所做的。但是，不知是什么缘故，最近此人在一篇大批判式的文章中承认是自己的所为，而且翻脸不认人，连对他过去曾赞扬过的好友千叶宣一也大批判起来了。我不知道此时千叶宣一在带广宅邸的客厅里是否还挂着那张他恭维千叶先生的字幅。感情这玩意儿，前后反差为什么如此之大呢！不管怎么说，千叶宣一的病，显然是由此而引发的，我是抱着愧疚的心情重访北国的。

听说，现在千叶先生已经可以拄着手杖走路了，在电话里传来的话声也比以前清晰多了。他说，要到机场去接我。我想，他毕竟还是个病人，便对他说：先生尚未完全康复，我曾到过札幌，札幌的路我是熟悉的……还没等我把话说完，千叶挚友用坚定的语气说，他一定要到机场来接我。

这时节已是深秋。我走出机舱，迎面拂来一阵阵冷风。我把外衣领竖起，抵御今年初尝的北国的气候。我刚走出海关出口，早已在机场大厅等候的千叶先生，不顾腿脚的不灵便，三步并作两步地迎上前来，展开双臂与我相拥了。他用那北方人高大的身躯温暖着我的身心，我仿佛触到了他那宽大胸腔内扑通扑通跳动的心。千叶包租的车子已泊在大厅出口，他让我上车，我坐在车厢里望着他用右手抬起并慢慢地移动着他的右腿，才能落座在车厢里。我心情内疚和感动交织，久久未能平静下来。

从机场到市区，行车近一个小时。机场路两侧，红叶似火，在燃烧着我们两人的心。我的心暖融融的。我从千叶面部的表情、话语的激越，也可以猜出他的心也是暖融融的。我问候他的健康和工作，他很少谈自己的身体，更多地谈对他现在和未来的事业，也很关心我们的《日本文学史》古代和近古两卷写作的进程。我们两人都有意或无意地暂时避开那个他企盼能让他信服的有依据的敏感话题。

车快抵达市区，千叶宣一说，他在札幌是租住公寓，简陋狭窄，先让我到酒店放下行李，然后领我在一家中餐馆就午餐，然后再到他现在任教的北海学园大学参观。这时我回忆起一桩往事：有一年，我们两人在东京一家酒馆里交盏欢饮，他向我吐露了当年他在札幌做出了成绩，曾遭人嫉妒而被排斥，离开了北海道首府，到了小市带广，后来又以自己的实力回到了札幌。我还记得当时我也谈到我们两人"同病相怜"，都是在"孤境"中奋斗过来的。月梅跟我说过，千叶宅邸是在带广，现在每周周末仍回到带广的家去度假，与爱妻团聚。也许这也算是"历史遗留下来的问题"？

在北海学园大学千叶宣一研究室里，我将那篇大批评式的文章面交给了千叶宣一，我只做了简单的交代，当时我们两人都一阵默然，也许意已尽在不言中。因为我知道千叶先生通中文，夫人千鹤子是中国文学教授，对中文造诣颇深，我深信他们看了那篇文章以后，对是是非非会理智地做出自己的判断。于是，我们的话题又转向对日本文学现状的探讨，以及21世纪文学的展望。

半天的时间过得真快，不觉间夕阳已透过千叶研究室的玻璃窗照射进来。千叶宣一伉俪设晚宴为我洗尘。席间我们谈兴甚欢，我认认真真地对文静而贤惠千叶夫人千鹤子说，千叶先生有了您这位贤内助，有了您这位精神支柱，从重病中站了起来，将会为自己的事业发挥更大的光和热。千鹤子教授笑了，千叶宣一教授笑了，我也笑了。我在席上一边品尝北国的美餐，一边敞开心扉畅谈我们友谊的长久。近三个小时的晚宴就这样在欢声笑语中度过。

　　病中的千叶宣一陪同我一天，翌日一早我乘机飞东京，他还是坚持来酒店接我并相送至机场。我们在机场大门前紧紧握手道别，我目送着千叶先生上车仍是像来迎我时一样，用右手抬起并慢慢地移动着他的右腿，才能落座在车厢里。我望着望着，眼睛都模糊了。情不自禁，泪水夺眶而出了。从东京回到北京不久，就接到千叶先生用颤抖的手执笔写来的热情洋溢的信，他在信中说：今天才体会到我们多年前说过的"在孤境奋斗中的苦与乐"。又不久，他两次来电话说：他逐字逐句地读完我那篇收入《樱园拾叶》里的《知音》，激动异常，连身体也颤动了，就情不自禁地要拿起电话筒，与我进行心灵对心灵的交流。同时说他读了那篇（大批判式的）文章，深感人心叵测啊！

　　我将千叶宣一先生多年前惠赠的大作的扉页翻开，用手摩挲着书赠于我的"人生得一知己足矣"这几个字，久久地落入了回忆与沉思。

选自《雪国的诱惑》

墨缘浮想六记

我曾写过一篇《翰墨因缘》，谈到与加藤周一的忘年之交；写过一篇《知音》，叙说与千叶宣一的相知以心的交谊，似乎意犹未尽。几十年与日本学人文士的交往，与不少人结下了翰墨之缘，我又情不自禁地浮想起他们的一个个面影。这不得不使我提笔写这篇文章，再点六位文友，以作为《翰墨因缘》和《知音》的续记。

野间宏，这是一个响亮的名字

"野间宏，这是一个响亮的名字。"我曾在一篇随笔中，用它做了篇名。野间宏作为战后派，以《阴暗的图画》和《脸上的红月亮》等优秀作品而享誉文坛，在战后日本文学史上占有崇高的地位。我与他初次相识，是1960年他率日本作家代表团来访，我参加了接待工作，认识了他，以及与他同行的大江健三郎、开高健等年轻作家。但当时适逢反对"日美安全保障条约"运动的高潮，一切活动都围绕着这个政治命题来安排，毛泽东的接见和发表重要讲话，将他们的访华活动推向了高潮。他们访华期间，很少文学活动。加上他已是个大名鼎鼎的作家，我是个刚踏出校门不几年的外事工作新兵，只是对他抱有一种崇敬之情，与他也搭不上多少的话。

我与这位大作家正式结缘，乃是我从事文学研究和翻译工作以后的事了。由于有了第一次的结交，每次我们东渡日本都去拜访他，话题最多的是谈日本无产阶级文学的历史经验和教训，以及战后民主主义文学如何批判与继承，还有探讨战后民主主义文学运动新的走向。当我们撰写《日本文学史》提上日程以后，写战后派文学，野间宏应占重要的地位，我们除了阅读他的作品、搜集第一手资料之外，也希望从作家本人那里获得更多的感性认识，以使笔下的作家人物有血有肉，更加丰满。因此，我们访日研究日本文学史的计划中采访野间宏先生是不可或缺的。

岂知我们抵达东京以后，始悉野间先生患了不治之症，也就未去打扰他。可是，有缘总是能相会。在一次宴席上我们与野间相逢，他知道我们此次来日主要是研究日本文学史时，就主动约请我们再见一次面细谈，我们虽然于心不忍影响他的健康，但又盛情难却。我们如期赴约，并按预定计划提出我们的问题。野间先生一如既往，始终娓娓谈着战后派的文学发展的历史，以及透过当前民主主义文学运动低潮看到了另一个新高潮即将到来所充满的信心，唯一一处谈到自己的，是战后他写过一些爱情小说，通过恋爱故事写了战争扭曲人的心灵，但由此引起民主主义运动内部的争论，甚至遭到一些泛政治化者的批判。他谈这个问题时，是非常平静和客观的，更令我对作家走过的风雨路增加几分同情和敬佩。

野间宏是一个现实主义作家，他参加《人民文学》派的时候，抵押了自己的房产，支持走工农结合的创作事业，为进步文学事业做出了贡献。作家本人也写下了像《真空地带》这样一些优秀的作品，从更广阔的视野揭示日本帝国主义发动战争的本质，以及探讨国家与民族、战争与和平的问题，使日本战后的进步文学步入一个新的阶段。伴随着战后巨大工业化，人类面临现代文明危机，人类生存遭到威胁的时候，他又写了小说《泥海》和文论集《新时代的文学》，表现了对现代文明危机下的社会问题的极大关注。

野间始终坚持现实主义的创作方向，但不囿于一种主义。他始终注意作品的思想性，但又不陷于政治主义的窠臼，在艺术上不断求新和创新，不断汲取包括存在主义在内的各种现代意识和现代技法，来充实和发展传统的现实主义，并取得了公认的成功。我们就此求教于野间先生，他沉思片刻，以低沉的语调说："我的创作方法虽是采取现实主义与现代主义相结合的方法，但并不是盲目地吸收，而是经过筛选、消化，使之日本化"。他又加重语气补充了一句："我们作家必须扎根于本国的土壤上，从本民族传统现有的东西出发，来吸收外来的东西，这才是作家的出路。"

我想不到这次是我们的最后一次见面，现在他已作古。他这句最后对我们说的话，我想：这不仅是野间宏，凡是作家，只有走这一样一条路才能创造自己的辉煌。

小田切秀雄，不知疲倦的人

在参加民主主义文学运动的作家中，我们还与小田切秀雄先生结成忘年之交，他也有着与野间宏类似的遭际。秀雄战后不久，创刊《文学时标》，批判了日本军国主义发动的侵略战争，主张确立民主主义是重建战后日本文学的第一步。否则，一切文学的重建都是沙丘上的楼阁。在战后最大的一场文学论争——文学的主体性论争中，他既批判了轻率地肯定政治与文学的本质是对立的观点，也反对"政治首位论"的主张。

当年年轻的我，读《战后日本文学史》的时候，他这些铿锵有力的话语，给我至深的印象。但当时我只在文字上认识了他，并未谋面，却想象着这位进步文坛的勇士，一定是像《东周列国》中所描述的"拳似铜锤，脸如铁钵"的秦国力士。可是人到中年，与小田切秀雄先生第一次见面时，我简直不相信自己的眼睛，他竟是一副消瘦的脸，柔弱的胳膊，是介典型的书生模样。我几乎不相信在精神与肉体的不相称中，他竟能展现如此傲然的风骨和如此超人的风采，不禁使我肃然起敬。

二十年的岁月过去了，我们在不间断的文学交流中成了挚友。他是文学史家，专攻现代文学，著有两卷本的《（日本）现代文学史》，他亲历这段历史，是一位严谨的学者，又是敏锐的文艺批评家，许多我们在书本上读不到的资料，从他那里都能获得新的信息；许多存疑的文学事件或无法解决的问题，也从他那里都得到比较满意的答案。所以我们写史的过程中，向他求教，获益匪浅。

就在我们写《日本文学史》近代卷和现代卷之初，我们将写作提纲寄给他，他阅读了多日后，约我们面谈，他就写史的指导思想、概念的规定、整个史纲的结构安排、章节的调整都提出了宝贵意见，并虚心地听取了我们的想法。他的治学态度是非常认真的，甚至就一个流派如何命名更贴切都进行了再三的思考。比如他认为战后文学史上既成的"无赖派"的名称意义不明确，提出了一个"痛苦的命名'反秩序派'"的命名，与我们进行商榷。席间，还给我们惠赠他的专著，包括全套的刻印版《文学时标》，这是十分珍贵的研究资料。

这次交谈数小时，后来我们才知道他不仅抱病而来，而且家中还留有病妻需要照料，在我们深为他对学问的执着和对友谊的珍惜所感动的时候，即我们交谈后未过几天，他又给我们寄来五页写得密密麻麻的信，再就我们的文学史的提纲提出了大大小小总共三十六个问题供我们修改提纲时参考，最后并写了几句情真意切的话。现在时隔数年，这几句话还牢牢地记在我的心头："不明了之处，请来吧，我可以给予说明"；"请来吧，我还可以提供一些参考书"，而且鼓励说："写外国文学史是件不容易的事，祝你们发奋苦斗！"

这几年，我们为写史苦斗的时候，这位尊敬的长辈的叮咛和激励经常在我的耳际回响。我手中捧着刚出版的拙著《日本文学史》（近代卷·现代卷）的时候，这位老学者的慈祥面影一次又一次浮现在我的眼前。我们今天的成果，是凝聚着小田切秀雄，以及许许多多像小田切秀雄那样的知交的心血的啊。

我们先后将拙著《日本文学思潮史》《20世纪日本文学史》《日本文学史》（近代卷·现代卷）寄赠给秀雄，我们也先后收到了他的新作《我所见的昭和思想与文学的五十年》《日本文学百年》。文学让我们心连心，我们的翰墨之缘是多么的深厚啊！

大江健三郎，获奖的偶然与必然

与大江健三郎之缘，可以远溯到青年时代，那时候我们都年轻，他是刚走上文坛的新生代，我是刚走出校门的译员，他随野间宏访华，在接待中工作相识，但别后与他久疏联系。我们真正结下因缘，是在主编他的两套文集的过程。

1994年，我们将要离开东京的回国前三天，从日本大众传媒获悉大江健三郎荣获诺贝尔文学奖的消息，那几天他忙于接见记者采访，与评论家对谈，我们给他打了几次电话都无法联系上，便匆匆写了一简短的贺信寄去，便抱着一大摞友人"抢购"来的大江作品踏回了归程，在飞机上不停地读了一本又一本，思考着如何向国内读者介绍他的作品。因为大江健三郎是存在主义作家，有些作品又属探索关于性的人，这些在国内都曾是属于禁区的。也许是由于这个缘故，长期以来，国内译介他的作品，除了一个短篇小说之外，几乎是一片空白。

回国以后，闻知国内文坛对大江获奖普遍觉得突然，有人认为大江获奖存在偶然性，有人认为这里有"黑箱作业"，也有人批评我国的日本文学研究者、译者干什么了，为什么从来没有介绍这样一位重要的作家?!

作为日本文学研究者和译者，我深感有责任向我国读者全面介绍这位作家的作品，于是我一方面写信给大江健三郎商请翻译出版他的作品，并很快地获得了他的同意；一方面与志同道合者月梅、中忱、金龙和光明日报出版社编辑徐晓共同商议出版事宜，且很快成立了编委会，从选题、组稿、翻译、编辑、装帧设计到印刷出版，用不到五个月时间保质保量地完成了5卷本与读者见面。其后我又在大江健三郎的全力支持下，主编了另一套5卷本，由作家出版社出版。在出版者的约请下，编有一套3卷本，也获大江的首肯，全部译稿已交出版者，负责人以大江作品多写性，大学出版社不宜出版为由，把它搁置下来了。就现在已版这两套10卷大江健三郎作品集与读者见面后，受到了读者的热烈欢迎。一位评论家评论说："一个诺贝尔文学奖得主的作品，同时走向西语世界和汉语世界，这在文学翻译史上是很少见的。"报刊电台采访了主编者或编辑，提出了许多读者关注的问题：诺贝尔文学奖为什么颁给大江健三郎？是大江走运还是诺贝尔文学奖的恩赐？为什么日本作家两次获此殊荣？为什么中国作家与此奖无缘？

面对这些问题，我觉得文学的问题还是要从文学本身规律去探求，从非文学的因素是不会找到真正的答案的。大江的确是接受萨特存在主义的影响，主要表现在接受人的存在本质观念、发挥文学想象力的表现和追求"介入文学"的影响，但他又是具体通过日本的情况、个人所体验的现代人面临的核危机、残疾危机和性危机来寻找日本现代社会的定势，从而形成大江式的存在主义文学。

于是我就大江健三郎获奖有感，写了一篇《偶然与必然》的文章，谈到大江健三郎的文学对人文理想和人的生命的关怀，正是建立在自己的民族体系中的。他运用存在主义的技法，又扎根于民族的思想感情、思考方法和审美情趣，以及活用纯粹日本式的语言和文体，创造了大江文学，具有特殊性、民族性的同时，又拥有普遍性和世界性的意义。从这点来说，大江获奖不是也可以在其偶然中发现其必然性吗。

由于大江的作品与中国读者邂逅，中国读者殷切地期待大江再次访华，以一睹这位诺贝尔文学奖得主的风采，日本文学研究家、翻译家、作家们也希望有机会与他交流文学。这几年，编委会的原班主要人马，全力投入策划此项工作，现在已经取得了初步进展。大江表示一定要与我们做一次文学交流，同时由大江自选、由我主编新5卷本的《大江健三郎自选集》，收入前两套未收录的新作或佳作，我当然相助其成。从年轻时代与大江相识，经历了不短的四十年，我已到垂暮之年，他也不年轻了，我们将再次相会在北京，也许是命运的必然吧。

有吉佐和子，付出艰辛的劳动

在《墨缘浮想六记》中，写了三位男士，女性也应占半边天。这不得不驱使我的后三记中，写与我们墨缘最深、交谊也最密切的女作家。她们是有吉佐和子、曾野绫子、山崎丰子。三人在文坛上有三大才女之称。其中佐和子、丰子还是我翻译文学的对象。

我练习翻译文学作品，第一部不是小林多喜二的《蟹工船》，而是于20世纪60年代初就开始翻译有吉佐和子的《三个老太婆》，可惜译毕交付出版社不久，一场不要文化的"文化大革命"的风暴铺天盖地而来了，它的命运自不待言。那年代公开出版的只有小林多喜二的《蟹工船》，以及《在外地主》《沼尾村》，所以我后译的《蟹工船》先于它出版了。当领导上容许出版一些"进步的资产阶级"作品供内部参考的时候，我又翻译了她的《木偶净琉璃》《墨》《青瓷瓶》，还与他人合译了她的长篇小说《恍惚的人》，先内部出版，"文革"结束后又公开发行。月梅于佐和子访华时接待过她，也译过她的长篇小说《暖流》。由于这份文笔之交，交往也就更多了，后来我们成了好朋友。

"文革"后，我和月梅第一次访日，抵达东京第二天，她就开车到旅馆来，并亲自帮我们一起搬行李，把我们接到她位于杉并区新高圆寺一幢和式两层楼房。她热情地对我们说："她现住一幢洋式楼房，这座和式楼房是用来接待最好的朋友的。一对住在这里的美国夫妇学者刚刚回国，屋内已经收拾好了，正恭候你们到来呢。"此后，我们客居有吉邸，度过了数月做学问的时光。

佐和子不仅忙于伏案写作，而且常到各地采风，搜集资料。她不在家期间，她的老母亲常来电话问候，我们也常到她近处的洋楼探望她老人家，彼此相照应。每次佐和子一返回东京，就来到我们住处谈文学，拉家常。我们相处就像一家人一样。

我们谈到她的《恍惚的人》等作品在中国受到热烈欢迎的情形，也谈到根据他的同名小说《华冈清州之妻》在北京公演的盛况。我谈到我翻译她的《墨》，已由北京人民广播电台改编了广播剧，多次播出。因为它生动地描写中日文化交流和传统友谊的故事，播放时收听率很高，并且当面送给她一盒录音带。我们打开录音机，放了广播剧的录音："《墨》是根据日本女作家有吉佐和子的同名小说改编……"这时候，有吉佐和子高兴得有点像天真的小女孩，指了指自己，用生涩的汉语说："有吉，有吉!"此时，作者、译者共同沉浸在劳作收获的快乐之中。有吉乘兴于翌日带我们去寻找另一部小说的主人公茂造老人的"活动"舞台，从青梅街沿着茂造恍惚迷路而走过的路线，走了一程又一程，一直步行到新宿。我们走街串巷，一路上，有吉给我们讲解她如何设计茂造老人迷路的情节，如何刻画茂造的心理。听着作家风趣的解说，我仿佛又走进了再创造《恍惚的人》的世界。

我们客居有吉邸，在与作家的无计其数的文学交流中，谈文学创作的思想、技巧和语言问题，也谈到文学翻译的再创造问题。她说："人物对话，有时不得不使用方言来表现，这样才能更确切，更传神。所以希望翻译家在翻译的时候，能很好地把握这一特点。如果都一律用标准话译过来，说不定会展现出另一个我们所不熟悉的人物形象来了。"我们谈到无论是文学创作，还是文学翻译都是一项非常认真、非常严肃的工作啊！我还记得有吉佐和子最后说过这么一句话："我觉得世上无论做什么工作，没有一件是轻松的，要做出成绩，就必须付出艰辛的劳动。"

"是啊，一分耕耘就得一分收获！"我这样回答了作家。

不久，这位很有才气的女作家在劳累中倒下了。我们每次到东京，都前去探访有吉的老妈妈，并在佐和子遗像前献上一束花，以表悼念之情。如今有吉老妈妈也离世了。但我们与她们结下的情谊是永志不忘的。

山崎丰子，燃烧着一颗坚强的心

我和月梅翻译3卷本长篇巨作《浮华世家》时，还不认识这部长篇巨作的作家山崎丰子。正是著这部书和译这部书，我们有了缘分，二十年来建立了亲密的友谊。我们第一次见面，是中译本上卷出版不久，山崎丰子获悉我们到了东京，特地从大阪市赶到东京，在她下榻的新大谷饭店与我们见面。那天，她穿着一身深蓝色百褶长袖连衣裙，在她那圆圆的脸上架着一副近视眼镜，镜片后面那双眼睛，闪烁着文学家特有的敏锐的光芒。我们与她一见面，握手、拥抱。她激动地对我们说："咱们虽然初次见面，却是一见如故。不知怎的，见到你们，我就情不自禁地感到兴奋和快乐。"

我们以《浮华世家》为中心的话题也在兴奋和快乐中开始了。

山崎丰子谈到创作《浮华世家》由于揭露了银行资本家和官僚的种种黑幕，她遇到了种种的困难和重重的阻力，甚至不时收到恐吓信和恐吓电话。她越谈越愤激，我们也十分感动，最后她掷出一句铿锵有力的话："我顾不上这些了，只要活着就要写，就要揭露，就要抨击，一部一部地继续写下去，直到死而后已！"

她文静温和的外表下，燃烧着一颗多么坚强的心啊！我们对她作为一个作家所抱的责任感和使命感，以及无畏精神和对文学事业的执着，不由得产生了敬佩之情。林林先生在我们的中译本前言中概括地说过这样一句话："作为一个女作家，山崎丰子女士能够暴露自己生活在其中的现实生活的丑恶和腐败，如此气魄和胆识实是难能可贵的。"我们将这句话翻译给她听时，她含笑地说："我知道了。我的弟弟会汉文，我让他读了你们的译本，他认为译文很忠实原文，而且译得非常漂亮，我很满意。可惜有的地方删节了。"

作家是多么细心啊。的确，因为我们的社会长期禁锢性文化，又刚刚改革开放，编辑将这部分由于情节需要而作的性描写删掉了，也是符合当时有特色的中国国情的，但是我坚信，现代文明开化了，这个问题是会得到合乎常理的解决的。我将我的想法告诉了她，而且相信《浮华世家》终会有一天以全译本的面貌与中国读者见面的。我们还告诉她中译本发行30万册，很快告罄，大受中国读者的欢迎。我们的话题至此，山崎丰子欣喜地说："中国评价了我的作品，我在中国获得了无数的知音，我很想访问中国，觉得不去中国是一个过错。过去没有机会，我希望有朝一日实现我的愿望，否则对不起中国读者。"在我们分别的时候，山崎又再一次表示了访华的强烈愿望，并请我们一定要将她这一愿望转告亲爱的中国读者。

以《浮华世家》的中译本的出版为契机，山崎丰子的长篇小说《白色巨塔》《女系家族》和中短篇小说《仓田先生》《船场迷》《吝啬人》《讣闻》等中译本先后在我国问世，拥有越来越多的中国读者。山崎也实现了访华的愿望，在作协的安排下，直接与中国读者见面，多方面听取了读者的意见。有了第一次访华，就会有第二次、第三次访问中国，尤其是她为了写反映日本侵华遗留的战争孤儿问题的多卷本长篇小说《大地之子》，多次来华采访，与中国上至领导人下至普通平民百姓结下了亲密的友谊。连她从北京出境归国过关时，海关人员知道她是《浮华世家》的作者，也给予特别的待遇，免检通行。山崎欣喜地告诉我们这件事情的时候，作为译者我们也分享了作者的喜悦。

每次访华，山崎在百忙中都风雨无阻地与我们聚旧，有时在她下榻的旅馆，有时在舍下寒士斋，谈文学，也谈生活。她告诉我们，她的生活是节俭着过的。除了创作初期，她很少写中短篇，每部长篇从构思、收集资料、进行创作，每天工作十二小时，大概需要三五年才能完成。这期间，无零星收入，得靠前一部长篇的稿酬来过日子。可是，当我们告诉她，我们将以全译本的面貌重新出版《浮华世家》，以及由于种种原因而沉睡十余年的、由我校订的《白色巨塔》准备出版时，她却表示老朋友的事，她全部免收版权费。这时候，在我的耳际回响着山崎丰子曾用严肃而自豪的口气对我们说过的一句话："我不是商业作家，不光为钱而写作。每写一部作品，她都要扪心自问：是否对社会负责，对人民负责。"这又一次让我感慨万千。

一次，我们应山崎丰子的盛情邀请，特地从东京赶到大阪市山崎宅邸去拜访她。她对我们说，她很忙，一般不在家中接待客人，只接待过我们中国社会科学院副院长梅益先生，这次很荣幸接待了我们，还留我们住了两宿，白天让她的秘书野上孝子陪同我们逛大阪城，寻访她创作的舞台大阪市的旧商业街，晚上她和我们围桌叙旧扯家常，谈到很晚，谈到夜深人静。夜半，我们回到寝室，山崎丰子回到简朴的书斋，又握起她那支锐利的笔，去歌颂真善美，批判假丑恶。

曾野绫子，火辣辣的感情

我们虽然没有翻译过她的作品，但却与她结下了深厚的墨缘。她，就是日本文坛三才女之一的曾野绫子。我们与她相识之前，不仅读过她的作品，了解她的为文，同时也略知她求真求实的为人，给我们留下了很好的印象。那就是在我们具有几千年传统文化的中华大地上，发动了一场确是"史无前例"的"文化大革命"，两千多年前的中华文化象征的孔子，也被列为"大批判"的对象，成为"政治斗争"的工具和牺牲品，被批得体无完肤的时候，曾野绫子踏上了中华大地进行访问。

绫子每到一处参观，面对向她像念咒似地宣传"批孔"的人，讲了自己的真心话，不同意"批孔"，于是她被带到北京一所名牌大学，说得好听，就是动用一帮御用学者与她进行论理或对她进行说教，而实际上是进行围攻。这件事，当时听说是被作为对外宣传的成功的典型事例了。

那个时代，我觉得我们不要自己的老祖宗了，不要自己的传统文化了，可是作为一个外国人，曾野绫子面对强大的压力，却敢于坚持真理，为维护一个她崇敬的中国圣人，维护中华传统的文化而勇于讲真话，然我作为一个中国人，一个中国学人，思想上反而处在混混沌沌之中，有时糊涂盲从，有时也有所怀疑，带几分清醒，但都没有讲真话，仿佛讲假话成了此时中国的国民性，因而对于这样一个女作家，我对她这种讲真话的行动是敬佩不已的，内心对自己的无为也深感愧疚。她的这种性格在作品上也有所反映。我读过她的《幸吉的座灯》，通过描写一个司机冒犯"御用专列""不得倒退"的禁规而不慎倒退了两步，遭来全家之祸的故事，对权势，以及对权势盲目崇拜者进行了有力的鞭挞。

事隔多年，我们怀着一种敬佩之情，到东京田园调布高级住宅区走访了这位女作家。我们的话题自然从这件事情开始。她用平淡的话语回忆说：当时她对辩者说，"你们不要孔子，可孔子的《论语》是滋润了我和我的文学，我将永志不忘"。同时她告诉我们，此前她每年都被邀作为友好人士参加驻日大使馆的国庆招待会，但这件事发生以后就再不邀请她了。然后，她用深沉的语气说，即使遭此际遇，她对中国友好之心不变，对中国传统文化之情不改，她相信中国读者是会了解她这种心情的。

曾野绫子还向我们介绍，她信奉天主教，接受西方文化的洗礼；同时又接受汉文的教育，可以说，也接受孔教的洗礼。的确，她是在东西方文化接合点上塑造了自己，也创造了自己的文学。我们从她的为人和为文，以及对中国和中国文化的情结也深深地体会到这一点。我们安慰她，中国学人和读者是了解她这份对中国的真情的。但我心里想：政治逻辑是千变万化的，由政治家来运筹，变化说快也快，说慢也慢，完全是根据政治的游戏规则而定。比如"文革"年代，将日本定在"复活了军国主义"的位置，三岛由纪夫成了"军国主义吹鼓手"。三岛属于文人，他有小说，有文学论、艺术论，白纸黑字存照在世，学术问题是要用学术的逻辑来运作，一个严肃的学者就要读他的书，实事求是地研究，才能做出一个客观、公正、全面和科学的定论，这就需要时间。所以，我想：曾野绫子这件事的解决是急不得的。

曾野绫子从此没有访华，我们每次访日，只要能抽出时间就去探望她。每次她的先生三浦朱门都在座。他也是日本的著名作家。夫妇两人同时又都是日本战后文坛第三代新人的佼佼者。朱门担任文化厅长官期间，为促进敦煌文物的保护工作和中日文化交流而做过有益的工作，他为官不像官，毋宁说，他是一介书生的模样。所谓一遍生两遍熟，我们第二次见面熟络了。他们夫妇陪同我们夫妇参观了他们现代化的书房，日本式的庭园，素雅的寝室。据说，不是知己，一般是不会让客人进寝室的。可见他们将我们视为知己了。有一次，我们临别时，绫子知道我们是南方人，爱辣椒，特地从庭院里精选了一株自种的小辣椒赠给我们，以象征性地表达他们夫妇对我们火辣辣的感情。返回住所，我们郑重地将这盆红色小椒移植在住所的庭院里，红椒在绿叶的扶持下，显得更鲜艳，美极了。

时过多年，如今这株小椒仍深深根植在我们心中，他们夫妇如火般的热情仍暖融融地与我们心心相通。

《墨缘的浮想》，只是六记。几十年来，我与许多日本学者和作家、诗人、评论家结下了不解翰墨之缘，在这里许多没有涉及，但他们的友情也将永记在我的心间！

选自《扶桑掇琐》

心灵的交感

——大江健三郎与中国学者四人谈纪实

今秋9月，日本著名作家、诺贝尔文学奖得主大江健三郎先生第三次踏上了中华大地。大江第一次访华是1960年，他是刚踏上文坛的二十五岁年轻作家，当时正值中日两国人民反对"日美安全保障条约"的高潮，访华期间以政治活动为中心。第二次访华是1984年，当年我国反对萨特存在主义余波未平，作为存在主义者，同行人提醒他在华期间不要多说话，他做了一个"没有嘴巴"的人。这次不同了，他说：他"第一次在中国听众面前成为一个有嘴巴的人"。

9月26日作家抵达北京伊始，首晚就与第一次访华接待过他的老朋友林林先生和我们夫妇举行了"中日作家学者四人谈"。这既一次旧友重逢的相叙，也是一次文学与心灵的交流。林林先生简短地回忆四十年前的愉快往事，给大江先生赠送了著作和题字。我和夫人唐月梅向大江赠送了合著的《日本文学史》，我介绍说，其中专设了"大江健三郎"一节，我们告诉他写这一节时，作家的形象与作品中的一些人物形象常常叠印在一起，在我们的脑海里浮现出来。我们的《日本文学史》关于大江的一节，如果可以用几句话来概括的活，大江先生的创作主要运用存在主义的人的生存本质观念、文学的想象力和"介入文学"，来表现他的三重生活体验，即童年少年时代居住在四国森林山谷的享受自然乡土的体验、经历日本人民遭受原子弹轰炸悲痛的体验和承受儿子残疾的痛苦体验，并出色地构建了大江文学的特质。大江先生也为我们签名赠书。

短暂酬酢过后，话题很快就转到文学上来。大江虽然接受存在主义的影响，但他认为"世界文学不存在中心，西欧也不存在中心"，对拉丁美洲的新思潮和中国当代作家发挥文学的想象力表示了极大的关注，所以他的话题就从中国文学谈起，他将中国文学分为前四十年和后四十年，说：前四十年间的中国文学，我读了许多，读了鲁迅、茅盾、老舍、郭沫若、巴金、钱锺书、沈从文等的作品，比如他对鲁迅十分敬重，表示即自己"希望向鲁迅靠近，哪怕只能靠近一步也好"。他读了钱锺书的《围城》，深感其人物富于知性，受到了很大的震撼：中国有如此优秀的作家！林林先生补充说：还有沈从文先生的《边城》也是20世纪的中国优秀作品。大江说：他常想：五四时期，如果日本作家能向中国作家学习，那么日本文学将呈现出另外一番景象。大江接着谈到后四十年的中国文学，表示他被当代的中国文学充满想象力的世界所吸引，多次提到莫言的《红高粱》、郑义的《老井》，对边缘地区的描写得很有力度。

这次"四人谈"的原定主题是大江健三郎的存在主义及其本土化，林林很快将话题拉回正题上来，称赞大江存在主义文学的积极的人道主义精神。

唐月梅接着谈道："作为一个女性、一个母亲，读到大江小说或随笔中有关他过幼小的脑功能障碍儿大江光听见林间传来的小鸟声，第一次用人类的语言说出'这是水鸟'，大江先生看到了希望这段描写，我的心受到极大的震撼。大江先生作为光的父亲和作家，将这种切身的体验，通过文学将它提升到对人的生存的关怀，并以一种纯粹日本式的感受性表现出来。"她提出："大江先生是如何将西方存在主义的理念和技法，融入这种纯日本式伦理观念、纯日本式的思考方法中的？"于是，"四人谈"展开了正式的文学对谈。

大江健三郎：在我的作品中，想象力是最重要的，我认为萨特对此有非常深刻的理解，我从他那里接受了许多影响。什么是想象力呢？即将微小的个人与大社会、大世界联系起来，这是最为关键的，因此我思考广岛问题、核武器问题。同时，我也考虑自己的孩子。我的文学的重点，就是将二者联系在一起，也就是说，我的文学始于存在主义。我不敢肯定我是否具有日本特质，但我希望写描写新日本人的思想，将个人与世界联系起来表现新日本人，即不再重蹈南京大屠杀覆辙的日本人，与有生理障碍的孩子一同生活的日本人。我想，这样的日本人是不会去杀人、去制造核武器的。

林林：在当今现代化的文明世界里，不应该假借科学的文明来做野蛮的屠杀。

叶渭渠：确实如此，大江先生接受萨特存在主义主张的"介入文学"理念，在这方面的表现是十分明显的。大江先生抱有强烈的社会责任感，文学的视野非常广阔，从生活中的残疾儿体验到原子弹受难者生活的体验，并把他们紧密地结合在一起，运用文学的想象力的同时，发挥了积极的人道主义精神。

四人围绕大江存在主义的本土化问题，谈到了人文科学的永恒主题：即文学走向现代化的过程如何解决传承与现代的问题。我注意到大江强调"民族性在文学上的表现"，并在创作中加以实践。在此，唐月梅首先提出了日本传统的"私小说"，一是以第一人称表现，一是描写人的真实，尤其是描写身边琐事的真实。我们注意到大江先生的许多小说运用了第一人称和写人的真实，却又舍弃私小说写身边琐事的传统，而吸收萨特存在主义的"介入文学"精神，将笔触伸向战后史存在的重大问题，从反对侵略战争、反对绝对主义天皇制、反对核试验到反对日美安全保障条约等等。她表示了对于大江对日本"私小说"的传统的批判继承十分关注。

大江回答说：是的，我的许多小说用了第一人称，同时写了人的真实，不过批判继承，也需要发挥想象力。比如威廉·布莱克说一粒沙中存有宇宙，一朵花中包含所有的美。在我体验了广岛原子弹轰炸灾难痛苦之后，在日本人了解了南京大屠杀之后，我已无法再写身边琐事了。德国的阿德鲁诺也说，当德国人了解了纳粹的暴行之后，德国人还能创造艺术吗？

日本存在主义早在20世纪初就已经传播至日本，但当时在日本社会文化的大社会环境下设有适宜发展的土壤，战后经过众多作家的努力才得以再传播，尤其是在安部公房和大江等作家创造性的努力下，完成了存在主义本土化。我国对存在主义文学的翻译介绍，在大的人文生态环境下，处在滞后的状态，到了90年代以后才大量翻译介绍安部公房和大江先生的作品。这也是大江存在主义文学与中国读者邂逅的命运。

保证存在主义本土化的问题，其中解决语言和文体的问题，是非常重要的。在文体上的问题，往往被文学创作者和研究者所忽视。大江对于文体非常重视，特别强调文体对于保持文学上的想象力的必要性，从而确立语言与想象力的相位，这是一个值得探讨的问题，于是我们向大江提出这个问题。大江先生回答说：

首先，存在主义文学的特点是用头脑思考，并通过肉体书写。人既有理性，又有非理性的欲望，我想描写完整的人。"私小说"的作者们静静地描写自己的私事，这是可行的。但是，我想表现具有各种欲望的人，比如怀有强烈的绝望和悲哀等情感的人。我创作时需要经过反复推敲，对人的各种情感进行思考，这么创造出了我的非常复杂的文体。有许多人说我的文体不如三岛由纪夫的美，但我要继续我的文体，因为这是我经过多年反复推敲之后的东西。

"四人谈"是从晚8时开始，时针快指向11时。大江先生虽经过长途旅行，却毫无倦意。我们围绕他获诺贝尔奖后的两部新作《燃烧的绿树》和《空翻》进行了交流。大江写《燃烧的绿树》的时候，东京发生了邪教奥姆真理教施放沙林毒气的杀人事件，他敏锐地意识到邪教对社会、文化和人的精神带来的种种危害。事实上，不仅在日本有奥姆真理教、中国有"法轮功"，在美国、在欧洲、在亚洲、在非洲都有这类邪教组织，危害社会、危害大众。面对这一具有普遍性的世界文化现象，作家抱着强烈的忧患意识，潜心学习哲学，对这个问题进行理性的思考，最后在文学上加以表现，新作《燃烧的绿树》和《空翻》不仅写到新兴宗教淡化宗教意识问题，而且揭示了"宗教空白"的文化生态环境下人所面临的种种社会文化问题，思索日本人的信仰危机意识，对日本人的灵魂和精神进行拷问，以及探求在自己的乡土中寻回灵魂的所在和日本文明的延续。

可以说，这两部作品是大江先生对日本人的灵魂思索的结晶，也是先生迄今的三重生活体验的概括、把握和升华。大江先生说："我认为当代年轻人如何对待信仰、灵魂的问题以及死亡、未来等问题是非常重要的。因为社会的矛盾和个人矛盾集中地反映在新兴宗教中。作家不能因为奥姆真理教的错误而无视其存在。我认为可以社会性地裁定法轮功，但作家应该站在信仰者的立场上思考人之所以信仰它的原因，同时，作家还应该告诉人们，这种宗教不可能真正拯救人类，不会真正给人以希望。"

临别时，大江健三郎再一次表示，他这次访华之旅的快乐已经开始了。

选自《雪国的诱惑》

我的求学之路

俗语云："学无止境，做到老，学到老。"从牙牙学语，至古稀之年，我仍不倦地走着一条求学之路。

我清楚地记得，还不到六岁，父母虽身在南洋，但很重视传统教育，于是在一个天未明的早晨，随旧时的习俗，由祖父在前打着灯笼引路，父亲在后背着我，把我送到一所旧式私塾，学习"之乎者也"，背诵"人之初，性本善"。实际上，老师教四书五经的古玩意儿，又没有讲解，只是摇头晃脑认真地读，反复地读。我虽不解其意，但也与塾友们兴致勃勃地高声朗读，从那带抑扬顿挫的琅琅读书声中，朦胧地感受到一种稚趣。这近两年就读私塾，培育了我求学的最原始的欲望。

小学上了洋学堂后，学习成绩优异。上中学后开始偏于文科，学习是努力的，初中考试一般都在前两三名。我对文学开始产生了兴趣，课外办墙报，学写文章，又习作诗，尽情发挥自己幼稚的想象力。高中二年级开始，国文课的作文兼任教授国文棵的校长的表扬，校长在我的一篇作文上写了"全班首屈一指"几个字的批语，我为此学文的兴趣更浓了。然而对数理化，我则提不起兴趣，考试靠开几个夜车死记硬背，不仅记公式，还按复习题熟背演算结果。老师变了题我就傻了眼。

高中开始，我拼命地阅读进步书报。其时，在当地一所政治上保守的教会名校就读，学生不问政治，埋头读书，数理化和英语的水准是当地之冠。可是上数理化课时，我不好好听讲，却背着老师阅读进步刊物和进步文学，多次被发现，多次被警告，却有多次犯着同样的"错误"。最后只好被迫"自动"退学，转读于一所进步同学比较集中的私办名校，我的习性不改，而且卷进了进步的学生运动，不仅在校内编墙报，担任地下学生会负责人，在校外参加秘密读书会，还担任了当地地下华侨学联机关报《学生报》的主编，对文字工作也就更加投入，而且在政治上、思想上有了进步的要求，逐渐偏离了传统教育的轨道，开始为确立自我而苦苦追求。

恰逢此时，由于当局强化镇压当地的进步运动，一家进步的中文书店被迫停业，收摊回国，让我们象征性地付点钱，将全部书刊留了下来。从此我以更大的热情遨游书的海洋，求学、求知的欲望就更加炽烈。在南洋当地掀起了一股回国潮之下，我也经过曲曲折折，最终投入了祖国的怀抱，踏入了北京大学，就读于季羡林先生主持的东方语言文学系，专攻日本语言文学专业。当时全国解放不久，虽说是日本语言文学专业，但教学主要服从政治和外交事业的需要，以语言的基本训练为主，我对学语言背单词毫无兴趣——用当时的话来说，学习态度不端正，虽然自己学得还很努力，很勤奋，但由于对语言与文学的理解出了偏差，学习很是吃力。然我的心在文学，心在展开想象力的翅膀，连上翻译课做翻译时，也用了"夜幕降临"等一类文学词句，结果遭到了翻译课老师在课堂上的公开批评。在班上成绩平平，对文学课老师刘振赢先生讲授芥传龙之介的《鼻子》和夏目漱石的《我是猫》的幽默的笑，却认认真真地听，认认真真地领会，大大地激发我学文学的热情，提高了我的文学素养，为我后来从事日本文学翻译与研究打下了虽是初步的、但也是重要一步的基础。

在我们的年代，一切服从组织需要，是没有个人选择职业的权利的。我也渐渐失落了自我，抱着一种年轻人稚幼的"政治热情"，甘做"驯服的工具"，而且带有一定的盲目性，从本质来说，是一种盲从性。于大学毕业后分配到国务院的外事部门，从事当时最需要的对外文化交流工作。当时叫干部，现在称公务员，也算是开始从政了吧。在那机关做过短暂的口译工作后，由于工作的需要，当过领导的秘书，不时为部委首长楚图南、阳翰笙等起草讲话稿，或有关对日文化交流的文章，也搞过日本文化的调研工作，时常工作至夜深人静。尤其是反对"日美安全条约"斗争期间，写了我第一篇调研报告《反对日美"安保条约"斗争后的日本文化形势》，受到了领导的表扬。当时有些文章需要讲究时效，就被招到国务院外事办公室，即时草拟，即时集体讨论、上报审批。我有了更多机会磨炼自己的笔头，更为之乐而不疲。业余时间，或挑灯夜读，或伏案写作，更深夜半始入眠，并已养成习惯，至今未改。

我的工作的努力，受到领导的赏识，时有表扬，虽然毕业不到四年就被提干，当了综合调研？秘书科的代理之职，但由于有海外关系，其后四年人事部门都未正式批准，还是个"代理"，虽有人提出"名不正，言不顺"，当时我很单纯，没有闹情绪，仍如故我，工作干得一样起劲。然这并不是说我全无当官的欲望，因为当时"升官"，就代表"你进步了"，但是，我的当官的欲望不那么强烈，有多学习，多训练做作文章的机会就足矣。幸好我碰上好领导，常常获得阳翰笙、林林二位的鼓励，他们也是文化人，默许我在工作之余，有一块个人自由做文章的小空间。尤其是林林同志支持我写文章、译点小东西投稿，还不声不响地向韦君宜同志推荐，让编辑来约我翻译中篇文学作品。我之所以说是"不声不响"，是因为林林同志从来没有告诉过我，此事是后来我到了出版社工作以后，才听韦君宜同志偶然提及的。

就这样，我在50年代末60年代初，就开始走上了业余写作和翻译文学之路。但是，当时以"阶级斗争为纲"，要天天讲，月月讲，年年讲，频繁地搞政治运动。我自然也积极投入。但我还是在这种艰难的环境下，竭力保持自己求学的小天地。然而，尽管你积极参与各项运动，尽管你尽职尽责地完成了自己的工作，也尽管你的业余求学也会对本职工作相辅相成，起着促进的作用。然而却被人指责为"搞自留地""打野鸭"和"想成名成家"。

这个问题在伟大领袖亲自发动的、确实是史无前例的"文化大革命"运动中更突现了出来。"文革"之初，我虽不信鬼神，但绝对相信人神，满怀革命热情按照伟大领袖指引的方向紧跟，后来感到跟得很吃力，但也要尽心尽力与伟大领袖"保持一致"，参加斗批过一些"走资本主义道路的当权派"。后来"革命"越深入，越跟越吃力，越跟越落伍，按当时流行的话来说，"革命革到自己的头上来了"，最后批刘少奇的《共产党员的修养》鼓吹"驯服工具论"，我连带被指责为"驯服工具""走白专道路"。阳翰笙被打倒了，林林被打倒了，因为我是"黑秘书"，了解"内情"，要将我安排在"黑帮连"集中揭发这些"黑帮"，我开始有所醒悟，不再甘愿被人"愚弄"了，所以坚决不依从，被指责为"半路不革命"。我们的单位被军管了，被撤销了，最后整个单位千余人被一锅端。我们全家四口也自然被端到河南农村"五七干校"，接受体力劳动改造。

我一生难以忘怀的，是我多年来求学所买的书，所积累的资料，以及收藏这些东西的书柜，本想暂存留守处，但由于军管会的头头向我们宣布：劳改三年领工资，三年后就当农民靠工分养活自己，如果将这些东西留在北京，就是还有回城的思想。所以，我只好含着泪，忍痛地把这些视作自己生命一部分的图书资料全部论斤当废纸卖掉了，书柜也以等于白送的价钱处理了。自由的天地没有了，我自然也失去了那片艰难地保持多年的不自由中的"自由小天地"。在卖书的当儿，我多了一点心眼儿，将唯一的一部书——《日汉词典》悄悄地保留了下来，带去"劳动改造"，这样才有机会闲时背着人念点单词。

天天体力劳动，从砖厂挖大泥到当猪倌喂猪，体力耗尽，脑筋却变得轻松了。"坏事变好事"，我有机会暗地里慢慢地恢复自己已失去多年的独立思考的能力，开始独立地观察一些政治问题，独立地思考一些社会现象，以及在脑子里总结自己走过的路。

"文革"的十年，也就是我青壮年时期，我失去了许多，也捡回了我最重要的失去。这时以来，我不断亲历了千变万化的政治艺术表演，饱览了各种政治人物的出色"变脸术"，令我目不暇接。这时候，也只有这时候，我才懂得一丁半点从年轻时代起就追求的政治，也才最终通过种种"文革现象"真正认识了政治的规律，我又深感自己无法在这种政治规律中把握自己，遂开始下"从清水寺舞台跳下去的决心"，弃政从文，弃仕从学，完全走求学问之路。

于是，三年"劳动改造"，三年的独立思考，第一次尝试寻回自我，第一次鼓起勇气不服从组织分配回到外事部门，提出了舍仕从学的坚决要求，几经周折，冲破传统的条条框框，才获准脱离外事部门，到出版社当外国文学编辑，又走过曲折的路，最后进入中国社会科学院日本研究所，婉谢所长两次盛意聘我当研究室主任，在后半辈子甘受寂寞，集中精力从事自己志向的工作。

我到出版社之时，政治闹剧尚未结束，一切还"政治挂帅"和"大批判"，我已渐渐失去"文革"初期那种天真的热情。当我们出版社出版了一部反映小学教师生活的《园丁之歌》遭到了全国性大批判的时候，我不知天高地厚，坚持认为宣扬"尊师重道"的优良传统没有错误的观点。有位好心的同事得知是第一夫人点名批判的，规劝我不要再坚持下去，我却"不识时务"，如此这般的事发生多了，在自然没有获得直接管理者的"重用"，但业务上又得依靠我。我有时"不心甘情愿"，有时也"心安理得"，埋头于自己心爱的文学，尽量多编些书，多译点书，当然也都是"供内部参考"的书，因为当时能公开出版的书，屈指可数，只有《毛主席语录》和八个样板戏剧本、小说《金光大道》等等。

在当时的条件下，译书是不让译者，尤其是未成名的译者署名的，我合译了一些单行本和译了相当一部分鲁迅与日本友人的往来书简，也是不让署名的。我本无此自知之明，以为我是新中国成立后培养出来的，不属"资产阶级知识分子"之列。我的管理者"严肃"地向我指出，只有工农兵学员出身的才是"无产阶级知识分子"，像我这类当属"资产阶级"之列。也许我们"臭老九"的名字太"臭"了，署了名会"污染"读者，更会"污染"社会吧。我第一次署名的单行本是小林多喜二的《蟹工船》和电影剧本《沙器》，那是政治闹剧落幕以后的事了。这时候，结束闭关自守，开始改革开放了。我才有机会，也才有能力独立思考着如何摆脱在长期极"左"思潮影响下译介日本文学的偏差，也才有能力清理自己头脑里的极"左"思想，选择编辑和翻译属于"资产阶级"的文学。我记得当时编辑部制定一套"日本文学丛书"时，我将川端康成小说选作为一卷列入计划中。当时管理者唯担心这卷会引起非议，有一定风险。我觉得介绍日本现当代文学而无川端康成，则是甚为不完整的。因此自愿承担这一项目，选择自译这一卷。我也从此与川端康成文学结下了不解之缘，并成为我研究日本文学的重要切入点之一。这一点，在小文《与川端康成邂逅的命运》已经谈及。如果说，我们翻译研究日本文学以川端康成作为切入点，遇到小风雨的话，那么要将无论在精神结构还是艺术思想都比川端复杂得多的三岛由纪夫作为第二个切入点，定会遭到更大的风雨，这是意料之中的。但是，我既然选择了我求学之对象，我就会执着我的选择，任何风雨都是阻挡不住的。

　　我最早接触三岛由纪夫其人及其文学，是做文学编辑之初，遵命在短时间内编辑出版三岛由纪夫的《忧国》和《丰饶之海》四部曲，供批判用。当时手头别无三岛的其他作品或任何三岛文学的研究资料，编好了这几部作品，我头脑里还是空空的。但当时三岛由纪夫及其文学被定位在一个特定的政治概念上，见诸文字的主要是一份专供第一夫人御览的刊物《文艺专辑》，它定论是三岛"主张恢复天皇制，重建武士道，再次发动侵略战争"，三岛的作品"贯穿着武士道加色情的黑线"。从严格意义上说，这是按特定历史时期的既定材料来定性的，实证和理论都很不充分，而且大多是政治概念性的。"文革"结束后，很长很长时间"两个凡是"仍然束缚着人们的独立思考。在我的头脑里仍然无法拂去扣在三岛由纪夫头上的大帽子的影子。因为我没有足够的材料去肯定或否定过去的定性，又苦恼于不能人云亦云，处在一种混沌的状态之中。作为一个学者，我深知对作家下定论的唯一依据是事实，而不是别的。如果不掌握和精心阅读第一手资料，如果不科学而完整地进行独立的研究，如果依然遵从那个时代的偏执性和情绪性，那就不是一个学者应有的态度。对一个学者来说，对三岛由纪夫及其文学的复杂性进行再探讨，重要的是：一、坚持做学问的基本原则，即实事求是，也即坚持客观性和科学性；二、坚持独立思考，要有自己的批评思想，自己的理论支撑，即自己主体意识。因此，选择三岛由纪夫的研究课题更具挑战性。

　　也许我们与三岛由纪夫文学有缘，80年代中期时任文联出版公司外编室主任、夏衍学生的女儿沈宁找月梅翻译日本小说，遂向其推荐了几本，其中包括三岛由纪夫的《春雪》。他们很有胆识，请示了中央有关主管领导人，就果断出版，推动了一批三岛作品与我国读者见面。尽管如此，我们仍没有足够的第一手材料对三岛由纪夫做出公正、客观、全面的评价。但以《春雪》的问世为契机，我们80年代末访问美国和日本的两年期间，借阅到《三岛由纪夫全集》全35卷和收集到不少相关的研究资料，我们才一步步地走近真实的三岛由纪夫，走近真实的三岛由纪夫文学。月梅著的《怪异鬼才三岛由纪夫传》问世了，我在一些重要的文艺报刊也发表了有关三岛文学再思考的文章或遍选三岛文学专辑，给予三岛由纪夫及其文学以实事求是的比较符合客观实际的评价，进行了政治的批判和学术的批判，同时也带来了一个迟来的认真研讨三岛文学的学术机运。

但是，三岛由纪夫及其文学在我国命途多舛。当中、日、美三国学者在武汉齐聚一堂共同研讨三岛由纪夫文学的时候，有人故伎重演，状告我社科院不成，便以一个什么研究会会长的"责任感"，自己本人，还怂恿别人分别向非学术部门打小报告，企图引进政治来干扰正常的学术讨论。我觉得一个真正的学者，面对学术上的不同观点，应该光明正大参与进行学术讨论，公开的学术的批判，乃至无情的说理的政治批判，这也是很正常的。但是，我们的有关论文和专著公开发表几年来，未见这个告状者发表过一字的批判文章，相反，他自己也随人之后重译过三岛的作品，而且还给中学生杂志投稿，向我国少年介绍不应属于未成年人鉴赏的三岛的东西，后遭退稿，可是遇上一阵"政治风"，就趁机试图用其惯用的手法，来达到不可告人的个人目的，这就超出学术的范围，是极不正常的现象。更奇怪的是，这个告状者于抗日胜利四十五周年之际在日本出书，于简历中亮出自己在日本军国主义侵占我国东北"1945年8月15日以前，任县、省'政府'文官"的历史。也许读者读到这里会感到惊愕，最初我也愕然，不敢相信自己的眼睛。因为与他告状和指责别人"为三岛由纪夫军国主义翻案"的"壮举"实在是对不上号，然而白纸黑字，无论有多大的魔法，也是已经无法抹掉这两副截然不同的面孔——一副反对"军国主义三岛由纪夫"的面孔，一副时至今日仍抱着伪满时期"忠诚感"在宣扬自己为军国主义效劳丑史的面孔。至此告状者的目的，司马昭之心路人皆知。如果一个学者不靠学问求生存，而乞讨别的什么，那么在学术上就失去生命力，实是太可悲了。我清楚地记住了尊敬的前辈著名学者任继愈先生这样警醒的话语："解放以来，往往领导上有个什么想法，只言片语，下边听到一点儿风，接着就往那儿刮。这是糟蹋学术。学术得有点尊严，不能翻来覆去。（中略）领导上的政策改了就改了，可是学者怎么改？已经印成那么厚的书了，改不了。"我就是依照时贤的这种求学做人的精神，去迎接一场又一场的奇风怪雨，努力培养做人所需要的遒劲的风骨，努力追求学问上的真理。

的确，学术是有尊严的，学术是学者人格的再现，不容随意受到糟蹋。检验学术的真伪，还是须遵循"实践是检验真理的唯一标准"，而不是别的。一位严肃的学者仔细读过了三岛的作品以后，给我一封信，谈及自己的体会，让我十分感动。他说："对于三岛由纪夫，我们以往太没有自我了，总是跟着定的调子随声附和，连他的人生也不了解，连他的作品也根本不看，如何能跟着把一个独具天才、著作等身的日本现代大作家轻易地定性为军国主义呢？"

在面向21世纪的今天，三岛文学中的精华与糟粕将会遭遇什么样的命运？有的学者提出这样的问题。我相信：风雨过后必然迎来晴朗的天。一本由中、日、美三国学者合作主编的《三岛由纪夫研究》问世了。两套各10卷本的《三岛由纪夫文集》先后问世了。我相信广大读者对这位怪异鬼才的作家会做出公正的判断的。群众，也只有读者群众才是真正的判断者。所以我对于三岛在我国邂逅的命运，与对于当年川端在我国邂逅的命运一样，是持乐观态度的。我很赞赏作家莫言这样一句话："三岛是为文学而生又为文学而死，他是个彻头彻尾的文人。他的政治活动骨子里是文学的和为文学的，他的死也是文学的和为文学的。研究三岛必须从文学出发，用文学的观点和文学的方法，任何非文学的方法都会曲解三岛。""三岛本没有难解之处，也是最后那一刀使他成了谜，但几十年后，人们还在关注他，研究他，谜也就解开了。"

　　我们选择了川端康成、三岛由纪夫这两个至难解读的、要冒一定风险的、但却在日本现当代文学史占有重要地位而不能忽视的人和作品，作为我们求学问的切入点，目的是从严从难入手，以点带面，进一步全面深入挖掘日本文学的矿脉，同时走前人所没有走过的路。

　　我走的求学之路，是曲线的求学之路。从业余"打野鸭"开始，积累了初步的知识和方法。走上文学专业之路，以编辑为主，间或译点东西、写点小文章，主要还是"为他人作嫁衣裳"，但我没有满足于此，我加紧学习文艺理论，以弥补自己的先天不足，增添几分后劲。但是，我没有想到我年已五十四，还有机会踏上了我国最高的学术殿堂——中国社会科学院，实现我苦苦追求的最终的梦，有机会将我几十年来的求学求知的积蓄，集中提升，化作文字，留于社会。

　　求学的过程，尤其是"文革"以来，我不断受到越来越多像蜘蛛网似的人际纠缠，又不断摆脱这种纠缠，寻找到一块属于自己的净土，把阻力变为动力，才能以著述为主，译、编为辅，使著、译、编相辅相成，逐渐达到三者融合为一体。从此，我除了读书，除了写作、翻译，除了与志同道合者磋商学问，其他基本上无所求。我说"基本上"，是凡人都有欲望，我也无例外，不能说全无，但力求少些、寡些，集中心力在求学上，集中时间在求学上。即使在风雨中也力求保持一片净土、一片平静的心。我深感维系学术生命的基础，是勤奋，是不断耕耘，又不断地充实自己。所以，我们以"寡欲勤奋"作为座右铭。挚友、著名书法家谢德萍还将它题写成横幅相赠，挂在寒舍的"寒士斋"北面墙上，四个苍劲的字整天凝视着我们，时时鞭挞着我们。

我们从事文学之初，就萌生了撰写日本文学全史的念头，于80年代初提上了日程。但日本海内外已出版的同类著作实属不少，前贤时人并已取得非凡的业绩，要避免雷同，有所突破，有所创新，写出自己的特色，实非易事。所以多年来，不敢轻举妄动。然而，决心既下，就必须自己一步一个脚印地走下去。在国内学术界掀起重写文学史、重写学术史的风气中，我经过独立的思考，重新认识文学的观念和价值，探究研究方法论，探讨日本文学、日本文化在本土与外来、传统与现代的关系这个贯穿于古今的人文学科的永恒主题，以及文学与其他边缘学科关系等一系列问题。与此同时，除了阅读作家、批评家的原作外，尽可能多地学习各家的日本文学史专著，研究他们的材料、观点和方法，扬长避短，博采众长。只有在先行者的实践基础上，经过自己的实证，提升为理论，自己才有可能有所发展和创新。我深感学术的发展是有其传承性和连续性，在沙滩上是不可能建成坚固的学术"楼阁"的。

这样走下来，我们的求学问、求知识的路就会越走越宽广。我们的著、译、编从川端康成、三岛由纪夫走到大江健三郎、安部公房、芥川龙之介、横光利一、谷崎润一郎，走到古今的散文随笔世界，同时走进了日本文学思潮史、日本文学史、日本文明史，并开始迈向日本美学史。当我们完成著、译、编100卷之时，京、津的学友们举行了庆贺会，洋溢着激励，也充满着期盼，场景十分感人。我经常接到长辈、同行、编辑、各阶层的读者来访、来信鞭策、磋商、鼓励和批评。我也常常获得许多日本名学者、名作家、名评论家到一般友人的"物心两面"的支持，不时互相切磋学问，还给我提供宝贵的讯息和图书资料。总之，感人至深的事例，不胜枚举。我手中捧读一位称是我的"崇拜者"的读者来函说：六七十年代读到我的著译作，推测我是七八十岁了，八九十年代读到我更多的书，问我是否五六十岁的人，并对我提出很大的期待。这许许多多熟悉和不熟悉的人们的激励和支持，让我感动不已。作为学者，读者是延续我的学术生命的力量。有了这种力量，使我的笔没有停下来，使我的人生更加丰富。

回顾我走的路，我深深地体味到：学问是最个人的，也是最社会的。因为它需要个人的独立思考，需要个人的奋斗，同时也需要社会的支持，而且作品一旦问世，它就不单纯属于个人的东西，而是属于社会的了。

我现已年过古稀，愿本着做人要光明磊落，做学问要刻苦勤奋，在一片属于自己也属于读者的净土上，继续不倦地耕耘，继续焕发迟暮的学术活力……

路，是人走出来的。求学之路，是学者自己走出来的。这就是迄今我走过来的求学之路，也是我余生继续要走下去的路。

选自《雪国的诱惑》

译介三岛由纪夫文学的风风雨雨

——读《从三岛由纪夫的国际会说起》随感

　　读文洁若女士的《从三岛由纪夫的国际会说起》（《博览群书》2005年12期）一文以前，我曾读过她写的《文学姻缘》（湖南人民出版社1997年版）的序文。在那篇序文里，她同样谈到这次流产的原拟于1995年9月举行的三岛由纪夫文学国际研讨会，用"文化大革命式"的语言，不点名地指责我"居然置民族感情于不顾"，我多年来没有作任何回应。现在她再写了《从三岛由纪夫的国际会说起》，抓住当前中日关系比较紧张的时机兴风作浪，企图掀起一次新的"文化大革命式"的大批判。这篇文章，不仅是针对我个人，而且也反映了如何对待学术和学术不同见解的问题，如何做人为文的问题，以及如何对待当前复杂的中日关系问题，我就不能不说上几句了。

　　第一个问题，文洁若在这篇文章中一开头就说了假话。她说：今年10月14日的《文汇读书周报》上刊登特约记者高立志先生专访我的文章《学者回归学者，学术回归学术——专访日本文学专家叶渭渠》后，她的三十多位朋友询问她，叶渭渠对记者所说的向上汇报破坏这次国际学术会议的"自命为头号日本文学家"是谁，她说是李芒。然后又说："几周来，我（指她）打了不少电话，才把事情的来龙去脉弄清楚。"她究竟弄清楚了什么呢？除了写上了"时任日本文学会会长李芒"几个字以外，其余完全是一字不漏地照抄我对记者谈到这个问题的一段话。至于告密者是谁，也不用打听，因为李芒在几年前发表的一篇文章已经公开承认是他做的。文洁若所以煞有介事地说"三十多位朋友询问"，她花了"几周"打听，是想让有关领导知道，叶某此时此刻要翻三岛由纪夫的案，已经激起群众的强烈反应。

多年以来，与会学者和许多同行，以及《朝日新闻》记者都关切地问过我，这次三岛由纪夫文学国际研讨会突然被取消的原因。这次《文汇读书周报》特约记者也问到我译介三岛由纪夫文学的遭遇，我就点到为止，更没有公开点名，这是有分寸的。现在既然有"三十多位"读者要了解真相，文女士花费了"几周"时间搞来的，却又还是"点到为止"的话，就好像我要隐瞒什么似的。所以现在还是让我借这个机会，将详细经过向读者汇报吧。

文洁若说李芒"神通广大"，知道有这个三岛由纪夫文学国际研讨会。这个会是武汉某大学主持，邀请全国主要大学数十位日本文学专家参加的公开会议，还邀请北京、武汉多家媒体参加采访。李芒知道有这个会，是日方首席代表、也是他的好友千叶宣一先生写信并附上其接见《朝日新闻》记者谈到这次会议的报纸剪报寄给了他，并不需要什么"神通"。他的神通在于他知道这个会之后，就向我所任职的中国社会科学院打小报告，歪曲说我们这个会要为三岛由纪夫"翻案"。院有关领导打电话询问我两个问题，即一、这次会议，是否涉及中日关系问题？二、是否有日本记者参加？我做了否定的回答后，领导就没有对我参加这次会议表示不同意见。这是1995年9月23日的事。李芒先生见未能达到目的，便于同月25日，以"日本文学会会长"的名义，同时唆使我院外事局一位不明真相的副处长，分头写信给一个非学术、非教育部门某司日本处，密告我们这个会是为三岛由纪夫这个军国主义作家翻案，以引进政治和行政来干扰正常的学术讨论。于是，同月26日上午，这个部某司日本处就通知校方：由于当前中日关系微妙，延期召开这次会，并向外宾言明并非因为三岛由纪夫本人的问题。26日中午，我们与日、美学者抵达武汉，主办单位与作为中方首席代表的我，先商讨如何向日、美代表们公布这件事。当日晚，主办单位举办完欢迎晚宴后，就向中日美三方首席代表宣布了这件事。我因预先知道，同时经历过历次运动和"文革"，这等事见怪不怪了。千叶宣一先生大概没有这种经历体验，听了宣布这一消息时，他嘴角肌肉抽搐，吐出了一句"假如我有三岛由纪夫的勇气，我就要剖腹自杀了！"事后，李芒先生尽管自认为是"代表了全中国人民的意志"，而且又有"民族良心的人"，却几乎在所有场合都矢口否认是他告的状。一直到了1999年3月写了一篇大批判式的文章《三岛由纪夫的反动言行不能翻案》（收入《采玉集》，译林出版社版2000年版）里，第一次承认是他干的，然后像文女士一样，义愤填膺指责我"民族良心"到哪去了？同时连带将日美学者也大批一通，如此等等。

谈到这里，读者肯定会以为李先生很有民族良心。不过且慢！李先生于抗日战争胜利四十五周年在日本出版了一部《山头火俳句集》，在该集作者简历页上却印上他在国内出书从不敢亮出的一段简历："1945年8月15日以前，任县、省'政府'文官"。"政府"两字的引号，是简历者自己所加，指的是日本帝国主义一手炮制的伪满政府。日本统治时期在伪满当县、省"文官"，当然不很光彩，但有了自我悔改也好些。不过半个世纪之后，有人竟偷偷拿这段历史向旧主子套近乎，这恐怕就不只是"民族良心"问题了。所以当千叶宣一先生知道破坏会议的告密者是某人之后，只慨叹地说出一句话："人心叵测啊！"

第二个问题，文洁若的政治神经很"敏感"，操作手法却粗糙而低劣。她在文章中将这个十年前的问题，与当前的"小泉参拜靖国神社""日美全面加强一体化"等等事件拉扯在一起，是企图借此煽动一些不明真相的人的情绪，破坏中日人民和文化界至今保持的信任和联系。对于这种手法，凡是经过"文革"的人都会有所体会的。文洁若自己写了不少她在"文革"如何受害的文章，应该说，她对这种手段理应是不齿的，为什么现在又施于人呢？

　　是不是真的出于"爱国的赤诚"，"民族的义愤"呢？似乎也不是。在这里我想顺便说一件事，或许有助于读者对问题的了解。那就是1985年，文洁若曾经"深感荣幸"地去了日本，如今在中日关系紧张之时，她却出来煽动情绪，在一篇题为《九一八事变七十四周年感怀》（《大公报》2005年9月25日）的文章中说，她恨日本人，"在日本的一年，度日如年，还没到1985年底，已把回国的行李打点好了。"她早就应该知道日本帝国主义侵华的滔天罪行，可是，她为什么要在1985年又想方设法向日本国际交流基金申请，主动把脑袋钻去日本呢？事情不止如此，到了2002年，她又昧着良心去乞怜她不喜欢亦无好感的日本政府的一个"表彰"。据报道，当她从日本政府官员手中接过奖状和银杯时，"她的眼睛禁不住湿润了，心中无限感慨"。这样两副面孔，实在把人搞糊涂了。顺便说一下，她的银杯和奖状，在某种程度上还是骗来的。关于这个问题，还是引用当时日本方面表彰她的公开材料来说话吧。

　　日本外务大臣发表的受表彰者简介如下。

　　　　文洁若女士自1951年开始在人民文学出版社工作以来，在长达四十多年的时间里，一直致力于日本文学的翻译和出版事业。编辑和校对之余，她将《井上靖小说选》《石川啄木诗歌集》等大量日本文学作品翻译并介绍到了中国。她将这些翻译工作的集大成——包括《源氏物语》《川端康成小说选》等共三十卷在内的《日本文学丛书》视为毕生的事业，其中25卷已经完成并得到出版。此外，文女士还发表大量关于日本文学的评论和随笔，为中国的日本文学爱好者的增加做出了贡献。此外，她还担任北京大学和中国社会科学院日本文学研究生的毕业论文的审查委员，为指导和培养年轻研究者和翻译者尽心尽力。

当时北京多家媒体报道了如下相同内容的消息：

> 文洁若女士从1951年开始在人民文学出版社工作以来，在长达四十余年的时间里一直从事日本文学的翻译和出版工作。编辑和校对之余，她将《井上靖小说选》《石川啄木诗歌集》等众多日本文学作品翻译并介绍到了中国，而这些翻译工作的集大成者，则是她视为毕生事业的翻译巨著——由《源氏物语》《川端康成小说选》等共30卷组成的《日本文学丛书》。

引用至此足矣。众所周知，表彰列举的四部译作中，《井上靖小说选》是唐月梅译的，《石川啄木诗歌集》是卞立强等译的。收入《日本文学丛书》的《源氏物语》是丰子恺译的、《川端康成小说选》是叶渭渠译的。凡是略知日本文学的中国读者，都会知道这不是文洁若翻译介绍到中国来的。至于我国记者没有报道她"担任北京大学和中国社会科学院日本文学研究生的毕业论文的审查委员，为指导和培养年轻研究者和翻译者尽心尽力"的原因，我国读者读后自明。有一位大学教师看到这一消息，不无感慨地对我说："读后颇感吃惊，国内学术腐败之风竟然漂洋过海，其'勇气'实在可叹。"为了日本官方的一个"表彰"，就能这样糟蹋中国学人的声誉吗?!

第三个问题，是如何对待不同学术观点的问题。李芒和文洁若所谓"翻三岛由纪夫的案"，我不知这个"案"是谁定的。我只知道"文革"期间，见诸文字的主要是一份专供当时第一夫人江青及康生、陈伯达等中央文革成员阅览的刊物《参考消息文艺专辑》。它的一篇文章说，三岛是"主张恢复天皇制，重建武士道，再次发动侵略战争"，三岛的作品"贯穿着武士道加色情的黑线"。我在《我的求学之路》一文中说过：从严格意义上说，三岛"案"是按特定历史时期的既定材料来定性的，实证和理论都很不充分，而且大多是政治概念性的。作为一个学者，我深知对作家下定论的唯一依据是事实，而不是别的。如果不掌握和精心阅读第一手资料，如果不科学而完整地进行独立的研究，如果依然遵从那个时代的偏执性和情绪性，那就不是一个学者应有的态度。对一个学者来说，对三岛由纪夫及其文学的复杂性进行再探讨时，最为重要的是：一、坚持做学问的基本原则，即实事求是，坚持客观性和科学性；二、坚持独立思考，要有自己的批评思想，自己的理论支撑，即自己的主体意识。因此，选择三岛由纪夫的研究课题更具挑战性。我与《文汇读书周报》的特约记者也重复强调了这一点。

　　也许我们与三岛由纪夫文学有缘。80年代中期，文联出版公司请唐月梅翻译日本小说，唐遂向其推荐了几本，其中包括三岛由纪夫的《春雪》。他们很有胆识，请示了中央政治局有关主管领导人，经同意后，就果断出版，推动了三岛由纪大的一批作品与我国读者见面。尽管如此，我们仍没有足够的第一手材料对三岛由纪夫做出公正、客观、全面的评价。但以《春雪》的问世为契机，我们在80年代末访问美国和日本的两年期间，借阅到《三岛由纪夫全集》全35卷和收集到不少相关的研究资料，我们这才一步步地走近真实的三岛由纪夫，走近真实的三岛由纪夫文学，才主编了一套十卷本的《三岛由纪夫作品集》（作家出版社1995年版），唐月梅才撰编了《怪异鬼才三岛由纪夫传》，同仁们也发表了不少文章，从不同视点对三岛由纪夫及其文学进行了历史的批评和美学的批评。国内对三岛由纪夫及其文学在学术上存在分歧，同时也带来了一个迟到的认真研讨三岛文学的学术机运。正因为如此，在我国召开这样一次国际研讨会也是正常的，如果不是有人破坏的话，还用得着文洁若女士指点应该在广岛、夏威夷召开吗？为什么连这个问题也硬要拉扯上政治问题，多么无聊！这不是完全跨过了正常学术批评的界限了吗？第二年，我们将准备在这次会议上的三国代表们的发言稿，结集出版了《三岛由纪夫研究》（开明出版社1996年版。内中有个别学者并不是与会者，听说我们在编这个集子后主动投稿的，在此声明。）这是一次认真的对三岛由纪夫及其文学的学术探求，是一次真正的学术上的百家争鸣。据报道，国家图书馆今年11月份文艺类图书借阅排行榜的十四本书中，《三岛由纪夫研究》一书排行第九位！这是文洁若、李芒们可能想不到的。读者们看看这本书，就知道我们这次被迫流产的"三岛由纪夫文学国际研讨会"在学术上的认真探求，与会同人做学问的求真求实的精神和态度，这绝不是个别别有用心的人所能"妖魔化"得了的。

可以说，我们研究三岛由纪夫的一些遭遇，许多是人为制造出来，是超出学术的范围，是极不正常的现象。多年来，我发表了《三岛由纪夫的精神结构与美学》《"三岛由纪夫现象"辨析》《"三岛由纪夫热"再思考》等多篇文章和序文，对三岛由纪夫及其文学进行了具体的分析和批评，并在回答《文汇读书周报》的特约记者时曾概括地谈到我一向的观点，但奇怪的是，几年来，未见文洁若对我的观点进行过学术性批评，这次应该有所批评了吧？但是，在这篇《从三岛由纪夫的国际会说起》一文中，我们所看到的，却还是采用惯的手法，联系当前中日关系等政治问题无限上纲上线，仍然未见到她有半句学术性批评，倒是采用了一位不是学者的新加外交官对三岛由纪夫的批判，而且这部分字数占去了2，344字（字符数，下同）；还有她用几周时间所谓调查却是文抄公的那段文字，占224字；还有引用了马嘶一段与讨论三岛无关的277个文字。她的这篇所谓《从三岛由纪夫的国际会说起》全篇4，334字，实际上有65%的字数是抄别人的东西，这就涉及一个做学问者应不应该有的态度问题。

还有，在李、文两人中，一个人一边上纲上线批判别人，却又一边翻译出版三岛的作品，又向一家中学生杂志投稿，向我国少年介绍不适合未成年人鉴赏的三岛的作品，被杂志社退了稿；另一个人则一边批判三岛的《金阁寺》是"反映军国主义情绪"，《春雪》是"鼓吹军国主义"，自己却又翻译出其中一篇作品出版，这样思维的混乱，逻辑的颠倒，达到令人难以置信的程度。他们却不愿好好安下心来，多读几本三岛的书才发言，而一味热衷于专门算计别人，这就难怪他们写不出一篇像样的有学术性的批判文章来。为学为人者走到了这一步，悲乎？！

最后，我还得再说几句话：《文汇读书周报》特约记者问到我"目前微妙的中日关系，是不是给中日文化交流造成很大麻烦？"我说："中日文化交流，首先是文化的。目前微妙的中日关系，对它的影响不是太大。"现在读了《从三岛由纪夫的国际会说起》一文，以及看到了该文作者所作所为以后，我想在这里补充一句：文化交流，是人民对人民的心灵交流，在当前人民，特别是文化知识界，更需要通过中日两国人民的文化交流，进行沟通，加深了解。今年我应约写了一篇小文，谈到有关中日文化交流的历史和现实意义，题为《文化求索与东瀛》，编辑发表时，改为《彼此包容，互相感动》（人民日报2005年2月22日国际副刊版），当时我未能完全了解其意，我现在已清楚其点题的深远意义。尤其是最近读了《人民日报》报道，为贯彻胡锦涛主席就发展中日关系提出的五点主张，进一步加强中日民间友好往来，中国日报社、北京大学与日本"言论NPO"组织，在北京举办首届中日关系论坛，强调了开创民间交流新平台的重要意义。因此，大家都会明白，在国人来说，面对当前的形势，应该相信我国政府能够解决好当前复杂的中日关系问题，冷静以对，警惕有人抱着某种目的，摇唇鼓舌，企图煽动人们的不当情绪，干扰中日两国人民间文化交流与友好事业！

原题为《学术腐败风漂洋过海》，刊于《日本新华侨报》2006年1月8日，收入此集，略作修改

后记

学人编自选集，有不同的角度。可以从纯学术的角度，选出有代表性的学术论文。也可以从科普的角度，选出与普及学术有关的文章。我编选时，反复考虑，这两者有区别，也有密切的联系，是提高与普及的问题，雅俗共赏的问题。从这里出发来考虑，自选文章在保持学术品格的同时，多一些普及的东西、大众的东西，把两者结合来思考，作为自选的基准，以走近大众读者。

基于以上考虑，自选的文章部分，分"文苑拾零""作家逸话""遨游文学"三栏。从这三栏的标题来看，似乎都是一些琐事逸闻，具有一定趣味性、可读性，但与了解作家的创作，并不是可有可无。这些事件，对作家的创作有着直接的乃至决定性的影响，是有助于了解作家及其作品的。从这个角度来说，它们也并非全无学术意义，并非全无研究参考的价值。

具体地说，譬如在这些自选文中，紫式部的宫中生活体验，积累了丰富的创作素材，造就了她创作世界第一部长篇经典名著《源氏物语》的辉煌。紫式部笔下的源氏，与白居易《长恨歌》诗中的唐明皇的风流情怀比较，可见两国文学交流中表现出来的异同。从一休的狂气，良宽的风流，可见他们的诗心、歌心的气质和纯真，净化得像梦一般的美。从川端康成与四个千代的爱与怨，可以追溯川端康成创作《千代》《伊豆的舞女》乃至《雪国》等小说的渊源。同样，通过谷崎润一郎的放荡与"让妻事件"，不仅可以发现这位作家的"异端的悲哀"，而且可以从他所表现"恶"的力量中发现他所追求的美，享受到他在《春琴抄》等系列小说中所追求的"凄惨的快乐"。还有……

作者从1958年首次随团访日，以及改革开放以后作为学者历次访问日本，遍寻自古至今的文学遗迹，将所见所闻，所思所感，写成了散文随笔。这次在自选中，也拾掇一些这类文章入集。读者从《京洛四季》《宇治川的悲歌》中，可以加深对紫式部及其《源氏物语》的感受性，以及对其形象性的了解。从《雪国的诱惑》《初秋伊豆纪行》中，仍可以体味到《雪国》《伊豆的舞女》创作舞台所飘荡出来的余情余韵。还有在《翰墨因缘》《墨缘浮想六记》《知音》等篇章里，记下了自选者几十年来与日本学者、作家、诗人、评论家的心灵交流，以及难以忘怀的友情。它们与《我的求学之路》一文所写的走过的风雨路，都是作者行走在学术道路上不可或缺的一段，选入其中，以督促自己，继续发挥迟暮的活力。还有读者通过《学术腐败风漂洋过海》一文，可以窥见目前大家关注的国内学术腐败的小小一角。

自选这些不同类型的文章，目的只有一个，就是期盼这些文章所记录的看似小事、琐细之事，也可以从侧面了解一些在日本文学史上占有重要地位的作家和作品的美学内涵和文化底蕴，以及相关人与事，作为阅读有关日本文学著作和了解为人为文之事的一个小小的补充。

这个集子选出这共三个栏目的文章，除了上述的原因之外，还因为它们在自选者的个人求学史、个人翻译史上，都是具有纪念性意义的缘故。

自选入集的文章，主要是选自有关拙著日本文学、文化的论著，包括与月梅合著《日本文学史》中本人写作的某些章节，同时还选自一些散文随笔集的文章，作了修改或补充，或恢复曾被某些编辑删去的某些段落，保持原貌的风格，并且借用了月梅的

《大江健三郎的父子情》一文，原题是《听懂鸟类的语言》，因为这是作家逸话中不可或缺的。

2005 年冬